火凤凰新批评文丛

陈思和 主编

宋嵩 著

琅嬛流麦

山西出版传媒集团　北岳文艺出版社
·太原·

图书在版编目（CIP）数据

琅嬛流麦 / 宋嵩著 . — 太原：北岳文艺出版社，2020.3
（火凤凰新批评文丛 / 陈思和主编）
ISBN 978-7-5378-6151-9

Ⅰ . ①琅… Ⅱ . ①宋… Ⅲ . ①中国文学 – 当代文学 – 文学评论 Ⅳ . ① I206.7

中国版本图书馆 CIP 数据核字 (2020) 第 025083 号

琅嬛流麦

宋嵩 / 著

出品人
续小强

选题策划
续小强　刘文飞

责任编辑
刘文飞

封面设计
观止堂 _ 未氓

印装监制
郭勇

出版发行：山西出版传媒集团·北岳文艺出版社
地址：山西省太原市并州南路 57 号　邮编：030012
电话：0351-5628696（发行部）　0351-5628688（总编室）
传真：0351-5628680
网址：http://www.bywy.com　E-mail：bywycbs@163.com
经销商：新华书店
印刷装订：山西人民印刷有限责任公司

开本：787mm×1092mm 1/16
字数：256 千字
印张：18.5
版次：2020 年 3 月第 1 版
印次：2020 年 3 月山西第 1 次印刷
书号：ISBN 978-7-5378-6151-9
定价：45.00 元

本书版权为本社独家所有，未经本社同意不得转载、摘编或复制

总序

为第二套《火凤凰新批评文丛》而作

去年，北岳文艺出版社社长、总编辑续小强先生来上海找我，希望我为出版社策划两套书，一套是贾植芳先生全集，另一套就是青年批评家文丛。对于前一套书我颇感兴奋，贾先生去世已经五年，再过两年就是他老人家的百年诞辰，北岳文艺出版社作为先生的家乡出版社，能够做此善举，是我极为高兴的事情。后一套书却让我多少有些感慨。小强先生希望我用"火凤凰新批评文丛"的名义来编这套书。"火凤凰"是我当年策划一系列人文批评丛书的品牌，但时过境迁，当初推出第一套"新批评文丛"已经是二十年以前的事情了。小强先生是"80后"的青年，他居然还能想到二十年前曾经在出版界发生过影响的一套丛书，希望能够接着这个出版道路走下去，激励今天的青年文学批评家。我觉得我没有理由谢绝他的这番好意。于是就有了这一套青年批评家的丛书。

我为此又特意翻阅了1994年出版的第一套"火凤凰新批评文丛"。前面除了有巴金先生的题词和任意先生设计的徽标以外，还有一篇徐俊西先生写的序言。序言里有这么一段话：据云，他们编辑《火凤凰新批评文丛》宗旨有二：一曰"在滔滔的商海之上"，建立一片文学批评的"绿洲"；一曰"文坛空气普遍沉闷的状况下"，弘扬当代知识分子的"人文精神"。徐俊西先生是我的老师，他这里所指的"他们"，就是我和王晓明两个策划者，这里所说的"宗旨"，肯定也是我们当时讨论的话题。但我现在一点儿也想不起来在哪篇文章里写过这样的话。我原先记忆里似乎为这套文丛写过一个卷头语，但现在翻阅一遍也没有找到，也许是我曾经写了，后来没有用上，只是给徐老师写序时做了参考。所以，徐老师文章里打了引号的那些意思，可以定论为我们当时筹办火凤凰学术著作出版基金、策划多种出版物的基本宗旨。

现在已经二十年过去了，我们整个文化工作在经济上是阔气多了，高校系统拨了大量的经费资助学术著作出版，各种文化基金、出版基金也都接受学术著作的出版补贴。所以现在高校里的青年教师要出一本书并不困难，但真正的困难还是存在的，我觉得最大的问题是，当前一本文艺批评的著作能否产生它应有的社会影响和学术影响。这个问题直接影响到青年批评家的专业思想以及价值观。

1980年代，文艺批评是显学，尤其是1985年以后，文艺批评承担了很重要的社会功能。当时整个文学艺术正处于一个逐渐摆脱政治体制制约，开始自觉、自主、自在的审美阶段。所谓自觉是指文学艺术审美价值的内在自觉，自主是指创作主体独立的精神追求，自在是指文学艺术作品在文化市场上接受检验、寻求合理生存的社会效应。这是中国当代文学艺术创作的重要转变，对后来的文学艺术发展产生了深远的影响。那时人们在主观上还没有充分意识到这一点，而转变中的文艺创作需要理论支撑才能显现出它的合法性。1985年的方法论热潮正是适应这样的文化形势的需要而蓬勃开展起来，一批年轻人懂外语，面向世界，如饥似渴地学习、引进西方各种理论思潮，消解原来一元化的"文艺为政治服务"的戒律，与文艺创作互相呼应，对实验性、探索性、先锋性的文艺创作给以及时的解读。记得我当时在《上海文学》杂志上发表过一篇谈现代主义思潮在中国演变的文章，从"五四"前后谈到当下西方现代主义与中国文化传统相融汇的可能性。那时我读书并不多，论述也有点勉强，学术性是谈不上的，但是在一批作家中间引起过强烈反响。有一个朋友说，那不是你的文章写得好，而是他们（指作家们）需要你这样的说法。我以为这个朋友说得对，文学批评理论就是要在时代、文化发生转变的时候，及时发现问题和提出问题，通过解读某些创作现象来阐释事物发展的规律。这样的批评才会引起社会的关注，1980年代刘再复先生的一本《性格组合论》可以成为畅销书，在今天真是不可想象的。

这样一种文艺创作发展的需要，使文学批评的主体力量从作家协会系统逐渐转移到高校学院，一批研究现当代文学、文艺理论的大学教师逐渐取代了原来作协的文艺官员、核心报刊的主编。本来文艺批评应该有更大气象产生，但新的问题也随之而来，随着1990年代初的政治空气和经济大潮的冲击，学院里从事批评的青年教师们遭遇到双重压力。当时真正的压力还不在主观上，因为学院批评与政治权力保持相对距离，在主观探索方面仍然有一定的空间，但是客观上却遭遇了市场的挑战。出版业的萧条和倒退，迫使原先构建的批评家工作平台纷纷倒闭或者转向，出版人仿佛在惊涛骇浪里行舟，都有随时翻船的恐惧。不赚钱的学术著作，尤其是文艺批评论文集，自然无法找到出版的地方。学术研究成果既然不能转换为社会财富，必然会影响主体热情的高扬和自觉，导致对专业价值的怀疑。那时候高校考评体制还是传统学术型体制，青年教师如果不能顺利出版著述，其职称评定、福利待遇以及社会评价都受到影响。我在1993年策划《火凤凰新批评文丛》就是建立在这样的客观形势之上，所谓逆风行驶。我当时就想试试，到底是读者真的不欢迎文艺批评，还是出版社被市场经济大潮吓慌了手脚而不肯作为？我与一些受到人文精神鼓舞的出版社同道们一起分担了这个实验，实践下来的结果是好的，书虽然有了一些经费补贴，出版社不至于亏损，但是销售和宣传的结果，反而有所盈利，文丛最后几本的出版已经不需要资助了。我比较看重的是这套丛书里几位青年批评家的著作，如郜元宝、张新颖、王彬彬、罗岗、薛毅等几位青年才俊的论文集，如果说，这套丛书多少为作为全国批评重镇的上海批评队伍建设做过一点儿贡献，也就是不失时机地稳定了这批青年评论家的专业自信。后来几年里我又策划了《逼近世纪末批评文丛》（山东友谊出版社），继续做了这样的工作。

现在回过头来看，这套丛书的意义还是超出了我当时的期望，不仅仅是对几位青年朋友产生影响，也不仅仅是对上海地区的文学批评产生影响。续小强先生在二十年之后还想借重这个出版品牌来推动青年批评家著作的出版，就是证明之一。不过如我前面所说，现在青年批评家面临的问题，与当年的问题并不相同，批评的处境也不同。现在，关于要加强文艺批评的主流声音一直不断，大媒体报刊也相应地设立批评专页的版面，稿费据说不菲，在高校、出版系统申请出版批评文集的经费也不特别困难。那么，今天的困难在哪里？我个人以为，恰恰是前面提到的编辑"火凤凰"的两个宗旨中的一个：批评家作为知识分子独立主体的缺失，看不到文艺创作与生活真实之间的深刻关系，一方面是局限于学院派知识结构的偏狭，一方面是学院熏陶的知识者的傲慢，学院批评无法突破知识与立场的局限而深入到真实生活深处，去把握生活变化的内在规律，而是把时间精力都耗费在轰轰烈烈的开大会、发文章、搞活动、做项目等等，尽是表面的锦团花簇而缺乏深入透彻地思考生活和理解生活。其实，批评家最重要的是需要有宽容温厚的心胸、敏感细腻的感觉，以及坚定不妥协的人文立场，才能发现尚处于萌芽状态的新生艺术力量，与他们患难与共地去推动发展文学艺术。在我看来，今天我们面临文化生活、审美观念、文学趋势之急剧变化，一点也不亚于1980年代中期的那场革命性的转型。但是，现在文艺探索与理论批评却是分裂的，探索不知为何探索，批评也不知为何批评，以其昏昏使人昭昭，文艺批评怎么能够产生真正的力量呢？所以我今天赞同续小强先生继续编辑出版《火凤凰新批评文丛》，但所希望的，不在多出几本批评文集，更不在乎多评几个职称，而是要培养一批敏感于生活、激荡于文字、充满活力而少混迹名利场的新锐批评家。

  这是我的愿望。写出来与青年批评家们共勉。

陈思和
2014年3月3日于鱼焦了斋

做一个有态度的批评家
——序宋嵩评论集《琅嬛流麦》

宋嵩终于要出他的第一本书了,我是真的非常高兴,以至于说了很多次的"不再给人写序"的狠话也忘到一边,又答应给他写序了。高兴的原因是,在我的学生中他是很特殊的一个,有才气、有思想、有广博的知识面和阅读量,但也有个急死人的缺点,就是慢性子,也许是少年老成得有点过了,颇有"述而不作"的老学究之风,因此,他的学术成果出得很少很慢。写文章慢,出书就更没敢奢望了,博士论文毕业这么多年了也没见他有要出版的意思。我们每套书交稿最慢的总是他,到现在还有两套书拖在他手上,常常为他的"慢"着急上火。现在,他的第一本书就要出了,怎能不替他高兴呢?

宋嵩为他的第一本书取了一个很"古雅"的书名:《琅嬛流麦》。也许有人会说,不就是一本文学评论集吗,不能通俗易懂点,有必要搞得这么学究、这么古典?还要自己去讲"故事",把书名解释半天?但对此我是一点也不惊讶,这确实最符合他的性格、他的自我、他的行为和他的"情怀"。他有足够的"资本"这样做,他的"资本"就是他疯狂读下去的一本本书。宋嵩堪称是一个真正的"读书人",钻图书馆是他的常态。中学时就是学霸,志向是北大中文系,没想到高考时"虎落平阳",被山东师范大学录取。读本科时是中文系文学社的骨干,也算是风云人物。而读硕士和博士,一直是山东师范大学图书馆年度借阅图书的前3名,是名副其实的"读霸"。他博士毕业后,之所以放弃大学的教职考来中国现代文学馆工作也正是看重了文学馆的"有书可读"。我曾经开玩笑，宋嵩可以说是天底下最爱文学馆的人，他24小时在文学馆，以至于家里给他在北京买了房子也不愿回去住。当然，他读书不是只读专业书、文学书，而是兴趣极广，中外古今、天文地理无所不"读"，是真正的"博览群书"。在我看来，这其实也是读书的最高境界，就是纯粹的热爱读书，没有功利心，没有什么具体的目的。这样的读书，潜移默化地培养了他的智识、他的眼界、他的情怀和他的性格。同时，这自然也决定了他对文学批评的态度和对文学的态度。与宋嵩接触，与他交谈，你会真切地感到，在文学面前他是个"眼界"颇高的人，是一个很有"态度"的人。一般的作家作品入不了他的"法眼"，他评价不高，而当下的文学评论他也并不满意。为此，他还写过一篇文章，题为《文学批评的"战略"与"战术"》，对当今文学批评的困境进行了很有意思的分析，他指出："时下的批评界流行近距离'贴身肉搏'之风，一部新作甫一问世（有时甚至尚未问世），批评家们便端起刺刀一哄而上；或是热衷于抱着冲锋枪朝着目标胡扫一通，痛快倒是真痛快，却既不在乎射击的效果也不考虑弹药的消耗。这样的批评家，智商情商实际上均与李逵无二，更比不上用计擒得严颜的张飞。在我看来，狙击战术才是真正适合当下批评家操作的。狙击的精髓在于远距离观察基础上的精准打击，不是目标一露头就开枪，而是力争以最低限度的消耗和伤亡去最大限度杀伤敌人的有生目标。它所强调的是一个'准'字，在这一点上与文学批评'针对性''有效性'的要求不谋而合。""批评家们好似武工队员，在文学据点的外围开展游击战、麻雀战、破袭战、骚扰战，却始终无法对敌军主力予以致命打击。游击战式的文学批评，无法应对大军压境的敌情。"他因此号召"批评家们，是到了转变战术、集中优势兵力实施大兵团决战的时候了"。应该说，他对当前文学批评的观察是有真知灼见的，当然也难免有眼高手低以及浪漫和理想主义的成分。但不管怎么说，一个批评家对于文学的信仰和敬畏始终是最重要的。

《琅嬛流麦》就是他以自己的"态度"从事文学批评实践的成果。书中收录的三十篇文章是他在将近十年时间里写下的一部分有关文学、有关阅读的评论文章。全书共分四辑：第一辑，包含对年度小说创作的整体观察以及对文学排行榜、科幻文学、乡土文学、"非虚构"等文坛热门话题的研究。第二、三辑分别为作家、作品论，涉及弋舟、蔡天新、笛安、石一枫、王威廉、东君等作家及其作品。第四辑，是对文学史问题的思考。这些文章时间最早的，是写于2011年八九月间的《数学诗人蔡天新的旅行文学创作》，时间最晚的，则是2019年初夏完成的《幸福街上，山河故人——读何顿〈幸福街〉》。用他自己的话说，这是他选择"文学"为志业以来的第一个十年的总结。在我看来，这些文章也确实可以映照出他的批评个性。首先，宋嵩是一个对文学感悟力极强的评论者。他对新的文学现象、新的作家作品有着特殊的敏感，总是能第一时间发现新的文学元素并准确把握对象的特质。我常开玩笑，宋嵩虽然长得壮实，但其实他是"李逵、鲁智深的身子，少女的心"，表面朴实木讷，内心却热情似火，细腻温暖，天真浪漫。他在中国现代文学馆工作的时候，任劳任怨，让他干啥就干啥，几乎成了人见人爱的"劳动模范"；但实际上你看他的微信就会知道，他整天热衷的却是花花草草、猫猫狗狗，热衷于旅游，热衷于风景，热衷于蓝天白云，有时还会秀点恩爱。可以说，是一个标准的暖男、文艺男。这决定了他面对文学时的感性而纯粹的一面。其次，他是一个能一切从文本出发，在文本解析上见功夫的阅读者。这其实也是我对自己研究生的一个基本要求。我以为，一个批评家对一个作家最大的尊重就是认认真真地读他的作品。因此，我要求研究生既有提高自己的理论修养，又要最大程度地提高自己对文学作品的阅读量。宋嵩在读研和读博的时候，这方面的功夫是下得很大的。我每年编中国文学年选，后来又编1977年以来的年度作品选，他承担了其中很多卷的编选和评析工作，可以说打下了非常扎实的阅读基础。这也保证了他的文学评论对于文本的把握是精细的、独到的、令人信服的。再次，他是一个有思考、有态度的批评者。这其实也是我最欣赏他的地方。无论对于名家还是新人，他都没有"成见"，而是完全从内心出发，发表自己的观点，有时难免尖锐、难免刺耳，特别是对名家大家乱发议论时不免给人"不知天高地厚"的感觉。但可贵的是，他的观点也许偏激，也许不成熟，但绝对是真诚的，不敷衍、不世故，绝对是从文学出发、从内心出发的。

最后，我想说的是，宋嵩不仅在文学面前是个有"态度"的人，在生活中也是一个"三观"很正的有"态度"的人，是个几乎没被世俗污染的人。这从他的喝酒就可见端倪。他最初不会喝酒，但酒桌上他父亲让他敬酒时，他会端起满满一大杯啤酒，仰头就一口喝光，看得他父亲在旁边急得直咂嘴，他自己则是满面通红，一下就不行了。还有一次，跟我一起出差河南，与邵丽、何弘一起喝酒，他菜也没吃几口，就被他们两位用茅台直接一杯又一杯给灌吐了。这些年，他的酒据说是真正练出水平来了，啤酒、红酒、白酒"三中全会"，在中国现代文学馆的客座研究员们中已很有豪爽的口碑了。当然，在生活中有态度，好是好，但太直、不会转弯、不会妥协，其实也会带来烦恼。有个传说，不知真假，说是在文学馆球场踢足球时，因为进攻和防守的问题，宋嵩和傅光明两人在球场上"兵戎相见"，直接闹翻了，至今还没和好。这大概就是"态度"的副产品吧。不管怎样，还是衷心祝贺宋嵩第一本书的出版吧，希望他继续保持自己的"态度"，并成为一个真正有"态度"的批评家，在文学批评的道路上不断前行，取得更多更好的成果。

　　要我写序，时间很急，说出版社书稿什么全排好了，就等着序付印了。不敢像宋嵩自己干事那样拖，又不知写什么好，就拉拉杂杂写下以上文字，权以充序吧。

吴义勤
2020 年春于北京

目　录

第一辑 / 001

在哪里，读懂中国
——以 2016 年的中篇小说为例 / 003
青春脉搏与现实回声
——2016 年度 "80 后" 散文创作一瞥 / 025
寻找属于自己的句子
——近期 "80 后" 中篇小说创作观察 / 030
寻找 "伟大的中国小说"
——以 2017 年度三部上榜中篇小说为例 / 045
文学批评的 "战略" 与 "战术" / 055
一条大河波浪宽
——乡土文学的过去、现在和未来 / 059
新的 "文学性" 正在生成 / 065
逆水行舟，敢于冒犯 / 068
现实主义主潮中的底层叙事 / 075
落地的麦子不死
——一个非 "科幻迷" 的科幻小说读感 / 083

第二辑 / 091

数学诗人蔡天新的旅行文学创作 / 093
暗夜之光
　　——弋舟小说读记 / 113
"端的是一个讲故事的高手"
　　——笛安小说论 / 125
谁翻乐府凄凉曲
　　——王哲珠中短篇小说读札 / 137

第三辑 / 149

替"王二"找个兄弟
　　——读房伟长篇小说《英雄时代》/ 151
乡村的隐秘与大蒜的气息
　　——读王方晨长篇小说《公敌》/ 157
《福寿春》关目 / 162
我们生来孤独
　　——王威廉《北京一夜》读札 / 171
微雨魂魄的阴阳两界
　　——童伟格小说印象 / 178
静夜行船与声音的诗学
　　——读东君小说集《听洪素手弹琴》/ 183
仿佛若有光
　　——读石一枫的长篇小说《心灵外史》/ 191
顽石，已掷出
　　——读石一枫《借命而生》/ 199
复活一段过去的岁月

——读房伟小说集《猎舌师》/ 206

居高声自远，非是藉秋风

——读《蝉蜕——寂寞大师孙诒让和近代变局中的经学家》/ 211

"理想读者"与"理想作者"

——读老四短篇小说《归途》《大恶人》/ 223

幸福街上，山河故人

——读何顿《幸福街》/ 230

第四辑 / 243

从"曹文轩现象"看新时期文学经典化 / 245
论"文革"时期的"工农兵业余创作" / 256
1935—1940：刘呐鸥电影往事 / 268

后记 / 275

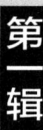

在哪里，读懂中国
——以 2016 年的中篇小说为例

相信许多人一眼便可看出，这个题目源自《南方周末》那个著名的 slogan（口号）——"在这里，读懂中国"。这是一份足以让中国文学界"羡慕嫉妒恨"的报纸：在中国，一个知识分子也许并没有读过几本当代小说，但十有八九浏览过《南方周末》上的"深度报道"；而认为这份报纸上新闻特写的精彩程度远超当下任何"虚构""非虚构"创作的读者，也是大有人在。敢于宣称"在这里，读懂中国"，说明《南方周末》是有勇气的；他们甚至有底气喊出更为硬气的口号[1]——试问当下中国文坛，谁有这种勇气喊他一嗓子，谁又能喊了以后面不改色心不跳？

这无疑是当下中国文坛最大的尴尬。关于中国当代文学的争论千千万万，归结起来无非就是这个问题：我们曾经通过鲁迅的小说和杂文读懂了"老中国"，但读着鲁迅成长起来的我们能否借助自己手中的笔，让我们的同代人和我们的后代读懂我们所身处的这个"中国"？

"读懂"，其实包含着两个层面：一是在哪里"读"，二是能否"懂"。前者很容易解决，因为大多数写作者都宣称自己的写作

---

[1] "在这里，读懂中国"的口号是《南方周末》于2007年4月提出的。在此口号提出一周年之际，《南方周末》刊出署名文章《走自己的路 让别人说去吧》，进一步阐明该报的新闻理想。

是由当下中国的现实生发出来的。每年数千部长篇、中篇小说和上千篇短篇小说，都可以用来当作解剖分析的标本。但是，能不能"懂"，则是由作者的立场、思想、技术，以及读者的审美心理、理解能力等诸多因素共同作用的结果。在此，笔者从2016年的中篇小说创作中抽取若干样本，通过阅读文本的方式，来探询在这里"读懂"中国的可能性。

一

十三四年前，陈希我携他那些颇具先锋意识和极端意味的小说掀起一阵旋风，横扫文坛。他写虚无，写病态，写身体，写感官刺激，写他人所不敢写、不能写，用笔锋挑开人性的面纱，将人们心灵底处的藏污纳垢之所暴露于光天化日之下，并以此来完成对现代文明社会的批判。多年以后，已经过了"知天命"的年龄的陈希我又推出力作《父》（《花城》2016年第1期），尽管叙事姿态的激进程度已不复当年之勇，但这部四万余字的中篇仍以其高密度的细节、鲜活且不失冷峻的叙述腔调，以及对复杂表象背后人物丰富的内心世界的探询引来多方关注，堪称本年度中篇小说创作的最大收获之一。

小说的主要情节，一言概括之，即"我"们四兄弟及各自的家庭在父亲离家出走后的种种态度和反应。几十年前就已埋下的"父不慈，子不孝"的定时炸弹，在父亲不辞而别这一时刻引爆，将心怀鬼胎的兄弟四人炸得血肉模糊。作为事件中心人物的父亲，从小说一开始就处于"缺席"的位置，但却又无处不在，其形象在儿子们的回忆中被一笔一笔勾画出来。可以说，这是一个既抽象又具象的形象：说他抽象，是因为作者把他当作一个符号来塑造，他的性格、行为都深深打上了"那个时代"的烙印，他身上带有同辈人的共性，完全可以被视作那一代人的代言人；说他具象，是因为在"我"四兄弟的回忆中，父亲的形象渐渐由平面变得立体，由单薄变得丰满，完全是一个活生生的人。除此之外，我们家长期异化的父子关系,以及父母之间长期异化的夫妻关系,都对我们兄弟四人的心灵成长产生了极大的影响。经过几十年间的耳濡目染,很难否认我们身上没有被投射父亲的阴影;而我们对待妻子、孩子的态度,或许多多少少可以视作父亲的翻版。

通过"我"在第二部分的回忆,读者很容易就能概括出父亲性格中的若干特点:固执;抵制新事物;满怀戾气;爱管人、整人;热衷揣摩领导喜好;唯我独尊;把人往坏里想,内心黑暗,时刻准备"斗";倚老卖老;强词夺理……并进而将这些特点推而广之,得出那个曾经在微博、微信上广为流传的问题——"到底是现在的老人变坏了,还是当年的坏人变老了?"据说这个问题的难度并不亚于哈姆雷特的"to be or not to be",这也许正是陈希我创作的出发点。

然而,相较于这句话,笔者更为看重的是小说里一句并不起眼的自我反问——"谁的灵魂是经得起凝视的呢?""我"用这句话为自己辩解,从而达到自我安慰的目的;但在我看来,这才是《父》一文的真谛:人人都不敢凝视自己的灵魂,进而忽视、回避自己的灵魂暗处;也不敢把自己的灵魂袒露出来让他人凝视,进而将他人对自己灵魂暗处的指摘视为冒犯;相反,却总是热衷于去凝视他人的灵魂,进而发展为嘲讽、打击——父亲的乖戾源于此,兄弟四人之间的推诿扯皮源于此,人类一切悲剧的根源也正在于此。丧偶、经济不能独立、缺乏与儿孙在心灵层面上的交流、生理机能的衰退、旧日荣耀的召唤……以上这些,每一条似乎都是导致父亲离家的诱因,每一条却又似乎都不足以驱使父亲迈出家门。出走是各方面因素相互作用的结果,去固执地探询压垮骆驼的最后一根稻草是毫无意义的。父辈的悲剧已然不可逆地上演,我们能够做的,唯有避免它在我们这一辈、在下一辈、在下若干辈的重演,仅此而已。

《父》的当下意义,绝非单纯突显这个老龄化社会里不同代际观念上的巨大差异,也不只是借四兄弟在逼仄生活空间里的徒劳奔突皮相地放大现代生活的无力感。作者以病理学家的耐心为诸多时代病症把脉,由鸡毛蒜皮的家庭琐事切入严峻的社会现实,顺藤摸瓜地发掘出隐秘而复杂的历史根源,甚至民族心理的基因缺陷。陈希我很好地避开了谢有顺指出的时下写作流行病,即"很多作家只写生命的当下状态,而忽略了每一个生命背后都拖着一条长长的影子,每一个生命本身都是一部小历史,人物塑造就会显得单薄:不明了生命是怎么走过来的,也就很难写好生命该往哪里去"[1]。和《父》有异曲同工之妙的,是裘山山的《隐疾》(《作家》2016年第6期),同样是借老人在现实生活中的遭遇回望历史、反思人性;巧合的是,同样有一句振聋发聩的反问——"老了,就应该抹去过去的一切吗?"历史在王丽闽、幺妹等人轻描淡写的叙述里被还原、定性为"小时候的胡闹",然而,青枫的个体命运却曾被深深卷入其中,苦苦挣扎并付出了血与泪的代价,这段疼痛的情感经历被作者书写得悠长而悲怆。知识分子家庭出身注定了她早年随父母漂泊、屡受排挤欺负甚至被同学"审讯"的命运,更造就了她生性敏感、孤僻、胆怯、自卑的性格,这很难说是一种健康正常的心理。也正因为如此,青枫在某些情况下表现出歇斯底里的神经质人格。小说中有一个细节:当王丽闽提到青枫"从小就和我们不一样"时,"她的心又缩起来,整个人像猫面临攻击那样耸起了脊背",这个不寻常的比喻有纳入修辞学教科书的资格,恰如其分地点出了困扰青枫几十年的梦魇。时代利刃在心灵上缓缓划出的伤痕并未随着时光的流逝而愈合,而"羞辱,精神上的伤害,尊严的丧失,更甚于肉体的伤害","由于缺乏反省,缺乏追究,缺乏忏悔,毒根至今未能彻底铲除,尊严也就无法重获"[2]。

喜欢回忆却又擅长回避和遗忘,是我们这个民族特有的矛盾性格。如果说当年王丽闽对青枫的"审讯"是'小时候的胡闹",那么当年那场轰轰烈烈、"史无前例"的运动又该如何看待?在裘山

---

[1] 谢有顺:《小说的常道》,《长江丛刊》2015年第3期。
[2] 裘山山:《我们为何无法释怀》,《中篇小说选刊》2016年第5期。

山笔下，生活在 21 世纪的王丽闽和幺妹，要么是将孙子和韩剧当作生活主题，要么是醉心于烧香拜佛慰藉心灵空虚，几乎可以视作时下很大一部分老年人精神状态的缩影。这种孱弱的心灵萎缩症，或许已经到了非治不可的地步了。"揭出病苦，引起疗救的注意"，并不只是鲁迅那个年代赋予小说的意义。

2016 年是"文革"发动五十周年和"文革"结束四十周年，但令人略感意外的是，本年度"文革""知青"题材的中篇小说并没有井喷式的涌现，也没有多少让人眼前一亮的突出佳作（《父》和《隐疾》并非单纯书写这一题材）。造成这一现象的原因可能是多方面的，但不容忽视的一点是，多年来作家对此题材的持续书写，已经呈现出价值观和审美经验高度趋同的危机。姑且不论未经历过那段岁月、一切相关信息只能凭前人转述和想象的"80 后"和"文革"期间尚少不更事的"70 后"，即使是有过亲身经历的老一辈作者，其"文革"叙事也屡屡陷入程式化的窠臼。也正因为如此，王松《伏龙肝》（《当代》2016 年第 2 期）的意义才格外凸显出来。

多年来，数学专业出身的王松致力于一种"智性写作"，将"文革""知青"叙事纳入推理小说的类型化叙事轨道，"冷处偏佳，别有根芽"，一方面致力于提高作品的可读性，另一方面重返历史现场，孜孜以求地探询人性在那个特殊年代究竟是如何被扭曲、被戕害的。他不惮于写人性之恶以及"恶"之根源，但又超越了此前同题材创作中愤恨、控诉、忏悔式的情绪表达。特别是他将历史与当下现实紧密结合，在聚焦当下社会精神状态、深入解剖社会病灶的同时，抽丝剥茧地追溯时代症候的"文革"诱因，使这一推理小说的叙事外衣真正成为一种"有意味的形式"。

表面上看，《伏龙肝》是在讲述一个《罗生门》式的故事。有关神医杜阳的成长经历，无论是作为同学的'我'的回忆，还是杜阳当年恋人杨炀的回忆，都因情节的缺失而存在着差异；即使是出自杜阳本人之口的那些"有偿报告文学"，情节也篇篇各有不同，甚至相互颉颃抵牾。对于读者来说，阅读《伏龙肝》的过程，就是在"王松"（是的，作者的名字直接出现在小说里，也是王松"文革"系列小说的一个特点）带领下起底一个"神医"成长、发迹史的过程；随着一场场访谈的展开和一份份材料的解读，杜阳原本单薄的形象渐渐丰满，同时也伴随着神圣光环的不断褪色和"神医"牌位的崩塌轰毁。我们看到了一个心机幽深的业余中医爱好者是如何通过制造舆论来为自己涂上层层金粉——杜阳无疑是一个深谙叙事技巧的高手，在散见于报刊的"人物特写"中，闪现着诸多民间故事原型的身影（例如，有关"杜阳／老中医"的叙事和《史记·留侯世家》里"张良／黄石老人'，乃至《西游记》里孙悟空学道经历的高度相似性），而这些传奇色彩浓郁、传统味道浓厚的桥段，又恰恰与"神（中）医"的"人设"相得益彰。

这样的故事，似乎可以发生在任何一个时代，但王松将其纳入"文革"叙事，便赋予了它特殊的意义。恰恰是"文革"那样一个时代，为"杜阳式"的神话提供了温床。"神医"杜阳的经历，既是当年封闭的技术环境、落后的医疗条件和"赤脚医生就是好"的"革命医疗路线"所共同孕育出的怪胎，也是一个"东方拉斯蒂涅"试图借时代风潮改变自身命运的孤注一掷和放手一搏。而社会大众经历"文革"洗礼后所形成的盲目崇拜的思维定式、因极端匮乏而导致的唯利是图的膨胀欲望，以及科学、人文理性的双重缺失，在几十年后仍然起着恶劣的影响。在绵密的细节纹理间，作者耐心地梳理疑窦丛生的乱账，与历史和现实进行贴身肉搏，在不断强化心灵震撼力的同时，克服并超越了近年来"文革"题材小说观念演绎寓言化的弊端。

一坛坛"特定历史时期"酝酿出的苦酒、毒酒，时隔近半个世纪仍然酒力不减当年。无论是那个时代的亲历者还是他们的后人，都在漫漫长路上醉眼迷离地跟跄而行。所幸，还有像王松这样的清醒者，为他们斟满一盏滚烫的苦茶——这也正是文学的意义之所在。

二

书写"中国经验"是当下创作与评论界的热点话题。吊诡的是,热点往往又同时是难点,而难点通常是由"不足之处"生发而来的。对书写"中国经验"的持续关注,从一个侧面说明了这方面的创作不尽如人意。作家们对这类题材趋之若鹜,然而他们的创作就像一台从对比度到饱和度都设置有误的复印机,对生活经验进行复印式书写的结果,是制造出若干画面变形失真的虚像,让读者如雾里观花水中望月,越看越糊涂。

在阐释"中国经验"这一概念时,南帆曾有过如下论述:"'中国经验'表明的是,无论是经济体制、社会管理,还是生态资源或者传媒与公共空间,各个方面的发展都出现了游离传统理论谱系覆盖的情况而显现出新型的可能。现成的模式失效之后,不论是肯定、赞颂,抑或分析、批判,整个社会需要特殊的思想爆发力开拓崭新的文化空间。"[1] 在此,他格外强调"中国经验"之"新",并进一步点出"思想爆发力"对于中国经验书写的特殊意义。这无疑是一剂化瘀散结的良方,王方展的《陪土豪上路》(《长江文艺》2016年第8期)便深得个中三昧。这篇小说将"以小见大"的艺术追求发挥得淋漓尽致,借一次撞车事故的处理经过,折射出当下的社会百态,并用不无调侃的笔调描绘了芸芸大众的苦乐人生。

主人公庄重先做中学老师,后开文化传播公司,几十年来身上未曾磨灭的是诗人的"轴"气,或者说是对"免于做奴隶"的自由的向往与追求。然而,尽管他当年可以一无牵挂地辞职创业,穿着破旧的夹克衫去谈生意论合作,人到中年建立起家庭却难免牵三挂四,因为"无产者不能永远都是无产者"。只不过,相较于丁飞、小民、小郎等打工仔、年轻人,他算是个"有产者";但相较于解约翰这样的大老板,他这个"有产者"又是那么微不足道。解约翰可以随意送给心上人价值一百五十万的玛莎拉蒂当作生日礼物,庄

---

[1] 南帆:《文学批评正在关心什么》,《文艺报》2011年3月30日。

重买车却不得不考虑油耗低、车身宽敞、回趟老家能带很多东西的斯柯达，而生活拮据、寄人篱下如丁飞者，则只能借老乡的关系偷开老板的豪车——而其目的不过是为了把铺盖卷从一间员工宿舍搬到另一间。就这样，作者用"玛莎拉蒂——斯柯达——没有车"的关系链，惟妙惟肖地勾画出这个时代社会分层的概况。但在小说中，三个社会阶层之间并非呈现自上而下的线性关系，而是形成了一个微妙的三角关系：开斯柯达的庄重撞了解约翰的玛莎拉蒂，而玛莎拉蒂却是没有车的丁飞偷偷开出来的。小说的叙事张力，便由这个三角关系巧妙地生发出来。

作者在故事情节的设置上颇具匠心，波澜起伏，屡屡在意料之外有新的掘进。但整篇小说最耐人咀嚼回味的并不只有情节，还有人物心理与社会现实之间的复杂纠缠，以及两代人在价值观上的巨大差异与冲突。例如丁飞偷开豪车的虚荣心理、巨大生存压力和贫富差距造成的心态失衡（"骂这个世界"），以及借敲诈庄重来向老板表忠心的丑陋嘴脸，都具有普遍的社会症候性。再例如庄重公司的女员工小郎，年龄二十出头，社会经验却显得比人到中年的老板还要丰富，可以反过来告诫（甚至可看作"教训"）老板"见了好车绕着走，见了叫不出名儿的车，更要绕着走"，因为豪车的拥有者往往跟"黑社会"有瓜葛；而面对解约翰让她冒充秀秀和"大公子"结婚的计划，庄重不忘以"诗人"身份怒斥"这是我亲眼目睹的人间悲剧"，小郎却一口答应，因为哪怕很快会成为寡妇，前面仍有巨大的利益在等着她——"过去是你的，将来是我的"——这句话如管宁割席般决绝地一刀划开了"你（那一代）／我（这一代）"之间的差异，也给这个社会增添了新的伤痕。

当然，更具意味的还是庄重那枚刻着"畸零"二字的闲章。"畸零"，孤单、孤独之意，却往往与自由密不可分。享受自由需要付出承受孤独的代价，而在这个时代，"孤独"却又常常意味着安全感的缺失。作为一个自始至终都对"诗人"身份念兹在兹的斯柯达车主，庄重入了保险，"就不再是孤单单一个人了"。一面追求着心灵上的、形而上的孤独，一面又在形而下的现实生活中参与着保险"抱团取暖"式的"风险共担"，这无疑又是我们时代的一个巨大悖论。

《陪土豪上路》中的大城市（如果济南算得上"大城市"的话）虽然荆棘丛生，但置身其中的每一个人都在努力融入，都在尽力消除自己与城市之间的格格不入感。然而，成功毕竟只属于少数人，肖江虹的《傩面》（《人民文学》2016年第9期）就写了一个"进城农民"被大城市抛弃、身心俱疲返回故乡的故事。这样的"中国经验"，在当下也许更具有普遍意义。

2016年5月电影《百鸟朝凤》上映后，著名电影人方励的"下跪求排片"事件吸引了全国观众的眼球，也让电影原著小说作者肖江虹声名远播。肖江虹近年来的创作多着眼于贵州古老质朴的民俗风情，并将其放置在市场经济大潮冲击、经济全球化进程加速的转型背景下，凸显新世纪城／乡、传统／现代、物质／心灵的对抗与纠缠、坚守与溃散。《傩面》与之前的《百鸟朝凤》《悬棺》等中篇小说同属这一创作序列。鲁迅在论及贵州出身的现代文学代表作家蹇先艾时曾说："他所描写的范围是狭小的，几个平常人，一些琐屑事，但如《水葬》，却对我们展示了'老远的贵州'的乡间习俗的冷酷，和出于这冷酷中的母性之爱的伟大，——贵州很远，但大家的情境是一样的。"[1] 读罢《傩面》，我们可以明显感觉出肖江虹对蹇先艾传统的继承与发展。一方面，描写范围看似还是那样狭小，开头两节均未溢出傩村五月末的日常生活，但实际上已经极大地敞开：原本作为乡间宗教仪式重要道具的"傩面"，如今却成为"外人"眼中的俏货，销路还不错。这漫不经心的一笔，不动声色地点明了市场化浪潮对民俗传统的冲击，也为整部作品的叙述奠定了基调。作者有意识地接续了新文学的"返乡"主题，安排女主

---

[1] 鲁迅：《〈中国新文学大系〉小说二集序》，见《鲁迅全集》第6卷，人民文学出版社2005年版，第254页。

人公颜素容在第三节登场,从"那个能吹海风的城市"返乡,实现了空间与时间的进一步拓展与延伸,使偏远的傩村与外界产生了更为紧密的联系。另一方面,尽管《傩面》仍然是将"几个平常人"的"琐屑事"娓娓道来,但启蒙作家眼中"乡间习俗的冷酷"却不见了,取而代之的则是风俗旧习在现代化的"风刀霜剑严相逼"下展示出的脉脉温情。当现代医疗手段在颜素容的绝症面前无计可施、回天乏术的时候,这种温情甚至具备了疗伤、治愈的作用,虽于肉体上的伤痛无补,却能抚慰心灵上的创痕。

一老一少在心态、性情上的鲜明对比,以及从相互冲突到相互理解乃至相互依靠的转变,是肖江虹这一系列小说的"标配"。在《傩面》中,颜素容返乡后的刻薄乖戾、喜怒无常,与老艺人秦安顺的乐天知命、淡泊温良,恰似一张傩面的正反两面。秦安顺在老伴儿去世后的表现,大有庄周鼓盆而歌的遗风,正如他的名字,既'安'且"顺",由"顺"而"安",这正是几千年来传承于民间的大智慧。那个存在于他记忆深处的"懂事"的颜素容,和眼前这个从远方归来、穿着红裙高跟鞋却满口脏话的妖艳女子,怎么可能是同一个人?如此巨变的原因只有一个,那就是心魔将她玩弄于股掌之上,她在物质欲望的驱使下向心魔出卖了灵魂;多年以后,她虽然能拖着绝症之躯返回地理意义上的故乡,但因为灵魂的消失,她并未回归心灵意义上的故乡。

傩戏与傩面的精神实质是"通灵",是与鬼神的"神交"。这是另外一个世界的知识体系,超出了我们常人所能理解的范畴。在这里,"鬼神"与"魔"是两种不同的性质,前者向善,后者趋恶;被"魔"夺走的灵魂,还需要由鬼神夺回。颜素容本来以为"每天的恶言相向能将世间的温情痛快地杀死",却发现"一切都是徒劳"。最终战胜心魔的,是秦安顺那种宗教式的悲悯,以及人性中最温暖的底色。或许肖江虹的世界观有诸多可商榷之处,但大可不必以"虚妄"来指责他所书写的经验,因为我们的无法理解,也许正是由于我们的经验匮乏所导致的。毋庸置疑的是,肖江虹以属于自己的方式为 2016 年的中篇小说创作开掘了新的精神向度。

出生于贵州的肖江虹，描写西南的风土民情自然是手到擒来；耐人寻味的是，安徽作家许春樵也安排小说《麦子熟了》（《人民文学》2016 年第 10 期）的主人公们来自遥远的西南一隅。山穷水恶、民风淳朴且剽悍的边地，由此被抽象成一个符号，象征城市化和经济化浪潮冲击下回不去的农业社会"老家"；而作者对小说中若干人物的命名，如麦叶、麦穗、耿田（耕田），彰显着他们的农民出身与城市（其实只不过是城市化了的乡镇）和工厂的对立。小说写东南沿海"世界工厂"普遍的打工男女"临时夫妻"（约定俗成的说法叫"闲扯"）现象，这一晦暗的生活角落早已被触角灵敏的记者们探及，反应迟钝的作家们却迟至今日才涉及这个敏感话题。正如巧妇深谙用"深加工"弥补食材新鲜度不足之道，作家则需要以精神深度的探索来克服题材先天性的不足。总的来说，作者的构思基本上没有超出笔者的预判：一方面借"麦子熟了，太阳一晒，麦粒噼噼啪啪地就炸裂了，捂都捂不住"的比喻，极力突出壮年打工者在物质、肉体和精神上的三重饥渴；一方面又重点描写女主人公麦叶犹疑、彷徨、动摇的过程，以及男主人公耿田身上的游侠气质和骑士风度。底层男女萍水相逢，潜藏于内心深处的羞涩情欲如剥笋一般被作者层层剥开，又设身处地地予以理解。相较而言，小说结尾的情节设置让人颇感惊艳：那是一桩精心策划的谋杀案，原本老实巴交、靠冬天下河摸鱼来为老婆换金戒指的农民桂生，以一种超出常人想象的方式向臆想中的"情敌"复仇；麦叶坚信"老耿没有错"而放弃了救桂生一命的可能；时隔不久，告密者麦穗因良心的谴责而辞职出家。一次子虚乌有的"闲扯"却毁了三个家庭，许春樵将现实世界的冷漠残酷渲染到极致，其间虽闪耀些许温情，但光芒很快便被现实的黑暗所掩盖，恰与麦子成熟时灿烂的金黄形成触目惊心的对比。

晦暗如《麦子熟了》者，还有两位"80 后"作者对生活的感悟。如果说六十年代初出生的许春樵在小说中体现中年人的忧患意识是正常的，那么弥漫在郑小驴《天高皇帝远》(《芙蓉》2016年第3期)和祁媛《眩晕》(《收获》2016年第5期)里的迷惘无助的失败感，以及零碎个体在体制、资本缝隙中的苦苦挣扎，则将我们面前"中国经验"的不正常之处赤裸裸地暴露出来。

《天高皇帝远》的主旨简单明了，写一群基层青年公务员两个月里的工作与生活；情节看似如流水账一般波澜不惊，其间却弥漫着浓浓的烟火气。中国有无数个小说里"茅溪"这样的乡镇，一面是"空气新鲜，风光险峻，溪水清澈见底"，可以承载城市中产阶级"驴友"们对世外桃源的无尽想象；另一面却是山民常年以苞谷当主粮、至今仍然像祖先一样从事着古老的手工劳作的现实，任何乡村诗意的廉价抒情都难掩闭塞、贫穷、落后的窘迫。这里有五十年没走出过大山一步的百岁老人，还有年近六十仍然打光棍的三兄弟；近乎无事却又质地粗糙的日常生活，将这里的人们打磨得目光呆滞、面无表情。但作者的用意并不单纯在于对乡村的破败现实做自然主义式的描摹，而是呈现一群二十多岁的乡镇公务员在这种环境下的心灵体验。他们的日常工作，无非是下乡发放民意调查问卷、征收合作医疗保险费、传达县里会议精神、慰问受灾群众、排练文艺节目之类，最拿得上台面的就是策划搞娃娃鱼养殖，并将其树为脱贫致富的典型加以推广。种种这些，貌似艰辛不易，实则琐屑乏味。正因为如此，他们对会议上打盹玩手机的现象早已司空见惯，唯一能让他们神经兴奋的，是令外来者目瞪口呆的酒量，以及情调庸俗的酒风。几乎每一个人都曾试图向这潭死水投一块石头，或改变自己，或改变环境，但无论是副乡长刘小京开发旅游业的构想，还是大学生村官彭理考公务员的努力，抑或是挂职干部韩记者札记式的通讯稿，以及乡政府干事琪琪的嬉皮士造型和左轮手枪文身，都在坚若磐石的现实面前败下阵来。或许整个国家都在热切地躁动着，唯有茅溪这个山区小镇能够波澜不惊。"一个不成熟人的标志是他愿意为某种事业英勇地死去，一个成熟人的标志是他愿意为某种事业卑贱地活着。"琪琪借《麦田里的守望者》中的名句自嘲，他们"成熟"的代价，就是在连绵不绝的崇山峻岭中耗散青春——在一次酒醒之后燃起"做点事情"的激情火焰，又在下一次酒醉之中将这朵微弱的火焰浇熄。在小说的结尾，娃娃鱼养殖计划彻底告吹，刘小京心脏病发作住院，感慨在"那天高皇帝远的地方，我们还是什么事都干不成的"。然而反讽的是，茅溪乡两个月来总算是取得了一点成绩，那就是排演的节目在市里拿了一等奖，黏滞的现实仿佛给青年人开了一个天大的玩笑。作者用一个鲁迅小说式的封闭结构，带给读者一声"发自肺腑的叹息"。

在祁媛早期的几部作品中，主人公都或多或少地带着自己的影子，而到了《眩晕》，她开始尝试用第三人称讲述一个男"屌丝"的故事。值得注意的是"他"的身份和职业：曾经怀揣狂热导演梦的电影剪辑师，在激情消散后凭剪辑技术糊口。剪辑从根本上影响了他对电影的态度——所谓电影的"总体感"，只是建立在剪辑的基础上；剪辑的任何一点细微的变化都会导致故事意义的变异；所谓完美的作品，全是由剪辑许许多多的细节的偶然选择凑成的。与此相呼应的，是作者采用的叙述方式。"他"从小到大的若干生活经历，特别是与众多女性的关系，就像一堆未经剪辑的原始素材，经由祁媛这个"剪辑师"之手，与现实交织在一起，融合、叠加、消散，尤其青睐"闪回"的表现手法，他二十多年来委顿的人生就这样跳跃式、碎片化地呈现在读者面前。更可怕的是，人生就像一部电影，早已在冥冥之中被剪辑完成，这就是老话说的"命"，任凭你如何挣扎，坚硬的现实都不会因此发生丝毫的改变。或许这才是"他"对电影的态度由狂热痴迷"根本转变"为厌恶（"电影是狗屎"）的真实原因：相较于现实人生的坚不可摧，建立在剪辑和偶然性基础上的电影，实在是虚妄得可笑。其实何止是电影，作者几次提及"他"的室友佟蝈蝈天天念叨的"行为艺术"，本质也无非就是杂交和移植。看似幽默的调侃，却蕴含了作者对当代艺术以及当代艺术所赖以生存的当代社会的深沉思考。"他"曾在房间的整面墙上贴满了偶像的照片，并视之为"灯塔"；"他"曾坚信自己所经历的一切迟早会成为自己导演梦的本钱……这些细节似曾相识，它们充斥在广播、电视、网络上的成功人士访谈中，被连篇累牍地写进畅销的成功学教科书。然而，当现实刺破梦想而非梦想照进现实，"他"蓦然发现自己已经接近一败涂地，只能靠自身最后的优势——年轻、身体、性——去"征服属于另一阶层的女人"，"搞这个高于他的阶层"，"搞近来总是和自己作对的世界"。这有点像战场上遍体鳞伤又打光了子弹的士兵，举起刺刀，徒劳地冲向轰鸣而至的坦克。我们可以发现，祁媛笔下的"他"是个很早就萌发了性意识又颇具男性魅力的人，身边似乎总不会缺少性伴侣。然而，从十五岁时的初恋女友，到初来北京时的女友沈珏，再到"卖内衣的女孩"，直至既用肉体取悦又用肉体征服的老女制片人，都无法满足"他"精神和肉体上的愉悦。在这个意义上，"他"是一个难以取悦的人。直到偶遇离家出走多年的继母，"他"才找到这种"不感症"的真正病因。我们似乎可以将继母视为"他"的镜像——一个同样执着于梦想（在"他"是电影，在继母是音乐）又渴望心灵层面温暖的人。由此，小说结尾处那段有悖人伦之嫌的描写，那"望过来的温柔伤感的眼神"，就真的"一切都发生得自然而然"了——还有什么比本体与镜像的合二为一更值得我们期待呢？然而，想象中的一切并没有真正发生。"他"只是走出房间，在抬头仰望天空的时候感到一阵眩晕。这种眩晕，是一个人无法确证自己的处境，无法看清自己灵魂时的那种不适感；而这种无法确证和无法看清，是失败者（Loser）的共性。凭借《眩晕》，祁媛为时下已经人满为患的青年失败者队伍又增添了新的成员。

曾经，人们惯性地将"80后"锚定为消费的、享乐的、精神缺钙的一代，但是从郑小驴和祁媛笔下那些在幽暗似坟墓的生活中如蚂蚁般进退失措地求生存的年轻人身上，我们看到的却是这一定义域的错位。似乎本年度大多数中篇小说的作者，呈现在读者面前的都是一副"愁容骑士"的面孔。作家们将精力贯注于中国经验的书写，眉头紧蹙，将目光聚焦在苦难与矛盾上。这样的创作，浓度和烈度自然没得说，但若无一丝飘逸绵柔，也很难称得上真正的佳酿。观照当下的现实主义情怀与苦大仇深的人生态度之间，似乎并不能画上等号。而张楚和他的《风中事》（《十月》2016年第4期）大概可以被视为另类，其主人公关鹏更符合通常意义上对"80后"的想象。

这篇小说主要写一个海滨小城警察（按年龄推算，应该是"80后"）的情感经历，或者说是写一个男人在而立之年到来之际体验的烦恼人生。男作家写这样的题材比较少见，因此让人读来顿觉兴味盎然。在小说中，主人公关鹏先后遭遇了三任女友（不包括一夜情的对象），恰好对应了时下青年女性在婚恋生活中的三种症候：王美琳风风火火，任性爱玩，抽烟喝酒泡吧，在关鹏看来可做玩伴不可做妻子；段锦是一个女神般的存在，但随着交往的加深，心机也显得越来越重，好像有无尽的秘密；米露在婚姻问题上似乎并无主见，一切听从她的母亲安排，和关鹏的最大共同语言是对美食的热爱。三人似乎都有或大或小的问题，但另一方面，关鹏虽不乏理想主义情怀和文艺青年气质，却也并非完人，时常暴露出小气、自我中心主义等缺陷。他们身上存在的问题并不仅仅属于他们自己，而是普遍附着于"80后"一代人身上，具有显著的共性。关鹏同三位女性交往的过程，便是这些问题次第显现的过程。张楚匠心独具，以小见大，将关鹏、王美琳等三女一男作为一个代际的标本，通过婚恋这架显微镜观察"80后"的心灵切片，《风中事》也因此有了"立此存照"的社会意义。

更为可贵的是，作者并没有沉溺于叙事的快感，在男欢女爱的小情调中一泻千里。借助细节的密度，当下若干社会热点问题也被纳入作者考察的视野。"自杀直播""同性恋"，以及反腐举报、代孕妈妈……诸多看似毫不相干的情节随着生活车轮的滚滚向前而被一一卷入，在张楚绵密精到的叙述中获得存在的合理性，展开一幅丰富驳杂的社会图景。像张楚之前的许多小说一样，《风中事》里也蕴含着探究秘密的过程，且秘密不止一个：神秘短信的发送者、段锦的死因与代孕的关系、米露频繁开房的真相,以及死党顾长风罹患癌症后从事色情活动的动因……这些秘密,有些揭开了,有些可能永远不可能揭开,但可以肯定的是,在当下这个充满了无限可能性的时代,任何秘密都是一个自洽的存在。

张楚的小说中常常会出现一些具有特殊意义的物件,它们作为一种精神性的存在,是帮助读者烛幽探微、索解主人公心灵世界的重要装置。在《风中事》里,关鹏亲手拼装的钢铁侠模型就是这样一个隐喻,段锦的解读是,这个男人梦想着成为超级英雄,内心却一直都是个小孩,这也许就是对"80后"心理的真实写照。他们前面的路还很长,看不清将通向何方。"一个男人要走过多少条路／才能被称为一个男人?"答案在风中飘荡。

三

上述的诸多篇什,基本上都是在书写具象的"中国经验",主人公们在逼仄的生存空间里和沉闷的心灵高压下,或张皇失措,或困兽犹斗,或放弃抵抗。但这种风格并未一统天下,仍有一些作者向低气压处的高空探索。"文学不反映现实但勇于涉及现实才可能摆脱'反映'的通俗现实的陷阱,以及与之相关的反映论的陷阱。现实不是文学的本体,对现实的超越才是文学的本体,这个本体恰是读者所要的'区别'。""对于通俗的现实,回避不可取,反映亦不可取,惟有'涉及'或许是文学的'窄门'。'涉及'免除了回避,同时,也是一种超越性的反映现实的方式。"[1]宁肯的这段表述,可以为此类作品做一注脚。

孙频的《万兽之夜》(《钟山》2016年第4期)一如既往地充斥着紧张、恐怖、诡谲的气氛,如果与小说中故事发生的主要时间——小年夜、主要地点——一座北方工业城市破败的贫民窟联系起来,则在此之外又平添了几分凄清与寒意。气氛的营构有效地对

---

[1] 宁肯:《"涉及"现实的文学》,《文艺报》2013年8月12日。

两位主人公孤独、恐惧的心理予以渲染和放大。在 2016 年的中篇小说阅读经验中，我们体验过欢笑，品尝过泪水，燃烧过激情，郁积过愤懑，却唯独在孙频这里感受到惊悚，遭遇了不安。

一切都由李成静的失恋开始。说"失恋"或许并不准确，因为从作者的叙述中，我们并不能确定赵同"恋"过李成静，正如她在看那部哄自己开心的"御用电影"时所想到的，"他其实从来就没有真正来过地球"，也从来没有真正爱过她，没把两人之间的关系当回事，她几年来都只是单相思而已。与其说她所追求的是"爱"和"爱人"，倒不如说她在寻找一个可以一起并肩对抗孤独的战友和伙伴。"她要抵御的是孤独"这种抽象的恐惧，却试图以诉诸实物的方式来挽留战友。与李成静相比，小秦恐惧的对象则是实实在在的，那就是小年夜上门讨债的债主；而她采取的方式，是把萍水相逢的李成静哄骗到家中，陪自己一起度过这个注定要心惊肉跳的夜晚。小秦的母亲有着和女儿一样具体的恐惧对象，但她选择用"宗教"这种虚幻、抽象的力量来与之对抗。然而，面对恐惧，三个女人无论是以实对虚，还是以实对实，抑或是以虚对实，抵抗的结果都是无力而虚妄的：赵同依旧无可挽回，讨债人今年走了，明年照样还会来；而将精神寄托在宗教上的母亲，则在祷告中离开人世——相较而言，这似乎还算是个说得过去的结局。

《万兽之夜》的文本底色无疑是灰暗的。面对故事里每一个人物的惨淡命运，相信读者都会默然失语，继而茫然无措，最终必将惊惶心悸，因为对于每一个人来说，李成静、小秦、秦母们所罹受的恐惧苦难、经历的心理折磨很有可能会在不知不觉中找上门来。在命运的庸常与无常、人生的不可预知性面前，任何人都无法超然物外。孙频用她的酷烈之笔，点出了我们这个时代的幽暗。但愿这冰冷坚硬的文字，能够带给这个躁动的社会一丝冷静。

迟子建的《空色林澡屋》（《北京文学》2016 年第 8 期）是一部主题颇难索解的小说。作者为这篇小说写的创作谈中有这样一段话："这部中篇与我其他中篇不同之处，在于可以有两种解读法。

如果读前三分之二，只是关乎洗澡的部分，也算一个完整的故事，未尝不可。但岁月风雨的吹打，让我对后三分之一的内容，更加满怀期待（那里有人性寒霜的一面，有落寞和虚无），所以希望读者能读到底。"[1] 这段话或许有助于我们的理解。

小说的"前三分之二"，也就是小说主人公之一关长河讲述的"皂娘"与"空色林澡屋"的故事，是"一个女人、三个男人和一条叫白蹄的狗"的故事。这个故事，是关长河"送给"勘察队员们的——临别之际以故事为礼物，这个行为本身带有很浓郁的浪漫色彩，关长河身上的游吟诗人气质由此显露无遗。在他的叙述中，皂娘多舛的经历动人心弦，这个不幸的女人用"洗澡"这一看似简单的方式同命运做着决绝的斗争，面容尽管丑陋，生活虽然贫穷，却始终保持着身体和灵魂的洁净，同时以自己的微薄之力去荡涤他人的身体和灵魂。小说中有一段"我"的内心独白："空色林澡屋的故事像一道奇异的闪电，照亮了人性最暗淡的角落后，我的整个生活就被它撕裂了。我在空洞的光阴中，能感受到它强烈的光明，不禁又寻着这光明而去。"这或许意味着关长河讲述的故事达到了亚里士多德在《诗学》中所说的悲剧的净化（katharsis）作用。而所谓"人性最暗淡的角落"，也就是小说"后三分之一"中"人性寒霜的一面""落寞和虚无"。这是作者经历了"岁月风雨的吹打"之后刻骨铭心的心灵体验，落实到小说文本中，就是勘察队五个成员在委屈比赛上所倾诉和宣泄出的人生窘境与愤懑。这场诉苦大会所取得的震撼人心的效果，丝毫不亚于皂娘超脱世俗成见的随性而为。人心深处最为隐秘的屈辱哀伤被袒露出来，即使是"我/非我""一代人的委屈"这样看似抽象的概念，也因落实在具体可感的经验上而呈现鲜血淋漓的质地。迟子建创作生涯中的主导动机——悲悯、沉郁的现实主义情怀——在此前的叙述中被有意地抑制甚至消解，至此终于喷薄而出。

---

[1] 迟子建：《是谁在怀恋故事中的人》，《北京文学》2016年第8期。

然而，那场期待已久的精神和肉身上的双重沐浴终究没能实现，精神重回委顿，肉身更加疲惫。正如关长河讲述的皂娘故事里充满叙述空白，与关长河有关的故事更是疑云密布。进而联系到小说里那个重要的情节发生地，迟子建为其取名为"空色林澡屋"，却并未解释其含义；用它为整篇小说命名，意旨更加扑朔迷离。从"空""色"二字出发，我们或许可以联系到《心经》中著名的"色空之辩"（"色即是空，空即是色"），认为作者通过关长河所讲述的关于"皂娘"的真假莫辨的故事，以及关长河本人扑朔迷离的身世经历，阐释了叙事艺术"虚实相济、有无相生"的真谛。在这个意义上，《空色林澡屋》或许可以看作是一部"元小说"（meta-fiction），也就是有关小说的小说（如果将"故事"也看成是小说之一种的话）。莫言在诺贝尔文学奖颁奖典礼上的演讲中说："我该干的事情其实很简单，那就是用自己的方式，讲自己的故事。"也许，迟子建这次也找到了属于自己的讲故事的方式。

前引宁肯的那段论述，以"涉及现实"作为一种现实主义的变通方式，其目的则是在"超越性"上。由现实基础上生发出的对理想主义的讴歌可以视为"超越"之一种，王威廉的《归息》（《十月》2016年第6期）可纳入此范畴。读罢这篇小说，笔者最大的感受是，这几乎是一篇不属于当下这个时代的作品，那种浓郁的理想主义氛围和叙述人语调，大概在八十年代很常见，在今天则像大熊猫一样稀少了——就像女主人公管芋喜欢的人（"有思想，有理想，有自由"）那样。平心而论，这篇小说存在着理念化的缺陷，人物形象虽然高大却并不丰满，情节逻辑上有诸多空白之处，叙述语言也显得平淡乃至平滑。但联系王威廉多年来的创作实绩来考虑，《归息》也许又是一篇满涂着探索油彩的实验之作。当"经验已贬值"而且"看似仍在继续下跌，无有尽期"，"只消浏览一下报纸就表明经验已跌至新的低谷"[1]时，文学对现实经验的照相式反映和模仿已无多大意义，倒不如以一种诗人的情怀来完成对理想世界的歌咏，同时打通理解现实的另一条路径。只不过，这种实验精神过于超前，与大多数人的审美趣味不甚合拍而已。

四

行文至此，还是让我们回到新闻与文学的角力上来。

《归息》的前半部分，大致是写一对在报社工作的青年男女的新闻理想，以及由理想衍生出的恋情。巧合的是，作者王威廉生活的广州，正是《南方周末》的大本营；而小说主人公供职的《文化周报》，也多多少少带有《南方周末》的影子。笔者并无意用一种"索隐派"的眼光去考量《归息》，但王威廉借笔下新闻工作者的理想主义浇自己心中块垒，是否无意中说明了当下文学在新闻强势挑战面前的缴械姿态？由此出发，我们还应该联系到本年度的另外两个中篇：宋小词的《直立行走》(《当代》2016 年第 6 期)和尤凤伟的《命悬一丝》(《北京文学》2016 年第 6 期)。前者用一种肌理细腻的心理描写和粗粝狂放甚至具有煽动性的语言，写一个进城的乡下姑娘是如何窘迫无告，一步步被侮辱和被损害的；后者则写一个法官是如何在物欲横流、丛林法则盛行的时代秉持社会良知和法律公义的。一老一少两位作者，都对现实展开正面强攻，叙述语言不可谓不冷峻纯熟，对人性和社会的反思也不可谓不鞭辟入里，但小说中的某些细节，却让他们的文本操作具有了某种症候性。在《直立行走》中，当周家为争取拆迁费而秘不发丧的真相大白，在作者安排下涌入周家小屋的除了"拆迁办"和警察，还有一位"涂着口红，染着指甲油，踩着高跟鞋，与拆迁办的官员手挽手肩并肩，却口口声声说要为老百姓说话"的女记者。将这个跳梁小丑似的形

---

[1] ［德］瓦尔特·本雅明：《讲故事的人——论尼古拉·列斯克夫》，见［德］汉娜·阿伦特编：《启迪：本雅明文选》，张旭东、王斑译，生活·读书·新知三联书店2014年版，第95—96页。

象与《归息》中的老曹、管芋放到一起比较，俨然构成了新闻工作者的两副截然不同的面相。或许宋小词是想在这篇戾气横溢的小说中顺带发泄一番文学被新闻压抑许久后的不满。而在《命悬一丝》中，作者习惯性地在情节主线外不断旁逸斜出地插入若干年来目睹之怪现状，展示社会"景观"，不断触碰卢卡契意义上的"细节肥大症"[1]的底线。其中有一个"不务正业"的陈律师，热衷于写"祖国大放歌"式的应景诗和"奇效惊世美名传"式的广告诗。尤凤伟以写作者身份，借小说人物之口入木三分地揶揄"中国作家协会会员证"的持有者，将当下文坛的"肌无力"症状加以哈哈镜式的变形和放大，这种文学从业者的自我矮化，令人惊诧而又无比心酸。

八十年前，本雅明在《讲故事的人》中转述《费加罗报》创始人维耶梅桑（Villemessant）对新闻报道特性的概括，以此来表达对小说能否应对新闻报道挑战的忧虑："'对于我的读者'，他曾说，'拉丁区一个顶楼的火灾要比马德里闹革命更重要。'显而易见，人们最喜闻乐见的不是来自远方的报道，而是使人了解近邻情况的消息。"如果说，当年的本雅明还因"叙述赢得了消息所欠缺的丰满与充实"[2]而对小说怀有一丝信心，那么，今天的中国作家，真的对我们的中国人失掉自信力了吗？

将现实与历史相勾连，引爆酷烈现实深层掩埋着的思想火药，以及跳出经验表象去追求更加飞扬的超越性，2016年的中篇小说创作给出了解读"中国"的三种方法，也的确呈现出了"中国"的多种样态。然而，当下的中国，已然步入几千年来最为复杂多义的发展阶段，与之相比较，孕育了孔孟老庄思想的"轴心时代"，显得那么单纯。区区三种方法，远远无法将"中国"穷形尽相，又怎

---

[1] 这一提法出自卢卡契的《叙述写描写——为讨论自然主义和形式主义而作（1936年）》，见《卢卡契文学论文集（一）》，中国社会科学出版社1980年版，第44页。
[2] ［德］瓦尔特·本雅明：《讲故事的人——论尼古拉·列斯克夫》，见［德］汉娜·阿伦特编：《启迪：本雅明文选》，张旭东、王斑译，生活·读书·新知三联书店2014年版，第100、101页。

能奢求借此读"懂"中国这部大书？正如从古到今没有人敢宣称自己"读懂"了《论语》和《道德经》，想以小说的方式去解读当下中国的现实，窥到的充其量不过是冰山一角。与新闻报道相比，小说在速度和烈度上天然地存在劣势，但也有属于自己的优长，那就是思考的深度与广度。这种深广的思考，也许在某些读惯了新闻报道的人看来，近乎"呓语"和"谎言"，但小说家们能做的，唯有"缩短小说和现实之间的距离，在抹去二者界线的同时，努力让读者体验那些谎言，仿佛那些谎言就是永恒的真理，那些幻想就是对现实最坚实、可靠的描写"[1]。在《归息》中，面对"新闻机器人"已经出现的现实，身为记者的老曹意识到，今后记者的身份将发生由报道者向分析者的转变。这一天来临之时，也就是文学（或小说）在新闻报道面前仅存的一点优势荡然无存之际。倘若不久之后我们只能从《南方周末》那里"读懂"中国，这真是我们时代文学最大的悲哀。

（原载于《扬子江评论》2017年第2期）

---

[1] ［秘鲁］马里奥·巴尔加斯·略萨：《给青年小说家的信》，赵德明译，上海译文出版社2004年版，第30页。

青春脉搏与现实回声
——2016年度"80后"散文创作一瞥

  提到"80后"作家,人们总是将他们与小说创作联系到一起;除此之外,还有一个相对小众的"80后诗歌"小圈子。但梳理"80后"登上文坛的历程却可发现,他们的最初亮相是借助散文(随笔)这一文体:世纪之交轰轰烈烈的"新概念作文大赛"上,韩寒、郭敬明的《杯中窥人》《假如明天没有太阳》之类,便是宽泛意义上的"散文"。其实,"80后"的散文创作实践一直都在延续,只是其光芒被更为耀眼的"80后"小说创作所遮蔽。经过十余年的发展,当21世纪的第二个十年也已过半,我们惊喜地发现,"80后"散文的成熟期已经悄然来到。

  如果将本年度"80后"散文创作视为一支正在向艺术蓝海扬帆起航的舰队,那么,刘汀的《我们那儿的生死问题》以其"重器"般的体量和深沉的哲思,堪称这支舰队当之无愧的旗舰。"80后"在前辈心目中形成的刻板印象,是消费主义、享乐主义的拥趸,是历史感匮乏的空心一代,那种轻飘飘的感觉与"生死问题"的沉重明显不搭界。在这篇长文的开头,刘汀似乎也对自己能否讨论这个问题持一种不太自信的态度,因此,他不无犹疑地写道:"我想在这个年纪写写我们那儿的生死问题。"但随着回忆的展开和探讨的深入,作者老家那些或让人触目惊心或让人潸然泪下的生死往事在读者面前铺展开来,切实的在场感拉近了作者与读者心灵之间的距离,也使作者获得了叙述的自由,得以触摸到生硬结实的生活内核。文章前半部分写"死",后半部分写"生",写"死"则冷静里饱含血泪,写"生"则轻松中不乏忧思。经历了奶奶和爷爷的去世,作者领悟到"死亡"的真实含义,即天人永隔的"一次别离"。但现实生活的复杂又使死亡带上了多义性——面对生命凋谢时深入骨髓的感伤,可以经由仪式的步骤而分解乃至消弭,死亡在窘迫无望、苦难深重的乡村生活语境中有时甚至可以转化为一种"极端的随遇而安",更不必说自杀行为所具有的那种反抗和符号意义。而对于"生"的问题,尽管它可能包括生活、生命等多重维度,但作者却从"生育"的角度切入,生与死的对立看似被纯化,思路却因此而豁然开朗,并由此探寻出乡村社会逻辑的原点,即将"死"看作"生"的一部分,通过生育去铸造"不断延伸的重复的链条",对死亡的恐惧、对死后世界的恐惧由此被超越。村上春树《挪威的森林》里"死并非生的对立面,而作为生的一部分永存"的名言曾经被众多文艺青年奉为圭臬,由是观之,不过是中国乡村代代相传的朴素智慧。刘汀以丰赡的事实和绵密的细节,对中国北方乡村的生死观进行了田野民俗志式的如实记录和呈现,他心甘情愿地充当这片土地的心灵书记官而不凌空虚蹈,极力避免思想和艺术的空转。《我们那儿的生死问题》曾经是"70后"诗人沈浩波一首诗的题目,被刘汀巧妙地借用并取得了成功,这意味着"80后"不仅可以"在这个年纪"写生死问题,而且可以比上一代人写得更好。

吴佳骏的《残院之内,黄昏之后》与《我们那儿的生死问题》在精神上有相通之处,但主旨迥异。他从一座养老院里几位老人的生死问题入手,最终落脚在"爱/恨"的矛盾与转化上。老人们境遇不同,但在到死都不能忘怀爱和恨这一点上却是相同的。当斯人已逝,置身事外,任何热闹和喧腾都与他们无涉的时候,爱恨的对立也就毫无意义了,正所谓"死去元知万事空",可惜许多人活一辈子都无法将这个道理参悟透彻。因先后旁观了两场葬礼,"我"的岳母在这个问题上大彻大悟,看似有些突兀,却也正合了禅宗"当头棒喝"之理。相较于略有"套路"之嫌的"人性升华",此文更出彩的是生活流的细节还原,在语言上也时有神来之笔,例如描写岳母"血珠顺着脸颊往下游走,像一颗颗露珠在寻找春天的讯息"等,展示出作者别具匠心的美学追求。

生死、爱恨都是形而上的色彩鲜明的大问题。终极追问固然深刻,但"80后"面前最严峻的挑战,显然还是来自现实生活的风刀霜剑。当下的"80后"小说普遍书写这代人在坚硬的社会现实面前的挫败感,"青年失败者"(或曰"loser")成为一种典型形象,而在"80后"散文中也能听到这一主题的回声。端木赐的《进京》就以一种调侃中饱含忧郁的腔调,书写了底层"80后"青年的卑微与无望。"我"和一群同事被工作合同围限在北京郊区的一座医院里"混口饭吃",这样的处境不免让人联想到那座经典的"三闾大学",而这群人也恰如《围城》的主人公们那样空虚无聊。固然有人怀揣改变现状的梦想并付诸实践,却在现实的铜墙铁壁面前碰得头破血流,最终意志消沉,借酒浇愁。文章题为"进京",其实是一个莫大的反讽。"我们"拥有别人梦寐以求的"北京户口",想要进趟城却必须"跋山涉水";而"我"对未来的追求,也只是希望能把工作换到城区,为此还要屡屡舔舐事业单位招聘落榜带来的创伤;北京地铁将要涨价的消息传来,也不过是在"我"心里掀起一阵涟漪而已,生活照旧。作者不断将视角压低,故意在慢节奏的叙述中透露出一种懒洋洋的情态——这正是那种"温水煮青蛙"式的生活所孕育出来的"几乎无事"的悲哀。如果说《进京》里的"我们"还曾有过凿开铁幕的幻想,那么到了《散章》中,"我们"则向现实彻底缴械投降。作者将这种生活的无聊感渲染到了极致,例如以吃饭为消遣,长时间观察鱼在鱼缸里游动的轨迹,甚至因极度无聊而产生强烈诡异的幻觉。《进京》和《散章》中都提到一个叫"建英"的男同事,他独来独往,醉心于电脑游戏,连谈恋爱的动力都丧失殆尽("这个女人后来被电脑游戏杀死了")。这种存在于日本社会多年的"宅男"形象曾经是我们嘲讽的对象,如今也在我们身边悄悄出现了。斑驳陆离的中国影像中，闪现出这些不无滑稽意味的形象，令人啼笑皆非，唏嘘感叹之余，袭来的是一种彻骨的悲凉。这种在社会和个人合力作用下的人生降格，在草白的《深渊》中也有体现。作者用一种怅然若失的笔调，写哥哥由顽劣不堪的少年堕落为无恶不作的浪子，继而在婚后转变为贪得无厌的市侩的过程。人情冷暖、世态炎凉在草白的喟叹中渐渐显影，让人难以释怀。

现实的艰辛使许多"80后"散文作者面带愁容，而他们的父辈当年在这个年龄阶段所描绘的却大多是阳光与春天。这一现象对比蕴含的深意实在是耐人寻味：究竟是这个时代比起当年来变得更糟了，还是老一辈人当年说了言不由衷的假话？答案自有公论。不过，2016年"80后"散文的底色也并非是全然暗淡，文珍的创作就让人眼前一亮。她本年度在《野草》上开设"三四越界"专栏，以小说家身份写散文随笔，纷繁可喜，篇篇皆有可观之处。相较于备受好评的《花》，笔者更愿意谈谈《抽屉》。本专栏的其他几篇，分别写梦、船、花、镜子、楼梯等等，多是被前人反复书写的主题，唯有"抽屉"，印象中似乎没有专门为之撰文的先例，在题材上天然具有吸引人之处。黄裳曾评价苏轼、黄庭坚等名家"随笔挥洒，并不着意为文，而佳处自见。似乎无意得之，但人虽费尽气力而终不能得"。在《抽屉》中，文珍也是率性为文，不仅文字灵动，思维也极尽跳跃腾挪之能事，从海明威到《海上花列传》、到大衣柜、到中药柜、到卡通片《哆啦A梦》、到童年关于抽屉的往事，直至由抽屉的结构联想到小说的作法，诸多看似毫无关联的物象，却被有机地结合在"抽屉"这个主题之下。全文八节，每一节单独拿出都能独立成文，汇到一起，无意中又形成一个攒珠花式的结构。叙述摇曳多姿，虽然没有着力抒情，但字里行间流露出的浓浓亲情却温暖感人。文珍用一种"跨界实验"实现了自由精神的尽情舒展，也充分展示了散文这种高度自由的文体所独具的魅力。

"真正的散文，最需要警惕的，就是继续依附在陈旧的话语制度上，平庸地谈论一些大而无当的公共话题。"从以上有限的篇幅所举的例子可以看出，2016年的"80后"散文作者们，都在尽自己最大的努力去避免触碰创作的警报器。他们的作品，无一不是血肉丰满、元气淋漓，既有坚定的现实性指向，也有深刻的超越性思索；最为可贵的是，回荡其间的不是空洞缥缈的高调，而是坚定清晰的青春脉搏和沉郁淳厚的现实回声。

（原载于《文艺报》2017年3月20日）

寻找属于自己的句子
——近期"80后"中篇小说创作观察

  作家陈忠实曾为海明威在总结创作经验时所说的"寻找属于自己的句子"这句话击节叫好。在他看来,"属于自己的句子"即是指"作家对历史和现实事象的独特体验,既是独自发现的体验,又是可以沟通普遍心灵的共性体验"[1],作家以此来彰显独立的个性。而在笔者看来,"属于自己的句子"还应该包括与作家个性、风格、创作能力相适应的表现形式,并由此达到内容与形式协调统一的创作境界。

  多年前,在梳理新世纪第一个十年的文学创作成绩时,孟繁华曾经提出一个令人惊讶的观点:新世纪十年的中篇小说是一种"高端艺术成就",中篇小说是"百年中国文学成就最大的文体"[2]。这一判断建基于对时下"长篇小说热"的虚假繁荣和短篇小说创作不断萎缩的清醒认识之上,具有振聋发聩的意义。从文学"是处理人类精神事务的一种方式,是作家介入现实、维护人类最高正义和理想的一种方式"的文学观念出发,他肯定了作家们借助中篇小说

---

[1] 陈忠实:《寻找属于自己的句子——〈白鹿原〉写作手记·后记》,《小说评论》2009年第5期。

[2] 孟繁华:《新世纪十年:中篇小说发生了什么——论作为高端艺术成就的中篇小说》,《东岳论丛》2011年第2期。其实在此前的一篇文章中,作者就已经将中篇小说视为"新时期文学"三十年来的"高端艺术"了,见孟繁华:《三十年中篇小说论略》,《文艺争鸣》2008年第12期。

这一文体积极参与公共事务、发现边缘经验的热情。值得注意的是，中篇小说文体被孟老师所关注的这些文学特质，恰恰是"80后"小说自面世以来所普遍欠缺的。这一观点的提出，不啻为"80后"小说社会性薄弱、思想内涵浅显的痼疾开出了一剂对症良药。

如今，新世纪的第二个十年也很快就要过去，正在向着不惑之年迈进的"80后"作家们，其小说创作状况究竟如何？在笔者看来，"80后"长篇小说创作的孱弱已经成为不争的共识，读者还在翘首盼望能够拿得出手的作品问世；而由于短篇小说文体自身的局限，作者们在进行艺术探索的同时也仍然在寻找突破格局的可能。相较而言，无论是在叙事能力上，还是在生命体验与情感体验的深广度上，"80后"中篇小说的创作都达到了值得肯定的水平。中篇小说已经成为"80后"一代作家对时代、对社会发声的重要途径。在去年末今年初公布的几个文学排行榜上，"80后"中篇小说所占据的位置也为这一判断提供了有力的佐证。

榜单名	长篇小说/"80后"作品	中篇小说/"80后"作品	短篇小说/"80后"作品
中国小说学会2017年度中国小说排行榜	0/0	10/3	10/0
2017《收获》文学排行榜	0/0	10/2	10/2
《扬子江评论》2017年度文学排行榜	0/0	10/3	10/2

从以上简单的对比可以看出，无论是与前辈作家进行纵向比较，还是对同年龄段各类文体创作进行横向比较，"80后"作家的中篇小说创作成绩都堪称不俗。可以说，中篇小说正在逐渐成为属于"80后"自己的文体，"80后"作家通过中篇小说寻找到了"属于自己的句子"。

一、历史意识、现实追问与身份认同

几乎所有意欲求索中篇小说文体秘密的探险者都熟谙别林斯基的那一著名论断：中篇小说是"人类命运的无穷长诗中的一个小插曲"，是"分解成许多部分的长篇小说"（《论俄国中篇小说和果戈理君的中篇小说》）。长篇小说因其卷帙浩繁、体量巨大，当仁不让地在史诗式微的时代成为重绘历史图景的理想文体。"小插曲"的特征似乎意味着中篇小说在这一题材领域的天然劣势，但并不妨碍优秀的作者在有限的篇幅和短暂的时段里集中体现出鲜明的历史意识与反思。例如《阿Q正传》，虽然只写一个普通中国农民在短时间内的遭遇，却投射出几千年中国社会的影子。随着生活经验和阅历的日益丰富，"80后"作家们的中篇小说，也从早年的汲汲于青春琐事，逐渐转向对时代和历史的思考。

孙频是近年来风头正劲的青年作家，她的《去往澳大利亚的水手》（《花城》2017年第5期）一以贯之地延续着此前险峭坚硬的风格，将社会与人际关系的冷酷予以无情的解剖。但更值得肯定的是，作者开始回望历史，试图追溯四十年间人伦悲剧的历史根源，同时呈现历史恶潮在当下震荡出的余波。小说中的意象，无论是桃园里突兀的坟茔（从最初的三个直到最终的五个），还是妖娆诡异的"血桃"，抑或是硕大似鸡蛋的枣子，无不让人触目惊心，掩埋、包裹着人世间难以言表的邪恶与永远无法涤清的黑暗。

两位母亲（宋之仪、麻叶寺巷女人）都将自己的儿子（宋书青、小调）视为"盘底盛宴"——用宋之仪自己的话来说，"就是你的盘子里就剩下那么一点吃的的时候，无论那剩在盘子里的是什么，都将是你的盛宴……你只能去舔那盘子"。这个比喻建立在两位丈夫/父亲缺席（甚至是"无名"）的前提下，因此更加耐人寻味。宋之仪夫妇因为被打成右派而下放，两年后丈夫自杀，宋之仪则在"文革"期间终日被批斗，每天做检查。一个惊人的秘密是，宋书青并非宋之仪和丈夫所生，而是她在受尽羞辱的岁月里为了有一个"真实的孩子"作为亲人和后半生的"心灵寄托"，和一个靠拾荒为生的男人（即后来看桃园的老人）生下的。麻叶寺巷女人则是因丈夫被判无期徒刑，自己又失去了民办教师的工作，不得不"靠晚上和男人们睡觉"来独立抚养儿子小调，并以"爸爸去澳大利亚了"为借口向儿子隐瞒真相。这种扭曲的、隐藏着残酷事实的家庭关系，无疑给孩子的成长造成了恶果：无论是宋书青还是小调都无法接受正常的学校教育。如果说曾经的大学老师宋之仪还可以通过言传身教来进行有限度的弥补，麻叶寺巷女人则干脆对小调放任自流。但更让人无法接受的是，由于视儿子为"盘底盛宴"，她们用"舔盘底"的方式，日积月累地建构起一种畸形的母子关系。在宋书青的潜意识中，对母亲的极度依恋和极度厌恶并存，而成长经历的相似使他视年幼的小调为四十年前的自己，以至于在宋之仪死后，他将麻叶寺巷女人假想成自己的母亲，"觉得自己刚刚被重生了一次"，哀求她"就把我当成小调吧""当我是你的儿子吧"。"盘底盛宴"的关系可以说是相互的，母亲将儿子视为"盘底盛宴"，母亲失去儿子的结果是被自己的恐惧逼疯；反过来，在这种畸形关系中成长起来的儿子也会将母亲当作自己的"盘底盛宴"。社会化的缺失，导致儿子失去母亲之后注定被冷酷的社会所碾压，直至抛弃。

在《去往澳大利亚的水手》中，宋之仪至少有两次提及对"脑子里没有想法""像一堆和任何动物的肉都没有区别"的生活的恐惧，因此，她像希腊神话中变成水仙花的纳西瑟斯一样，在艰难时世里拼命追寻寄托，哪怕这种寄托并不存在，哪怕它只是一厢情愿。因为她知道，如果连这种寄托都没有了，一个人也就垮了。也正因为如此，当"爸爸就要从澳大利亚回来了"的谎言几乎就要被戳破，小调会带上自己的全部积蓄（所谓"金币"，其实不过是小猪储钱罐里的硬币），穿上新衣服离家出走，踏上自己心目中的寻父之旅。这世界往往太过无情，总是板起看似正义的面孔，容不得人做半分自欺欺人的幻梦，人生也因此变得更加艰难。

与孙频那篇跻身多个年度文学排行榜并广受好评的《松林夜宴图》一样，《去往澳大利亚的水手》同样将视阈向历史的维度扩展，以此来回应批评界长期以来对于"80后"作家作品"欠缺历史意识"的判断和诟病；而当代历史的重大事件给亲历者及其后人带来的巨大心灵戕害，在后者中表现得更为突出。在《去往澳大利亚的水手》中，四十年前的创伤记忆通过革命样板戏《红灯记》里《痛说革命家史》的唱段被反复激活，而十字路口广场舞动作的统一、投入和集体性，同样诱发了对往昔"忠字舞"记忆的恐惧。更令人"细思恐极"的是，这种"根本且无可逆转的改变"不仅作用于历史事件直接受难者们的肉体之上，也潜移默化地沾染了世道人心。街坊邻居们在下岗后的困窘日子里苦苦挣扎，非但没有和"同是天涯沦落人"的宋家母子一起风雨同舟、分享艰难，而是重新回到几十年前群众运动的老路上去，"在今晚变成了一个集体，一个庞然大物"，"使这个夜晚忽然变成了一个无比熟悉的陌生夜晚"，以集体的名义加害于弱者身上。社会学家们曾经天真地认为，创伤记忆的讲述与传承对整个社会共同体而言都具有道德教育的作用；但他们却忽视了这一点，即在趋利避害的普遍人性的引导下，这种讲述与传承往往是具有选择性的，某些成分被故意遮蔽，另一些成分则被美化并加以放大，并直接导致了历史悲剧的循环上演。

  "80后"历史意识的形成无非有两条路径，或是由从父母辈那里得来的间接经验生发，《去往澳大利亚的水手》即是代表，但更多的作者选择从同代人的直接体验中去体悟。二三十年的人生岁月虽说只是弹指一挥间，但其间甘苦，如鱼饮水，冷暖自知。在寻求身份认同和经历身份转换的过程中，一种看似肤浅、实则切肤的时代感受逐渐清晰起来。

  "80后"一代的诞生与"80后"概念的提出，与计划生育的基本国策有着最为直接的关系。伴随计划生育政策的实施而产生的独生子女身份，一直以来都是"80后"辨识度最高的特征。这代人在成长过程中被贴上的种种标签，例如自私、自我中心、享乐主义、缺乏历史感等等，几乎都是由"独生子女"这一"原罪"所衍生；而因"超生"酿成的家庭、伦理悲剧，时常刺激着大众的神经。因此，对计划生育政策的反思和对独生子女身份的确认，历来都是"80后"小说书写的重要主题。在《大乔小乔》(《收获》2017年第2期)里，张悦然从一代人所特有的身份认同角度出发，在叙事进程中逐渐拓展思考的领域，彰显出严峻的社会现实。仅仅在五六年前，"80后"小说的内容还被视为"多是中学生的情绪、幻想和想象，包括他们的困惑、思考以及经历，具有强烈的年龄特征，是高度个人化或个性化的，且局限于校园和家庭"[1]，但随着年龄的增长和成熟，曾经的子女已为人父母，曾经的学生已登上讲台，"80后"小说显然早已脱离了"青春写作"的窠臼，直接与这个时代最核心、最敏感的问题短兵相接。作为最早登上文坛的"80后"作家之一，张悦然的创作转向以及她近年来针对重大社会问题发声意识的增强，在这一代作家的成长轨迹上有着标志性的意义。而在另一位"80后"代表作家马金莲的《听见》(《民族文学》2017年第11期)中，时代主潮和社会风气的变迁就将"80后"中学教师刘长乐置于前所未有的困境之中：他在顽劣学生的挑衅下失手刺伤了学生的耳朵，学生家长在多方怂恿下开价四十万"私了"，领导、同事、网络舆论也对他施以重重重压。年轻的教师最终不堪重负，在教学楼顶一跃而结束生命，以此抗议这个不公正的社会。在作者冷峻而绵密的叙述下，一桩晚报社会新闻栏里普普通通的案件被不断发掘出更为深刻的意义：教育理论与学校实际的脱节、拜金风气驱使下的讹诈、人与人之间"事不关己高高挂起"的冷漠、无良媒体对社会舆论的恶意误导……导致学生耳朵受伤的"钢笔事件"原本只是一场茶杯里的风暴，却被某些别有用心的人导演出了足以波及全国的轰动效应；更让人难以接受的是，这种无耻的讹诈和迫害，却是假借孩子（学生）的名义来实施的，这正是我们这个时代真正的可怕之处。

　　这种乱象我们似曾相识。一百七十多年前，别林斯基曾经针对

---

[1] 高玉：《光焰与迷失："80后"小说的价值与局限》，《中国社会科学》2012年第10期。

俄国社会的现实感慨说："……某些社会的观念与其中的现实完全相反，它们在学校里教给孩子们道德，这些道德在孩子们离开学校后成了人们笑话他们的原因。这是一种无信仰、腐朽、分裂、个人主义及作为其必然后果的利己主义的状态；不幸的是，这正是我们这个时代再显著不过的特色！"对于这种"特色"，他通过一个比喻给出了坚决的态度："当我们的街道失火时，我们必须向着而不是背着火跑，这样才能和别人一道找出灭火的办法；我们必须像兄弟一样携手合作来扑灭它。"[1]一个具有起码的社会良知的作家，理应像马金莲和她的《听见》那样，让自己的作品担负起消防警报的责任。

二、"她们"的故事与性别的困窘

细心的读者可能已经发现，上文所列举的三位"80后"代表作家都是女性，这也从侧面反映出当下"80后"小说创作群体的某种特征。性别的限制有可能会导致这一代人创作中"力量感"或"历史感"的缺乏，但是也有利于充分发挥女性心思细腻、观察入微、性别意识敏感强烈、善于把握抒写人物情绪的优长，并与中篇小说文体在篇幅和结构上的特点相结合，从而将"80后"中篇小说引向偏重心理呈现和情绪表达的方向。

如果说《去往澳大利亚的水手》中宋家母子难以承受的是历史遗留下来的沉重包袱，那么更多的人难以摆脱的则是在时代浪潮里随波逐流的命运。在孙频的另一个中篇《光辉岁月》（《当代》2017年第1期）中，颓败小城里的普通工人家庭曾经以培养出了一个女博士为荣，但这"光辉岁月"背后掩盖的，却是梁姗姗伤痕累累的残酷青春。每当面临人生中的重大考验，这个从小到大从不惮于考试的人都会选择重返校园，试图借象牙塔里虚幻的平静求得

---

[1] 转引自［英］以赛亚·伯林：《现实感——观念及其历史研究》，潘蓉蓉、林茂译，译林出版社2011年版，第264页。

暂时的安全感，却终究难逃被时代玩弄于股掌之间的命运。一个毕业后回到县城教中学的女博士近乎混乱的偷情经历，和她对先后三次校园生活的回忆交织在一起，白云苍狗之间，令人眼花缭乱的闪回是健美操、校园舞会、网恋、《上海宝贝》、智能手机、微博等等时代的符号，梁姗姗和陈天东这对痴男怨女在时代戕害下扭曲的灵魂侧影也随之被渐渐勾勒出来。借主人公之口，作者传达出的是"人都是时代里的人，都是可怜人"的主题，这种"可怜"集中体现在个体命运被时代以宏大的、冠冕堂皇的口号或承诺所屡屡欺骗以及由之所带来的安全感的缺失上。可以说，梁姗姗三十多年来的人生，就是一个卑微生命在暗夜里一次次划亮希望的火光，又一次次被时代之手无情碾灭的过程。在近年来的"80后"小说创作中，《光辉岁月》是将绝望感传达得最为透彻的一篇。

同样，周李立的《安放之年》（《当代》2017年第5期）同样是写一个女博士的经历——这似乎说明了一个不争的事实：在被网络恶炒了十余年后，"女博士"仍旧是吸引读者眼球的热门话题，值得作家和社会学家们去深入探究其丰富的内涵。与《光辉岁月》中先后几次试图去扭转命运轨迹的梁姗姗不同，《安放之年》里的"她"面对人生的漫漫长路，自始至终表现得懵懂、迷茫。所谓"安放之年"，即是指"她"的毕业之年。在这一年里，无论是职业生涯还是感情生活都有待"她"去选择和安放，但两方面的结果都算不上"适得其所"。视频面试将她的命运定格在北京郊区"连一棵草都没有"的大学校园，随即便被心比天高、以获得香港居民身份为目标的男朋友所抛弃。人生轻而易举地就被意外所改变，曾经的山盟海誓也被还原成不堪一击的谎言。从本质上来说，《光辉岁月》和《安放之年》的主人公分别代表了当下青年的两种主流生活态度：在梁姗姗看来，获得一份公家的稳定工作就意味着一辈子的生活有了基本保障，为此，她甚至可以放弃大学里的男友；而"她"却对"终身有靠"的生活持有一种本能的恐惧和拒斥，并因为在老教师们的身上看到了自己未来的影子而陷入绝望之中。但吊诡而又令人无奈的是，在个人难以违拗的时代强力的作用下，这两种截然相反的生活态度最终却殊途同归，难逃被捉弄和倾轧的劫数。

　　布罗茨基曾经这样表达自己对"悲剧"的担忧："……悲剧基本上把作家的想象力局限于悲剧本身。因为悲剧在本质上是一项说教事业，也因此其风格是受限制的。……削弱了，事实上应该说取消了作家的能力，使他难以达到对于一部持久的艺术作品来说不可或缺的美学超脱。事件的重力反而取消了在风格上奋发图强的欲望。"[1] 悲剧作者往往用力过猛，耽于煽情，由是便容易沦为"说教事业"的陈词滥调。值得一提的是以上这两篇小说的结尾：孙频描写了初夏黄昏变幻的天象，绚烂壮美而近乎辉煌；周李立则安排自己笔下的主人公选定大学城周边的墓园作为灵魂的安放之地，甚至在"她"倾尽全部积蓄为自己支付了一块墓地的定金之后，"喜气洋洋"而又"满怀骄傲的心情"。一种令人匪夷所思的不和谐感呼之欲出，衬出了时代的巨大荒谬，主题的表现力反倒因这种怪异而得以大大增强。

三、城市的破败与理想的泯灭

　　孙频的小说里常常会设置一种极端情境，人物命运好像被拉到最大限度的皮筋，濒临崩断的边缘。这种极致的紧张，使得她笔下的故事情节蕴积着巨大的爆发力，给读者带来明显的紧迫感和压抑感。这或许与她的作品大多是以北方（特别是山西）的小县城为背景不无关系。如蝼蚁般渺小的芸芸众生在恶劣环境里挣扎、倾轧，凛冽的朔风和贫瘠的土地催生出一朵朵恶之花。而同样是将目光聚焦于颓败的城市，郭爽讲述的那些发生在破旧工厂宿舍大院里的家长里短，却透出川黔一带遍地开花的棋牌室、麻将桌间的闲适甚至懒散的气息。《拱猪》（《作品》2017年第11期）便是以一种在

---

[1] ［美］约瑟夫·布罗茨基：《空中灾难》，见氏著《小于一》，黄灿然译，浙江文艺出版社2014年版，第235页。

民间广为流传的牌戏为题，写两代人当下的困顿生活。作为父母的丁小莉、伍爱国和他们所代表的那一辈人，生在厂子里，长在厂子里，老在厂子里，在将自己的命运同工厂绑定的同时，也早早随着工厂的衰败而衰败下去，直至下岗、被遣散。他们迫于生计，或是卖卤肉捎带推销化妆品，或是借钱去外地贩水果，虽然也曾有过为了多占一套房子而假离婚的小聪明，却终究敌不过现实粗粝质地的摩擦，将日子过成了一摊鸡零狗碎。而以伍珊为代表的下一辈，囿于自身天赋所限，看不到以知识改变命运的希望，又不甘心在这种浑浑噩噩的庸俗环境里消耗青春，只能在为偶像"做应援"的过程中寻求友谊，排遣抑郁，以此来为污浊的空气引入一股新风，给灰暗的生活增添一抹亮色。丁小莉、伍珊母女之间的冲突，便围绕着女儿"追星"以及在追星过程中结交知心朋友而展开。"猪"这个意象在小说里有着特殊的含义，它一方面代表着伍珊的人生理想，另一方面又暗指着工厂家属院里普遍的生存状态。对于还只是个高中生的伍珊而言，过早地接触生活的逼仄和人生的无奈，使她的心灵承受了与年龄不相符的重压，因此她渴望像猪那样无须患得患失，只要长肉便好的无忧无虑的生活。而对于家属院里绝大多数无所事事的人来说，他们借喝酒、偷情、打"拱猪"、传播流言蜚语混过一天又一天，与猪圈中等待被屠宰、被做成卤肉的猪们其实并无二致。

小说中有一个细节：丁小莉塌在沙发上回忆起自己的初恋——一个运钢材的司机，"脸上有她在这个厂子的工人脸上从没见过的活泼与生气。想来，应是他去过的那些地方，山川、河谷与公路，让这张同样年轻的脸，映上了不同的色彩"。而在初恋结束、丁小莉和伍爱国结婚并生下伍珊之后，她还曾有一次坐着那个司机的大卡车在清晨的街道上游荡。这是丁小莉一生中少有的出格行为，坐上卡车去远方，意味着她曾经有过走向新生活的机会，但是很快就被扼杀在自己手中，她终至沦落成一个醉心于麻将和广场舞的中年大妈。而她的女儿伍珊除了追星，也曾经有过和好友一起"去深圳"

的念头，却敌不过像猪一样生活的追求，"真的变乖了"。有钱人如周佳媛者，可以任性地中断学业去追星，因为她至少有"去澳洲"这条路可走；而面对铁板一样的现实，像伍珊这样的穷人则只能选择默默承受。既然如此，为什么不心甘情愿地过猪一样的日子呢？母亲的今天，注定就是女儿的明天。

与郭爽笔下川黔一带慵懒颓废的下岗工人相比，工人阶级曾经的无上荣光与灰暗萧瑟的人生现状之间的巨大反差，在双雪涛的沈阳叙事中呈现得更加令人触目惊心。《飞行家》（《天涯》2017年第1期）很容易被看作是写了一个不甘心承受现实生活压抑的天才（引用文中高旭光临终前对李明奇的评价来说，即"不是一般人"）用几十年时间去寻找"逃离"之径的故事。李明奇自青年时代便怀揣制造"飞行器"的梦想，却与冰冷的现实以及自己"并不特别喜欢"且"有点庸俗"的妻子高雅风扞格数十年，最终和儿子李刚一起不辞而别，试图用乘坐气球的方式逃离家庭，逃离自己生活了一辈子的破败的东北小城，以"再跳一次"的方式去南美洲开创新生活。这个"去南美洲"的奇特安排，让人隐约看到《挪威的森林》里女主人公之一小林绿子的影子：在被琐事纠缠得焦头烂额的时候，她也是将远在南美洲的"乌拉圭"视为躲避日常凡俗生活的"世外桃源"而加以幻想。只不过村上春树并没有让这种幻想成为现实，而双雪涛却让李明奇和李刚跨上了气球的吊篮。这个大胆的想象似乎可以被视为一种对理想的讴歌，然而在笔者看来，这种简单的理解只是将《飞行家》看成一篇平庸的幻想小说而已。作者用几乎全部篇幅来书写现实，用极具东北人"絮叨"风格的语言闲扯家长里短，只是在即将结尾处描绘出一个带有奇幻色彩的场景，用意其实在于以"奇幻"指向对现实生活的反讽。小说有两条情节线索，一条是"我"回乡寻找失踪的二姑父李明奇和表哥李刚的过程，另一条是李明奇三十多年前（1979年）第一次拜见未来岳父高立宽并终夜对饮的经历。李明奇的形象是在后一条线索的叙述过程中慢慢清晰的，他呈现在读者面前的是一个性格极度矛盾的形象：一方面耽于幻想、不愿沉溺于现实生活，另一方面却又显得心机复杂而沉重（选择高雅风为终身伴侣，只是因为"看中了她的条件"）。而他在高家人面前的表现，一开始温文尔雅、谦虚谨慎，随着对饮的过程逐渐放开，直至最后爬上房檐，在高旭光面前手舞足蹈地发表关于"飞行器"的演说。小说中有两个前呼后应的细节：首先是李正道在"文革"期间上吊前告诫李明奇"做人要做拿破仑，就算卖西瓜，也要做卖西瓜里的拿破仑"；其次是李明奇在乘气球去南美洲前告诫"我"说："做人要做拿破仑"，"做不了拿破仑，也要做哥伦布，要一直往前走。做人要逆流而上，顺流而下只能找到垃圾堆。"这两个细节的呼应，揭示了李家父子二人（或祖父孙三人）身上一脉相承的特点，即对通过个人奋斗改变命运的深信不疑。然而，所谓改变命运的希望，却被寄托在乘气球逃离现实这一奇幻而荒诞的行为上。行文至此，相信读者自能体会出其中的无奈与心酸。

就此看来，《飞行家》实在是一个"反心灵鸡汤"的文本，双雪涛的用意其实在于点破"个人奋斗"的幻梦：在冰冷凝滞如东北冬夜的现实面前，任何反抗的努力（如李正道式的"知识改变命运"和李明奇式的奇思妙想）都是徒劳的。小说中的高旭光是少有的能够理解甚至崇拜李明奇想法与行为的人，李明奇酒醉后畅想未来的迷狂状态曾短暂地"让他刚蹭到一种幸福感"，但这个整日沉迷于阅读却拒绝参加高考的书呆子，尽管在临终之际还念念不忘"度过一生并非漫步穿过田野"，回望其一生，却是以一种"清静"（这是作者的原话）的方式度过的，与李明奇的选择形成了鲜明的对比。或许，只有如高旭光者，才能在现实浪潮的激荡中独善其身。

中篇小说曾经在若干年前的"底层写作"热潮中扮演了重要的角色，这并非偶然现象，而是自有其文体上的原因。"底层写作"的意旨在于反映底层生活的真实状况，并在此基础上反思导致这一状况的时代历史原因。它不需要长篇小说式的"史诗性"的全面表现，往往是选择底层民众的日常生活作为切口，"生活流"的展现手段可以追溯至池莉、方方一代的"新写实"中篇佳作。从"新写实"到"现实主义冲击波",再到"底层写作",直至今日"80后"作家们的"北方化为乌有"（此说源自双雪涛一个短篇的题目,指昔日"老工业基地"的式微）,一条草蛇灰线的脉络呼之欲出,中篇小说文体对于20世纪90年代以来中国文学的意义,也就不言自明了。

在"长篇／中篇／短篇"这一小说分类序列里,"中篇小说"（novella或novellette）出现得最晚,其文体特征也最为众说纷纭。迄今为止,我们可以读到众多理论家、作家为长篇小说和短篇小说所下的定义以及对其文体特征的概括,对中篇小说却始终没有令人信服的判断。我们曾一度认为,中篇小说相较于长、短篇小说的长处在于,它可以截取生活的片段,并在这片段上展示生活整体性。但小说文体是随着时代的推进而不断演进的。李洁非在总结20世纪90年代上半期的长篇小说创作时,就曾经敏锐地指出,这一时期的长篇小说流行"局部的、单人物的、由小渐大、由窄渐宽的切入点",而这"其实正是典型的中篇小说切入点"。"由于一个中篇小说的时代影响,作家在控制长篇小说情节结构时,其'虚化'能力明显比前辈作家增强,他们在处理大跨度情节时更加显现出灵活性。"[1]因此,我们还需要进一步思考中篇小说的文体特征问题。

贾平凹曾表示:"中篇小说是比较开放的体裁,我竭尽全力在不停地变换它的角度,我愿意实行'多转移'的政策,企望能达到随心所欲。我喜欢说我的创作是一种试验,中篇尤其这样。"[2]而陈忠实在创作巨著《白鹿原》之前,也曾经历了一个长达数年的"中篇时期":"按我当时的写作状态,正对中篇小说的多种结构形式兴趣正浓,……我写中篇小说较之短篇写作只明确了一点,即每一部中篇小说都必须找到一个……起码区别于自己此前各篇的结构形式,……我此时写中篇小说正写到热处,也正写到顺手时,我想至

---

[1] 李洁非:《长篇小说热的艺术评析》,《小说评论》1994年第2期。
[2] 贾平凹:《一点话》,见《新时期中篇小说名作丛书·贾平凹集》,海峡文艺出版社1986年9月出版。

少应该写过十个中篇小说,写作的基本功才可能练得有点眉目。"[1]可见,中篇小说在结构形式上拥有极大的自由度。从以上两位作家的创作经验出发,笔者倾向于将中篇小说的文体特征概括为"片段性""灵活性"和"开放性"。它不同于短篇小说因篇幅限制所需要的高度技巧和严谨结构,也可以不必考虑长期困扰长篇小说创作的"史诗性"魔咒。灵活和开放的形式为作者在中篇小说中充分展开可以反映人物命运的细节描写提供了可能,同时避免了被卢卡契所诟病的"脱离人、脱离人的命运而独立的'事物的诗意'"(《叙述与描写》)。

更重要的是,"片段性"回应了当下社会的碎片化特征,而"灵活性""开放性"也与"80后"一代的身上崇尚个性、渴望自由的探索气质暗合符契。短篇小说因为要求"凝练",所以讲究精心的剪裁。而这种结构上的技巧类似于下棋时的布局,模仿起来不是太难,但也容易落入俗套和窠臼。中篇小说的写法似乎不容易模仿;许多名家的经典短篇被当作范本,在课堂上被反复用来当作写作范本,却很少有人拿中篇小说的写作来举例。这也许就是某出版社同时推出"短经典"和"中经典"两套小说名作丛书,前者被初学者捧上天而洛阳纸贵,后者却乏人问津的重要原因之一。但这种难以模仿的特性,却在一定程度上保证了中篇小说在艺术上的独立性和原创性,也使之成为可以让"80后"作家充分发挥创造力的园地。

当下的文坛有"长篇崇拜"一说,指的是作家们一窝蜂地去创作长篇小说这一最具难度的文体,以此来证明自己的创作实力,但不少作家也因此弄巧成拙。其实我们可以列举出众多在创作生涯中没有写过长篇小说,或者并不以长篇小说名世的著名作家的反例。最重要的是寻找到适合自己气质的文体。阿城回忆自己的创作时曾表示,他在20世纪80年代写中篇"三王",因为没学过小说作法,

---

[1] 陈忠实:《寻找属于自己的句子——《白鹿原》写作手记》,《小说评论》2007年第4期。

就凭着一股"气"去写，一直写到没有"气"了赶紧收住，死活不能再撑下去了，结果三篇小说写出来都是两万七千多字。"气"的说法略显玄奥，但是有多少"气"就写多长的文字是一个作家应有的自知之明。许多人为"80后"迄今没有能拿得出手的长篇小说而焦虑，但这其实是一个"不成问题的问题"，大概就说明了这一代的"气"还只适合去写中篇。他们需要像当年的陈忠实那样，写上至少十个中篇来磨炼写作基本功。到了那个时候，长篇小说的写作对于"80后"一代来说也许就是自然而然的事情了。

"80后"这代作家是幸运的。他们从出生之日起就置身于一个社会发生巨大变动的时代，理应对社会剧变体验得更为直接和深刻。如今的"80后"们正走在成长为社会中坚的道路上，他们的勃勃生机和淋漓元气、胸中块垒和幽愤郁结、历史思索和人生感触，都需要通过一种最适合自己的文体去抒发和传达。他们将自身的生命体验与中篇小说文体合而为一，一个更加丰富、多姿而又深邃的艺术世界，正期待着他们向读者呈现。

（原载于《上海文学》2018年第8期）

寻找"伟大的中国小说"
——以 2017 年度三部上榜中篇小说为例

每逢岁末年初，层出不穷的各种文学榜单总让人眼花缭乱。就像《水浒传》第七十一回的回目"忠义堂石碣受天文，梁山泊英雄排座次"所说的那样，"文学排行榜"无疑也是一场文坛好汉们"排座次"的狂欢。从古至今，一切榜单都标榜自己以寻找"最好""最优秀"为宗旨，但这一标准实在是过于宽泛，再加上中国人自古便有"文无第一，武无第二"的说法，因此，选择哪些作品上榜、上榜次序如何都是一门大学问，其背后隐藏着的，是各种文学与非文学因素的激烈博弈乃至妥协。

在我看来，文坛每年的排榜行为，常常是硬要在普遍而巨大的差异性之中寻找并拼凑出一点可怜的"共识"：就算是在文学创作同质化已经非常严重的当下，这种努力也往往是事倍功半的。以笔者参与某文学榜单提名的亲身经历为例，当最终结果公布后，笔者满怀忐忑的心情拿着自己的提名名单去对比，结果发现命中率仅仅略高于 25%。这个比例据说还算是高的了。而在另一次提名会议上，经过与其他提名评委的私下交流，发现各自十几篇中篇小说的提名名单里，能够一致的往往只不过三四篇。这仅是就当下创作而言。放眼文学史，即使是一些如今已经早有定论的排行，在当年也并不是人人信服。姑且不论"初唐四杰"之一的杨炯"愧在卢前，耻居王后"的典故，倘若今天在大街上开展"谁是中国古代最伟大的诗人"的问卷调查，估计一百个人里会有九十八个回答"李白"或"杜甫"，剩下的两个或许推"白居易"或许推"屈原"，但大致不会超出这个范围。然而在《旧唐书》里偏偏就有这样的评价："词理宏通，文采焕发，每制一篇，人皆传写。虽李白之放荡，杜甫之壮丽，能兼之者，其唯（吴）筠乎！"也就是说，在《旧唐书》的作者看来，这位吴筠先生是唯一一位能够身兼李白、杜甫两位大师优点的诗人。钱锺书先生因此在《中国诗与中国画》一文中揶揄说吴筠是"唐代最大的诗人"，因为"谁都没有赢得那样赞叹备至的评语"。这虽然只是一则文坛笑话，但却说明了一个很浅显的道理：文坛之"最"也好，"排行榜"也罢，因为即时性而缺乏沉淀，往往是很不靠谱的事情，十有八九当不得真。

但每年的榜单毕竟是被开列出来并公之于众了。那么，这些得以跻身"共识最大化"榜单的（小说）作品，是否真的就是当下"最好""最优秀"的作品？由此，我又想起了美籍华裔作家哈金在十几年前提出的那个引起过广泛争议的概念——"伟大的中国小说"。哈金说，"每年春季，我都教中篇小说（《青年文学》2008年第11期上的原文如此——引者注）写作。在第一堂课上我总要把伟大的美国小说的定义发给学生，告诉他们这就是每一个有抱负的小说的定义，告诉他们这就是每一个有抱负的小说家写作的最高目标"。套用美国作家J.W.de Forest在1868年对"伟大的美国小说"所下的定义，哈金将"伟大的中国小说"定义为：

> 一部关于中国人经验的长篇小说，其中对人物和生活的描述如此深刻、丰富、真切并富有同情心，使得每一个有感情、有文化的中国人都能在故事中找到认同感。

尽管哈金此言一出便引发了众多反对之声，例如认为一个作家不应该过分强调地域性（"中国"），不应该在创作之初便信誓旦旦要写出"伟大的小说"，等等，继而有作家和评论家质疑在当下中国的文化语境里能否创作出"伟大"的小说，但是在笔者看来，他至少为中国作家提供了一个理想主义的奋斗目标（他自己也确信"没有人能写出这样的小说，因为不可能有一部让每一个人都能接受的书"），以及尽可能接近这个目标的途径（书写中国人的经验，深刻、丰富、真切并富有同情心地描述人物和生活，营造认同感）。而且，这个目标似乎也适宜被锚定为开列文学（小说）榜单这一理想主义行为的标准——只需将定义里的"长篇小说"范围扩大为"小说"，便足以从每年数以千计（甚至有可能以"万"计）的小说作品中剔除相当大一部分，因为在当下的创作中，更多的是随心所欲的意淫、粗制滥造的想象和"理应如此"的概念化写作，能够真正静下心来"书写中国人经验，深刻、丰富、真切并富有同情心地描述人物和生活，营造认同感"的作品实在是太少了。年度文学（小说）排榜行为也因此被具体化为寻找最接近"伟大的中国小说"的努力，从而最大限度上消解其随意性，淡化乃至荡涤"碰运气"的成分。

以寻找"伟大的中国小说"作为开列榜单的理由，首先就要求我们去关注那些能够对当下中国的现实生活和"中国经验"及时做出"诗意的裁判"（恩格斯评价巴尔扎克《人间喜剧》语）的作品。即使是对中国当代文学带来革命性影响的拉美"魔幻现实主义"文学，其落脚点仍然是在关注并反映"现实"的层面上。"魔幻现实主义"的代表作家加西亚·马尔克斯明确强调说："关于现实，我认为作家的立场就是一种政治立场。……我的政治志趣同文学志趣都从同样的源泉中汲取营养，即对人、对我周围的世界、对社会和生活本身的关心。"以此标准去考量 2017 年度的四大中篇小说榜单（《收获》文学排行榜、《扬子江评论》年度文学排行榜、《北京文学》"中国当代文学最新作品排行榜"、中国小说学会"年度中国小说排行榜"）的二十篇上榜作品，我们可以发现，虽然仍存在着种种缺陷和不足，但大部分上榜中篇小说都能够以时代感和历史感兼具的方式，较为深刻地书写中国经验，以关心和反映社会生活为旨归，探索丰富而复杂的人性内涵，同时不惮于暴露时代进程中的负面因素。尽管它们当中大多数距离"伟大的中国小说"的标准还甚远，但是从这些作者的创作实践中，我们仍然能看到他们向这一伟大目标掘进的努力。

在这二十部上榜中篇小说中，孙频的《松林夜宴图》（《收获》2017年第4期）、文珍的《暗红色的云藏在黑暗里》（《十月》2017年第5期）和计文君的《化城》（《人民文学》2017年第10期）三篇，因其所反映题材的新颖和对时代症候体察的敏锐深刻而格外引人注目。尽管它们所获得的票数并不是最多的，但却能够从一个侧面反映出青年一代（三位作者中，一位"70后"、两位"80后"）把握时代脉搏、提炼并摹写现实经验的能力，因此也特别值得我们在考察年度小说榜单时注意。

《松林夜宴图》和《暗红色的云藏在黑暗里》所书写的，都是当下的"艺术（家）之殇"。艺术品市场的繁荣程度，往往与一段时间内的经济景气状况呈正相关的关系。这其实是一个很容易想明白的问题：只有当人们不必再为物质生活操心的时候，才有可能将注意力转移到更高层次的精神生活上去。据说近十年来艺术品投资的收益率已经远远超过金融业和房地产业，因此，随着中国经济腾飞而产生的高收入群体哄炒出了当下艺术品（特别是书画作品）市场的畸形繁荣。从本质上说，这种烈火烹油般的热闹场面与"艺术"是格格不入的，艺术家们的心灵在此过程中与时代缠斗，呈现出巨大的张力。尽管他们作为特殊的人群，与平民大众的日常生活似乎保持着相当远的距离，但在孙频和文珍笔下，艺术家们被一次又一次地"祛魅"，在时代大潮的冲刷下褪去一层层光环，奏出"风流总被雨打风吹去"的不谐和音。

《松林夜宴图》这个题目，取自小说主人公李佳音的外公临终前嘱咐一定要留给她的一幅画。"画中充满了北宋李成的寒林气质，荒原空旷，月夜清凉。……松下有三个白衣老者在煮酒夜饮，其中一个正在抚琴，另外两个则醉卧，似听非听。"类似的题材在历代中国画中屡见不鲜，无非是要展示传统文人的"隐逸"情调，但这幅画中却潜伏着一种奇怪的或者说让人不安的气质："人物比例被放大，画中那个抚琴的老者正看着画外，脸上有一种似笑非笑的神秘表情，正欲说还休。"特别是"那个向外张望的散发弹琴者看起来有点像外公，但他眉宇间更多的是一种神秘的陌生感，不似外公的文弱，有些戾气，有些狰狞。而他的两个同伴则饮酒听琴，表情祥和，他们三人的表情形成了一种奇怪的张力。"这幅画的诡异风格，连同小说开头提到的埋藏着累累白骨的"白虎山"，都使整篇小说笼罩在一种神秘甚至恐怖的氛围中，令人读来不寒而栗。李佳音在去甬城读美院的第一个学期见到《松林夜宴图》，自此，这幅画就像一则魔咒或谶言，伴随着她的"艺术家"生涯，她注定要用一生的经验去解读这幅画的含义。

在《松林夜宴图》中，孙频延续了她所擅长使用的反讽笔法，无所不用其极地凸显出麋集在北京宋庄的"艺术家"们的空虚与市侩。他们毫不讳言自己是"画行画的"，是"画匠"。郭一原就是其中的代表："他们让我画什么我就画什么，什么画能卖钱我就画什么"；曾被视为艺术家"底线"的"个性"和"原则"，也可以偶尔被他们拿来"装一装"，因为这样可以提高自己的身价——"我越是这样，他们给我的钱越多，我越是摆谱，他们越是觉得自己的钱花得值。"金钱的魔力使斯文扫地，艺术的尊严变得一文不值，更不必说李佳音外公曾经追求的那些"美而徒劳的东西"。李佳音也曾经试图出淤泥而不染，不肯同身边的"匠人"们沆瀣一气，但是画展上无人问津的处境最终促使她做出了妥协的决定。她用一周时间画出的"俗"画，居然比倾注了一年心血画出的组画《时间》更有"卖相"，这样的"黑色幽默"，在当下无比火热的艺术品市场上却是司空见惯的事情。生存的压力和残存的艺术良知之间相互颉颃，终结了李佳音的画家梦，使她在万念俱灰中沦为每天在地铁里挤来挤去的广告公司职员，而这几乎就是时下"文艺青年"们再普遍不过的归宿。

但《松林夜宴图》中最具反讽意味之处却并不在此。在小说里，几乎每一个看过那幅奇怪画作的人都曾对其中深藏的含义给出自己的解释："画匠"郭一原"只能看到三个风神潇洒其乐融融的老头"；罗梵能嗅出画里弥漫着"奇怪的不安气息，很紧张，近似于恐惧，像有什么事情即将要发生之前的那种可怕的平静"，却猜不出发生过什么事情；类似的，画展策展人最多也只能感觉到这幅不符合传统山水画章法的作品"意不在山水，而是想通过这画中人物说点什么"；对自己的艺术直觉充满自信的女艺术家常安比罗梵和策展人高明，意识到李佳音外公画的其实根本不是什么"松林夜宴"，而是"挨饿"，或者是"比挨饿更可怕的东西"。但最终悟出绘画者用意的，却是整篇小说里看似最不具备艺术家气质，甚至想借"艺术"的名义来猎艳的失业猥琐男刘文波。他将诡异的画面和李佳音外公的人生经历结合在一起，用"心理分析"的方式猜测出老人在当年的饥荒中可能做出过"饿极了吃人"的极端行为。然而，在他看来，"与挨饿相比，画画算个什么？"这不由得让人联想起老舍先生在名篇《月牙儿》里借女主人公之口道出的名言——"肚子饿是最大的真理"。清纯的女学生曾在饥寒交迫下沦为暗娼，被发配到贫瘠苦寒之地的"右派"曾同类相食，如果这些惨剧的根源都可以一股脑地推到"历史"身上，那么，资本的力量使画家堕落成出卖艺术灵魂的"婊子"的现实，几代人在岁月轮回中殊途同归，时代的红火掩盖不了普通人命运的苍凉，是否又能冀望于"历史"车轮的前进来求得化解？

在孙频绘出的宋庄画家群像里，并非只有郭一原和"戴贝雷帽的画家"那般蝇营狗苟之辈，常安和罗梵同他们形成了鲜明的对比。但这两位坚守着艺术信仰的"圣徒"式的人物，结局同样令人怆然涕下：常安因为做行为艺术被拘留，放出来后放弃艺术而回归世俗，消失于茫茫人海；罗梵则最终用自己的生命完成了向艺术的"献祭"。与他们的极端和决绝相比，文珍的《暗红色的云藏在黑暗里》的主人公曾今则平和得多，最多是在被时代的风浪卷进危机四伏的黑暗大海后,默默选择"独自泅渡"。这个在导师看来"不开窍"的油画系女研究生,本来懵懵懂懂地过着平淡无奇的日子,却因为在二十一岁那年遇到了来北京闯荡江湖的"小地方出来的野路子"画家薛伟,在生活中掀起了一场波澜。孙频和文珍的作品都具有极为鲜明的个人风格。正如在孙频笔下,即使写"爱情"也很难看到云霁风清,文珍作品里的"波澜"也少有剑拔弩张,更不会出现《松林夜宴图》中那些惨烈的情节和场景。作为一个热爱童话的作家,她会用自己熟悉并热爱的"童话"形式去关心和书写严肃的"底层"题材(例如《乌鸦》《一只五月里的黑熊怪和他的一位特别朋友的故事》);而在《暗红色的云藏在黑暗里》这篇小说中,当她不得不涉及男女主人公之间的矛盾冲突时,会将其类比为我们耳熟能详的"彼得·潘和胡克船长打斗"的故事——

> 彼得惊呆了,不是因为疼,而是因为不公平……每个孩子第一次遇到不公平时,都会这样。当他待你真诚,他认为他有权受到公平对待……谁也不会忘记第一次受到的不公平,除了彼得以外。他经常受到不公平,可他总是忘记。

多年以来,文珍在自己的小说中反复讲述的,正是一个个"彼得·潘"如何被一个个"胡克船长"所不公正地伤害,无数"善良"和"待人真诚"的普通人如何被时代与社会的"潜规则"所侮辱与损害的故事。乍看上去,薛伟"外省青年"的身份以及"总有办法让所有人看到我"的野心,似乎都是在搬演十九世纪初叶巴黎"伏盖公寓"里那段我们似曾相识的"人间喜剧";特别是当曾今听到薛伟"咬牙切齿"地说出"也让那二位卖茶叶蛋的知道,不光银行证券交易所能挣大钱"这句话时联想到了巴尔扎克笔下的拉斯蒂涅,更容易让人认为作者是在拷贝《高老头》的老故事。的确,薛伟身上那种不顾一切往上爬、决心以北京城为对手"拼一拼"的劲头，像极了拉斯蒂涅，但他那卖茶叶蛋的父母并非"破落贵族"，同样出身贫寒的曾今也不是子爵夫人。"在这个陌生的、巨大的、贫富日益壁垒分明的世界上"，"长久都自觉是一只麻雀"的曾今是将薛伟视为同类和知己的，因为他们"同是天涯沦落人"，同样"心比天高，身为下贱"。从薛伟高考偷偷填报艺术志愿、在家庭中断接济后靠当素描家教和裸体模特维持生存的经历来看，我们无法否认他对艺术怀有的一颗痴心；而他的作品能够在海峡对面获得四十万新台币的奖金，也证明他在创作上已经达到了一定的水平。可是，当雄心和实力的结合最终却指向"混出门道来"，天天将"妥了""正路"挂在嘴边，无时无刻不在计算利弊得失时，薛伟已经与《松林夜宴图》里的宋庄"画匠"们差不了多少了。更何况，"画匠"们的"行画"走的是在传统工笔画里加进突兀的后现代元素的路数，薛伟则是以不按常规出牌、明知故犯逾矩的混搭风格"唬外行人"，在本质上并无多大不同。然而，薛伟和"画匠"们毕竟是有区别的：尽管"画匠"们以出卖自己艺术良心的方式来谋求生存，至少是"利己"而不"损人"的；薛伟为了获得成功却在不断地逾越道德的底线，利用曾今的善良和友谊（或许还有一点"爱情"的成分）来谋取向上爬的机会和资本，甚至不惜以造谣中伤的方式，借贬低、打压他人来抬高自己，性质则更加恶劣。

  借曾今的导师刘家明之口，作者对我们这个时代和社会的精神症状给出了如下诊断："现在这个社会，有些年轻人，和我们那时真的完全不一样了。又或者每个时代都差不多，总是有一些人，永远比另一些更急切。但是这些都没有关系。重要的，是继续画下去。一切交给时间。时间比上帝更公正。""或者每个时代都差不多"，简单而略显犹疑的判断，却蕴藏着深刻的内涵：21世纪初的北京，是否真的与19世纪初的巴黎"差不多"？批判现实主义大师司汤达、巴尔扎克，以及狄更斯、托尔斯泰笔下那些"资本主义上升期"的悲喜剧，是否注定要在今天的中国上演？年轻的作者并没有、也无法给出确切的答案，唯有等待"比上帝更公正"的时间来回答；而在这无限期的"等待"过程中,你、我,甚至所有人都只能在黑暗大海里"独自泅渡"。

如果跳脱开"题材接近"这一思维定式的拘囿去考察,本年度另一部优秀的中篇小说——计文君的《化城》似乎在主旨上更为接近文珍的《暗红色的云藏在黑暗里》。这部荣登《扬子江评论》和《收获》两个榜单的作品,同样是写一个"外省青年"在北京"个人奋斗"的历程,只不过"文艺青年"范儿十足的主人公打拼的根基并非宋庄画家村,而是时下遍布京城商务公寓和写字楼的"新媒体"孵化车间——这显然是比艺术品市场更新潮、更火爆也更具挑战性的融资方向,因此更容易创造出属于我们这个时代的神话。然而,作者却为这样一则最富有时代动感的传奇起了一个最为古朴甚至神秘的题目,以至于让不少读者摸不着头脑。在一则创作谈中,作者如此解释"化城"的含义:"《法华经》第七品是'化城喻品',说一群人跟随导师寻找满是宝物的城市,经过漫长艰辛的寻找,已经疲惫不堪,难以继续。于是引导众人的导师就大展法术,幻化出一座满是宝物的城市,让众人栖息,众人以为抵达目的地,兴高采烈进城,感受各种美好。然后导师告诉众人,化城是假的,不是真的目的地。此时众人已经得到了休息和鼓舞,于是振奋精神,继续朝前走,寻找真正的宝地。"而对于小说的主人公姜丽丽而言,"化城"在不同时期又有着不同的含义。出身贫寒、经历坎坷的她从大学时代起便把闺蜜林晓筱的小姑姑、著名时尚作家"艾薇女士"视为榜样和偶像,但这绝非"追星族"式的无脑举动,而是牢固地建立在一种信念之上——"这样的文字其实她也能写,写得应该不比艾薇差多少"。等到她第一次在林晓筱的带领下亲身体验过了富贵人家的奢侈生活,"化城"随之被具象化为"蓝白格子纯棉家居服"和"洋甘菊味的身体乳"。多年以后,抚摸家居服、嗅到身体乳的洋甘菊气味仍然被已经化名为"酱紫"的她视为"一场只有她自己明白意义的祈祷仪式"——所谓"意义",无非是由物质享受所代表的"艾薇般成功",而对于此时的"酱紫"而言,"化城"已经意味着赢得超过"艾薇女士"的资本与受众，成为新一代自媒体"女神"和"网红"。"酱紫"（姜丽丽）从丑小鸭蜕变成白天鹅的经历，便是不断从法术幻化出的"化城"中获得鼓舞、振奋精神继续前行的过程。然而，正如《暗红色的云藏在黑暗里》的薛伟需要借助曾今以及曾今的师友们来获取支撑自己往上爬的资源与机会，姜丽丽也必须如时下流行的成功学理论所教诲的那样，时时凭借外力来拉近自己与"理想""神祇"的距离。在"改变人生"、创业受阻的关键时刻，她的所作所为甚至比薛伟的"造谣中伤"更"厚黑"更令人不齿——她选择了出卖朋友、偷拍艾薇女士被家暴的视频并将其公诸网络，继而以"名侦探柯南"般的缜密逻辑编造出一整套足以自圆其说的谎言来掩盖事实的真相。极具讽刺意味的是，掩耳盗铃、混淆视听的"酱紫"所主持的微信公众号正是"后真相时代"，而该公号的 slogan "真相只是你的选择"亦可视为"化城"这个古老譬喻最富当下时代性的阐释：信不信由你，信什么也由你，但是由"信"而获得的鼓舞究竟能支持你前行多远，却由不得你。

　　无论是《松林夜宴图》还是《暗红色的云藏在黑暗里》，抑或是《化城》，那些从古到今一再被暴露于光天化日之下的人性最深处的黑暗，披着花纹新颖的外袍，又一次呈现在我们面前。虽然"太阳底下并无新事"，但正如莱昂内尔·特里林所说，"小说教会我们认识人类多样化的程度，以及这种多样化的价值，这是其他文学体裁所不能取得的效果"。在促成这种认识的过程中，又有一些人和他们的作品，离"伟大的中国小说（家）"的目标更近了一步。

（原载于《西湖》2019 年第 1 期）

文学批评的"战略"与"战术"

此处的"战略"和"战术"均借鉴自军事术语，都是与"打仗"有关的大词。为了便于理解，不妨将它们置换为英文语境下的 strategy 和 tactics。两个英文单词在辞典中都有"策略"的含义，但侧重点各有不同：前者是从全局考虑、谋划实现全局目标的规划，后者则是进行战斗、实现目标的具体方法；战略指导战术，战术是实现战略目标的手段。从修辞的角度考察，我们习惯于将文学批评活动视为批评家和作家、作品以及文学现象之间的"交锋"，似乎默认了"文学批评"和"打仗"这两个看似八竿子打不着的领域之间存在某种相通之处。因此，"战略"和"战术"这两个概念也便有了推广至文学批评领域的可能：批评家对文学发展状况的整体估量和判断可以被视为一种批评"战略"，"战术"则指批评家面对批评对象时的具体操作方法。

具体的批评文本理应具有无限复杂性和多样性，这正如在战场上运用战术时必须灵活，针对不同的对手随机应变，"运用之妙，存乎一心"，否则就会如纸上谈兵的赵括，贻笑大方。所以，除了某些常规的"战术动作"，抛开具体的批评对象，空谈文学批评的战术问题是愚蠢的。而因为所处的高度不同，战略虽然也有适时做出调整的必要，但无论是方向的转移还是力量的分配，都有规律可循；对文学批评战略的讨论，也因此更具可行性。

战略所考虑的是全局目标的实现。自文学批评诞生之日起直至当下，目标其实并没有发生太大的变化，一言以蔽之，就是"褒优贬劣，激浊扬清"，在鉴别的基础上促进创作的发展。虽说"蓬生麻中，不扶而直"，但我们仍然无法想象没有批评介入、"野蛮生长"的创作将会是怎样的良莠不分或泥沙俱下。时下批评界征引率极高的文学（艺）批评要"剜烂苹果"的说法出自鲁迅先生之口，它既是方法论，也是世界观。究其本意，"所希望于批评家的，实在有三点：一、指出坏的；二、奖励好的；三、倘没有，则较好的也可以"。"剜"是战术，其战略目标则与古往今来的文学批评并无二致。但当下文学批评所面临的战略形势与鲁迅的时代相比，的确已经发生了翻天覆地的变化。最为突出的一点，便是"批评家"已经作为一种职业独立出来；而作家与批评家之间的关系，也屡屡发生微妙的变化。在鲁迅所处的时代，几乎不存在专业的批评家；那些发表在《新青年》《语丝》或《晨报副刊》上的批评文章，绝大多数都出自作家之手，其余则是学者们在学术研究之余所作。倘若要列举当时最为出色的评论作者，范围大抵不出鲁迅、茅盾、郭沫若、周作人、沈从文的范围。这也正是鲁迅呼吁"我们要批评家"、要"坚实的，明白的，真懂得社会科学及其文艺理论的批评家"的原因。此后批评家与作家队伍虽然渐渐开始分离，但由"左联"的马克思主义文艺理论家们至李健吾再至胡风，批评家和作家身份之间仍然是一种若即若离的关系。直到社会经济、政治和文化发生根本变化，批评家和作家之间的分野正式形成，"批评家"更多情况下是以"理论家"和文学官员的身份出现在文坛之上，颐指气使地指导创作，令人望而生畏，肃然起敬。20世纪50年代讽刺电影《没有完成的喜剧》中易滨紫（"一棒子"）式的"批评家"不在少数。进入新时期，特别是20世纪80年代中期以来，作家与批评家之间的关系再次发生变化。确切地说，由于思想观念的放开、教育水平的提高和传播方式的进步，原本看起来高深莫测甚至被视为需要坚守的意识形态领地的文艺理论开始越来越多地为作家所接触，涌现出一大批学者型的作家。毫不夸张地说，他们当中有很大一部分人的阅读面和知识储量都远远超过了时下批评家的平均水平，创作的经验加上理论的储备，如虎添翼。拥有硕士乃至博士学位的小说家和诗人早已不是特例，而随着创意写作概念的引进，复旦、北大、人大、北师大等名校开始大规模地培养写作方向的研究生，更是对这一热潮起了推波助澜的作用。如今的战略形势是：批评家和作家共享着理论的武库，已全然不具备祭出"独门暗器"的可能性；过去的批评家面对的是"敌明我暗"的有利地形，现如今则是互亮底牌，"敌明我明"，甚至在面对某些作家的时候会发生180度的大反转，成了"敌暗我明"。在这样的形势下，如果批评家仍然幻想像二三十年前那样挟"理论"的秘笈以自重，势必会输得一塌糊涂。

对待"理论武库"的态度，成为时下以"学院派"为代表的批评家屡遭诟病的原因之一：或是拘泥，以理论为框架，不考虑实际情况地往这一框架里填塞作品；或是玩弄、回避价值判断，犬儒地、虚空高蹈地借理论对作品和现象进行架空分析。对待武器装备的态度是战略的重要组成部分，而在这种"唯武器论"的指导下，许多批评家既不对理论进行"武器的批判"，因此也就不可能将理论应用为"批判的武器"。在他们的批评文章中，读者看不到有的放矢，而只是理论的"空对空"互射；一串串曳光弹在空中划出炫目的弹道，煞是好看，却没有一发能够击中目标。还有一些批评家连"唯武器论"都谈不上，对理论和创作领域的新发展新变化视而不见、听而不闻，妄图一劳永逸地应对日新月异的战场形势，例如以老旧的理论范式去分析如井喷式涌现的新媒体文学，无异于义和团用大刀长矛对抗八国联军的快枪利炮。这样的批评对决，焉有不败之理？

正如一个伟大的元帅能够统领千军万马却往往不能指挥一支连队打一场漂亮的伏击战一样，许多批评家对于当下文坛战略形势的变化洞若观火，在具体的批评实战中却总改不了眼高手低的毛病，选择了不恰当的批评战术而影响战略目标的达成。比如说，时下的批评界流行近距离"贴身肉搏"之风，一部新作甫一问世（有时甚至尚未问世），批评家们便端起刺刀一哄而上；或是热衷于抱着冲锋枪朝着目标胡扫一通，痛快倒是真痛快，却既不在乎射击的效果，也不考虑弹药的消耗。这样的批评家，智商情商实际上均与李逵无二，更比不上用计擒得严颜的张飞。

在我看来，狙击战术才是真正适合当下批评家操作的。狙击的精髓在于远距离观察基础上的精准打击，不是目标一露头就开枪，而是力争以最低限度的消耗和伤亡去最大限度杀伤敌人的有生目标。它所强调的是一个"准"字，在这一点上，与文学批评"针对性""有效性"的要求不谋而合。更重要的是，在战场上，狙击手常常被委以"擒贼擒王"的重任，只需一枪便可置敌军于群龙无首的窘境；而一个优秀的批评家，也总是能够在潜心的阅读观察后一针见血地点出批评对象的症结所在。这种效果，是冲锋之前的炮火准备和冲锋之后刺刀见红的白刃战所难以企及的。

尽管对文学批评边缘化的担忧由来已久，尽管"文学批评"在很大程度上已经换上了"文化批评"的华衮，但当下文学批评的活跃度在历史上是少有的。从报纸、期刊、图书到广播、电视、互联网，批评家的身影几乎无处不在。遗憾的是，这些海量而"及时"的"批评"，大多数都是浮光掠影、蜻蜓点水。批评家们好似武工队员，在文学据点的外围开展游击战、麻雀战、破袭战、骚扰战，却始终无法对敌军主力予以致命打击。游击战式的文学批评，无法应对大军压境的敌情。批评家们，是到了转变战术、集中优势兵力实施大兵团决战的时候了！

（原载于《文艺报》2017年5月10日）

一条大河波浪宽
——乡土文学的过去、现在和未来

20世纪80年代中叶,我在黄河下游的一个省会城市出生。小时候,父母经常在星期天的一早便把我放上自行车的后座,骑行十几公里到城市北郊的黄河岸边野游。因此,在我童年的记忆里,"黄河"这条不知从何方而来亦不知去向何方的大河,就是一座免费的大公园。那里有雄伟的铁桥、成片的树林、广袤的麦田、蹦跳的野兔,当然还有无尽的欢声笑语。然而,从我五六岁开始,每年的冬、春两季,平日里浩浩荡荡的黄河河面总会变得越来越狭窄,甚至连原本就已经很浑浊的河水都消失得无影无踪,只剩下满河滩的黄土,北风吹过,把蓝天染成昏黄。父母告诉我说,这叫"断流",等到夏天来临,远方的雨水多了,黄河又会恢复成我熟悉的样子。面对这样的景象,幼小的我无比惊恐,"黄河断流"也因此成为我童年时代心中的一块巨大阴影。

时光如梭,一晃三十年过去了。据说由于小浪底水利工程的修建,自2000年以来,黄河断流的情况就从未再出现过;在我的记忆里,黄河断流也的确是很久以前的事了。然而,当我面对"乡土文学的过去、现在和未来"这个题目的时候,童年的阴影却再一次笼罩心头。在前几日的一次文学活动中,一位编辑在发言中提到,据她统计,随着"70后""80后"作家的成熟和"90后"作家的日益成长,曾经在文学刊物上一统天下的乡土题材(或曰"农村题材")作品所占的比例已经越来越小,可以预计,城市题材作品不久之后将会取而代之,成为文学创作的主流。听罢此言,我不由得惊出一身冷汗:曾经源远流长、如黄河一般浩荡的乡土文学,难道在21世纪的今天也要"断流"了吗?

在我看来,有什么样的"乡土",就有什么样的"乡土文学"。这里的"乡土",绝非一个地理学或生态学上的概念,而是有其社会学与人类学的意义。与其说"乡土文学"书写的是人与土地的关系,倒不如说是书写生活在这片"乡土"上的人与人之间的关系。对于中国人而言,漫长的20世纪有几乎四分之三的时光是在"前现代""非城市化"的状态下度过的。有一段歌词我们耳熟能详:

> 一条大河波浪宽
> 风吹稻花香两岸
> 我家就在岸上住
> 听惯了艄公的号子
> 看惯了船上的白帆

这段歌词是乔羽先生为拍摄于1956年的电影《上甘岭》所作的。歌词中所描写和咏唱的,无论是"波浪宽"还是"风吹稻花",以及"艄公的号子"与"船上的白帆",无一不是农业社会的"乡土"景象。乔羽将歌词冠以《我的祖国》的题目,"这是美丽的祖国/是我生长的地方";而几乎就在同一时间段(1955年),我们邻国日本的城市人口比重已经上升到了58%。如此巨大的差异,注定了中日两国的文学在20世纪的下半段会在很长一段时间里走上截然不同的发展方向——新干线和马车牛车,毕竟是两条道上跑的车。也正因为如此,才会出现相当长时期内乡土题材作品"一统天下"的局面。

曾经有一段时间,我痴迷于阅读人类学家林耀华先生的名著《金翼:一个中国家族的史记》(The Golden Wing: A Family

Chronicle）。这本初版于 1944 年的书非常奇怪，它是林先生在哈佛大学人类学系获得博士学位后，在美国陪伴患病的妻子时用英文写成的田野调查报告，却采用了一种近似于小说的形式。在为《金翼》初版所写的序言中，著名学者、时任太平洋学会会长的腊斯克（B. Lasker）教授评价："这部书读起来就像小说，它的最佳之处是娓娓道来，细致入微。如行动的发生，事物的安排，事实的依据和人情百态。如果想要充分了解其最本质之处，这些都是必不可少的。"正如从英文直译过来的书名所显示的那样，《金翼》一书详细记述了福建省闽江中游古田县以黄东林为"家长"的黄氏家族是如何在 20 世纪上半期的时代变迁中逐渐发家致富、终成地方豪门的。但作为一位深受功能主义学派"平衡论"影响的人类学家，林先生写作此书的目的显然并不仅仅是为了讲述一个穷汉发家的故事，而是极力凸显黄东林在此过程中是如何协调各方面（黄氏家族内部、黄家与亲邻、黄家的产业与社会）之间的关系、力求实现完美的平衡与协调的。在第一章中，幼年的黄东林便承受着父亲和祖父相继去世、家业持续衰落乃至濒临破产的命运重压。作者此时一针见血地指出："命运就是人际关系和人的再调适"，而黄东林"调适"命运的手段，就是在茶馆里向茶客们兜售花生——"这种从家庭到茶馆的转变，将东林的生活重新置于一种平衡之中，并且拓宽了他与外界的联系"。黄东林一步步从穷光蛋走向手握航运、木材等多项产业的大亨的成长过程，也就是他不断调适人际关系的过程；而与之形成鲜明对比的则是黄东林的连襟张芬洲，他的家庭由于在命运的挑战面前不能"调适"而日渐衰落。

尽管《金翼》一书作为小说来看还多有不尽如人意之处，例如作者并没有很恰当地处理好小说、论文与民族志之间在语言上的差异，从而使这部"人类学小说"（林耀华的学生、人类学家庄孔韶语）欠缺了文学味道，但是正如腊斯克所说，通过对黄家三十多年来生活变迁事无巨细的记录（书名原文中 chronicle 一词，原本就是"编年史"的意思），林耀华如实地揭示了传统中国"家庭的运作以及适应现代需要的内部动力"。而此书之所以吸引我，就在于作者几乎囊括了"新文学"诞生以来"乡土题材"所能涉及的一切领域和细节，又将它们统一于"人际关系和人的再调适"这一动力的支配下；而论起对乡土中国人际关系的概括与分析，科班出身的人类学家显然比作家们更为驾轻就熟。因此我一度顽固地认为，如果要重写 20 世纪中国乡土文学史，《金翼》理应开辟专章来论述。

《金翼》中黄家产业达到顶峰的标志，是闽江上轮船公司的开办；而恰在此时，日本侵略者的铁蹄开始踏向万里之外的卢沟桥，日本战机也开始残忍地向沿海城市投掷炸弹。如果说当年黄东林在茶馆里兜售花生、按节令主持家族祭祀以及婚丧嫁娶的礼仪往来是在协调乡土社会中千百年来几乎未曾变动的人际关系，那么 20 世纪的中国人则不得不开始严肃面对外来的技术、机械乃至经济、政治和军事势力的轮番挑衅。这样的命运与情节，不免让人联想到沈从文乡土小说代表作之一的《长河》。"去乡已经十八年，一入辰河流域，什么都不同了。表面上看来，事事物物自然都有了极大进步，试仔细注意注意，便见出在变化中那点堕落趋势。最明显的事，即农村社会所保有那点正直素朴人情美，几乎快要消失无余，代替而来的却是近二十年实际社会培养成功的一种唯实唯利庸俗人生观。敬鬼神畏天命的迷信固然已经被常识所摧毁，然而做人时的义利取舍是非辨别也随同泯没了。'现代'二字已到了湘西，可是具体的东西，不过是点缀都市文明的奢侈品，大量输入，上等纸烟和各样罐头在各阶层间作广泛的消费。抽象的东西，竟只有流行政治中的公文八股和交际世故……"（《长河·题记》）就在几年前，作者还在另一部代表作《边城》里感慨湘西社会"一切总永远那么静寂，所有人民每个日子皆在这种不可形容的单纯寂寞里过去。一分安静增加了人对于'人事'的思索力，增加了梦"，而就在几年后的四十年代初，这种看似亘古不变的"静寂"便被乡人交口传说中的"新生活"运动、"总而言之一切都用"的机器，以及即将打上门来的日本鬼子所击破。《边城》里那场发生在水边的悲剧，只不过是乡土社会内部悲剧的又一次重现,而《长河》虽未写完,作者却为之后的悲剧埋下了伏笔:在极热闹的"社戏"上演的时候,两位主人公——老水手和少女夭夭却不约而同地来到长河边,远眺远山落日的壮丽景象。夭夭面对美景发出"好看的都应当长远存在"的感慨,老水手却令人扫兴地说出"好看的总不会长久。好碗容易打破,好花容易冻死,——好人不会长寿"。老水手一语成谶,几乎为20世纪之后六十年中国乡村的命运下了断语。尽管沈从文在《长河》中"特意加上一点牧歌的谐趣",但仍旧无法扭转"牧歌"滑向"挽歌"的命运。

　　如今在论及乡土文学时,人们反复使用 nostalgia（怀旧）一词,并且满怀诗意地将其译为"乡愁"。但"怀旧"也好,"乡愁"也罢,透露出的都是一种过分感伤的情绪。在克里斯多弗·拉什（Christopher Lasch）看来,愉快的回忆在情感上不依赖于贬低和轻视现状,而轻视现状却是怀旧（nostalgia）的基本特点。因此我们可以发现,在新中国成立后"十七年"以及"新时期"之初的乡土题材小说中,几乎嗅不出"乡愁"的味道,无论是《山乡巨变》（周立波）、《创业史》（柳青）、《南河春晓》（从维熙）,还是《陈奂生上城》（高晓声）、《小月前本》《腊月·正月》（贾平凹）,无论是"分田到户""互助合作"还是"包产到户""多种经营",几乎所有的作家都坚信"现在"比"过去"要好得多。但是短短三十年过去,对"理想化的未来"满怀憧憬的作品变得少之又少,而对"理想化的过去"饱含"怀旧"的"乡愁"的作品却越来越多。"挽歌"大行其道,"牧歌"几乎成了广陵绝响。《金翼》里乡人们祖祖辈辈力图保持的"平衡"感已经荡然无存。冀中平原曾经是新中国"乡土小说"描写和反映的重镇,而在"70后"作家付秀莹的长篇小说《陌上》里,我们看到的"芳村"却早已不是孙犁等"荷花淀派"笔下的样子。初读《陌上》,我惊讶地发现,在这个土地被皮革加工厂、"开发区"所大规模蚕食的华北村庄里,农民们几乎已经不从事传统的农业生产活动了。芳村的妇女们每天或是去皮革厂打工，或是在村里开超市饭馆，更多的人则是每天从一睁眼开始就纠缠在婆婆妈妈的家长里短中；她们所从事的唯一"农业生产活动"，大概就是从自家房前的小院里摘几把豆角，掰几根黄瓜。付秀莹笔下的乡村现状所带给我的惊恐，不亚于童年的我头一回面对"黄河断流"的景象。而"80后"作家王哲珠的长篇小说《长河》，也通过一条长河边祖孙三代人的遭遇，写出了一个原本民风古朴的山中老寨是如何在时代大潮的冲击下一步步沦落风尘的。我并不能确定作者将小说命名为《长河》是否有向沈从文先生致敬的用意，但无论是湘西辰河边的吕家坪，还是潮汕溪间的金溪寨，以及滹沱河畔的芳村，无疑都是20世纪中国乡村的缩影，它们的命运无疑殊途同归。

  "乡土文学"的命运，也正是中国"乡土"的命运。当"和谐号""复兴号"的速度早已超过新干线，当一座座钢筋水泥的城市不断扩张而连接成世所罕见的庞大"城市群"，当延续了千年的礼俗因为跟不上时代而被弃之如敝屣，"乡土"的命运也因此岌岌可危。"一条大河波浪宽"。乡土文学这条大河，从先祖们的歌谣发源，流淌了数千年，流到今天却有了"断流"的危险。是袖手旁观、顺其自然，还是积极地站出来为乡土、为乡土文学做点什么？我想，每个人都有自己的答案。

（原载于《青年文学》2018年第12期，原题为《乡土文学会"断流"吗？》，发表时有删节）

新的"文学性"正在生成

　　任何有志研习"文学"的人,在此领域遇到的第一个难题肯定是"何为文学的本质",并会进而思考"文学"与"虚构"之间的关系。与韦勒克、沃伦在著名的《文学理论》一书中强调"虚构性"(fictionality)、"创造性"(invention)或"想象性"(imagination)是文学的突出特征不同,同样是回答"什么是文学"这类问题,特里·伊格尔顿则避实就虚,摈弃本质论的观点,认为"某些文本生来就是文学的,某些文本是后天获得文学性的,还有一些文本是将文学性强加于自己的。从这一点讲,后天远比先天更为重要。重要的可能不是你来自何处,而是人们如何看待你。假如人们断定你是文学,那么,你似乎就是文学,根本不考虑你认为自己是什么"。(《文学原理引论》"引言")这种"说你是你就是不是也是"的思维方式看似蛮不讲理,却为我们理解"文学"(或"文学性")提供了一种新的思路。

　　尽管此前有一些刊物也设立过类似的栏目并刊发过与当下"非虚构"风格接近的作品,但今日"非虚构"作品蔚为大观,还是从《人民文学》2010年第2期设置"非虚构"栏目开始的。这一期的刊前编者留言中虽然没有明确给出"非虚构"的定义,但我们可以从中概括出几个要点:1. 它不等于一般所说的"报告文学"或"纪实文学";2. 它的范围涵盖了"写你自己的生活自己的传记""诺曼·梅勒、杜鲁门·卡波特所写的那种非虚构小说""深入翔实、具有鲜明个人观点和情感的社会调查"等几个方面；3.它的作者既有作家，也有非作家和普通人。而在同年第9期刊物的编者留言中，"非虚构"写作的意义被确定为"探索比报告文学或纪实文学更为宽阔的写作，不是虚构的，但从个人到社会，从现实到历史，从微小到宏大，我们各种各样的关切和经验能在文学的书写中得到呈现"。显而易见的是，两则留言中可以提炼出"个人观点""情感""经验"等关键词，它们与"非虚构""作者""行动者""在场者"的身份一起，表现出一种鲜明的倾向性，即反对虚空高蹈的架空想象，呈现及物、"接地气"的生活经验和情感体验。

然而，当这种倾向性表现得越鲜明，"非虚构"文体也为自己招致了不尽的非议与诟病。一方面，它追求的是内容的真实性和呈现的客观性，但却自始至终与作者永远都无法避免的个人局限性结合在一起。作者试图使自己的眼睛变成"客观"的摄像机镜头，但显然对镜头之外的经验场景无能为力；对原始材料亦不可能照单全收，而必须经过组织、剪辑，这种被建构起来的"真实感"成色究竟如何，以及在此过程中主观因素的掺入如何能保证"客观"的呈现，令人生疑。另一方面，"非虚构"之"非"力求杜绝"虚构"有可能导致的虚假，在强化"真实性"的同时也否定了象征性、寓言性成分存在的可能，而这些成分恰恰是构成传统"文学性"的重要因素。此外，《人民文学》倡导"非虚构"的一个重要出发点，就是让"非作家"和普通人也参与到"非虚构"的写作中来，但多年来的创作实践证明，"非虚构"已经成了一种另类的"知识分子写作"，所谓的"返乡体"甚至同作者们的"博士"身份紧紧捆绑在一起，他们可能是"非作家"，但能否算得上是普通人，还值得商榷。

在我看来，近十年来"非虚构"写作的最大意义，就在于它通过一种足够的诚意，以个体的形式自觉参与了社会集体记忆的建构。尽管我们早已厌倦了"时代的证词"之类的宏大叙事，但我们每个人的确参与着集体记忆的建构过程。《人民文学》的编者留言中曾提及的"非虚构小说"的代表作之一《夜幕下的大军》（The Armies of the Night，1968）记述了 1967 年爆发于美国的声势浩大的反战游行，上下两卷分别以"作为小说的历史"和"作为历史的小说"为题，显示出作者诺曼·梅勒高度自觉的述史意识。反观 20 世纪 90 年代以来的中国文学，对日常的、身体的、碎片化的个人经验的大规模书写导致文学与社会公共空间、个体经验与集体经验越来越疏离，中国文学的发展陷入困境，难以为继。事实上，那种对于公共领域会泯灭个性的担心往往是杞人忧天，因为"公共领域是专供个人施展个性的。这是一个人证明自己的真实的和不可替代的价值的唯一场所"（汉娜·阿伦特语）。而按照法国社会学家莫里斯·哈布瓦赫的观点，"人们通常正是在社会中才获得了他们的记忆的，也正是在社会中，他们才进行回忆、识别和对记忆加以定位"（《论集体记忆》）。尽管记忆的集体框架并非是由个体记忆的简单叠加来建构，即二者不是"1+1=2"的关系，但个体记忆毕竟是集体记忆框架搭建过程中的一根钢筋或一袋水泥。

郑小琼说："我并非想为这些小人物立传，我只是想告诉大家，世界原本是由这些小人物组成，正是这些小人物支撑起整个世界，她们的故事需要关注。"（《女工记》）梁鸿则坦言："一种建立在基本事物之上的叙述，这就是非虚构文学的'真实'。……在'真实'的基础上，寻找一种叙事模式，并最终结构出关于事物本身的不同意义和空间。"（《非虚构的真实》）在珠江三角洲的血泪工厂（郑小琼《女工记》）、豫西南村头被污染的河边（梁鸿《中国在梁庄》），以及江汉平原上冬日斜阳下的老屋（黄灯《大地上的亲人》）、车来车往却人情淡薄的北京城（周晓枫《离歌》）、凌晨三点仍然灯火通明的中关村（宁肯《中关村笔记》），无言的历史像弗雷德里克·詹姆逊所说，"只有以文本的形式才能接近我们"，一种新的、与历史和集体记忆密不可分的"文学性"正在慢慢生成。

（原载于《文学报》2018 年 7 月 26 日，系《非虚构写作六人谈》的一部分；发表时有删节）

逆水行舟，敢于冒犯

"80后"及"80后文学""80后作家"等概念的提出，据说距今已经将近二十年。在此文落笔的时刻，最年轻的"80后"一代即将迈过二十九周岁的门槛，步入而立之年。二十九岁，恰好是司各特·菲茨杰拉德出版《了不起的盖茨比》的年龄。让我们重温那个著名的小说开头：

> 我年纪还轻、阅历不深的时候，我父亲教导过我一句话，我至今还念念不忘。"每逢你想要批评任何人的时候"，他对我说，"你就记住，这个世界上所有的人，并不是个个都有过你拥有的那些优越条件。"

几乎所有的"80后"写作者和评论者都读过这个开头，有许多人还时常对其津津乐道。它就像一则神秘的谶言，时刻与"80后"文学的创作与批评相互缠绕。与他们的祖辈、父辈乃至兄长们不同，这是分歧远远大于共识的一代。他们将上一代人（"70后"）身上萌生的价值多元倾向扩大化，似乎生来就格外恐惧并排斥趋同的可能性；但个性的鲜明与立场的坚定，又往往转化为相互之间的不以为然和互不服气。于是，吊诡的一幕出现了：同样是以"文学"的名义，一代人相互之间却难以理解。恰如冷暖两股气流交遇时会形成"锋面",一场风雨往往就在这一团和气下的暗潮涌动中酝酿。

"这个世界上所有的人,并不是个个都有过你拥有的那些优越条件。"那么,对于"80后"一代来说,"那些优越条件"究竟是什么?是获取信息手段的高速便捷,是令人眼花缭乱的理论资源,还是那密密麻麻的诺贝尔奖、龚古尔奖、卡夫卡奖、××奖获奖作品书单,抑或是由古往今来鸿儒大德们的高头讲章所熏陶出的崇高精神境界?而当一个人拥有了这些"优越条件"中的一项或多项,是否就可以借此睥睨同侪?在此,笔者仅提出一个问题来作为试金石,这个问题便是青年人如何书写"苦难"。

我相信,这个问题一经提出,肯定会有许多人不屑,也会有不少人感觉受到了冒犯。这就好像去向一个吃惯了马卡龙甜点的人询问如何做一锅高粱米饭,怎样处理如此粗粝的食材并让它变得适口一些。可能有极少数人断然拒绝承认这世上还有"高粱米"这种东西存在;更多的人则会认为,在吃惯了精细食物的时候用粗粮来调剂一下口味,对于保持身体健康和满足口腹之乐都是一种有益的选择,关键还在于从中体会出某种情趣并达到某种境界。这大概就像胡兰成在《文学的使命》一文里所说的,"新的境界的文学,是虽对于恶人恶事亦不失好玩之心,如此,便是写的中日战争,写那样复杂的成败生死的大事,或是写的痛痛快快、楚楚涩涩、热热凉凉酸酸的恋爱,亦仍是可以通于……那单纯、喜气、无差别的绝对之境的。"这种"不失好玩之心",大概就是"苦中作乐"的意思。然而,耿直愚钝如我辈,是无论如何都无法体会、更不能理解一个人在面对"恶人恶事"甚至"中日战争"这样"复杂的成败生死的大事"的时候,居然可以"不失好玩之心",并将其擢升为一种"新的境界"。在"恶"面前不敢发声,显然已经是另一种"恶"了,以此恶笑彼恶,无异于五十步笑百步;倘若再将其把玩、拔高,实在是另一种形式的"怙恶不悛"。况且,对于这样的"恶"必定会带来的苦难,我们又应该持怎样的态度?是否要像余华在概括《活着》的主旨时所说的那样,"讲述了人如何去承受巨大的苦难""还讲述了眼泪的宽广和丰富；讲述了绝望的不存在；讲述了人是为了活着本身而活着的，而不是为了活着之外的任何事物而活着""讲述了我们中国人这几十年是如何熬过来的"（《活着》韩文版序，1997）？在"苦难"面前一味忍耐，将其交给"宽广丰富"的眼泪，让人在忍耐了一辈子之后变得同一头老牛无异，并因此洋洋自得地说"我感到自己写下了高尚的作品"（《活着》中文版序，1993），这种对待"苦难"的态度实在难以让人苟同。

没有人读过福贵的故事后不感到心痛。据说当代医学已经证明，偶尔体验适当的痛感对于保持身心健康是有益的。然而，鲁迅先生曾一针见血地指出过"痛感""痛觉"的意义："我们有痛觉，一方面是使我们受苦的，而一方面也使我们能够自卫。假如没有，则即使背上被人刺了一尖刀，也将茫无知觉，直到血尽倒地，自己还不明白为什么倒地。"（《准风月谈·喝茶》，1933）这样的"疼痛观"，与先生"揭出病苦，引起疗救的注意"的创作出发点在本质上一脉相承，已经浅显得不能再浅显了。但就是有人要极力否定痛感的存在，因为这不仅会让他们从身体到心灵都不舒服，还会随之带来一些不"优雅"、很"粗鄙"的表现。不知道从什么时候开始，那些真切描摹、反映生活和时代苦难的作品被加冕了"暴露文学"的荆冠。其原因可能是复杂的。那些认为生活中只能充满阳光的人容不得有异己的声音提醒他们黑暗的存在，但更多的人是在品尝了精致的日本料理后就忘记了粗茶淡饭的滋味，反过来还要站在日本料理的立场上批评粗茶淡饭的不精致："作家的使命不是发泄，不是控诉或者揭露，他应该向人们展示高尚"（余华《为内心写作》）。对此，我只能借用一首摇滚歌曲的题目——"上帝保佑吃饱了饭的人民"——予以回应。发泄固然不对，但是以"展示高尚"的名义去贬低和否定"控诉"和"揭露"，至少在我们这个时代还不是那么理直气壮。

令我感到悲哀的是，有越来越多的"80后"作者和评论者心甘情愿或趋之若鹜地去充当这个文学鄙视链的顶端。在与同代人的交流中，我惊讶地发现很多人都对"80后"作家宋小词近年来的中短篇小说创作颇为腹诽。无论是前几年的《直立行走》《一把薄刀》《别来无恙》，还是今年的《祝你好运》《柑橘》和《固若金汤》，她那种"酷烈"而极端的风格就像响当当一粒铜豌豆，硌痛了公主们的小蛮腰，崩断了王子们的大门牙。孟子主张"君子远庖厨"，是因为"君子之于禽兽也，见其生，不忍见其死；闻其声，不忍食其肉"。远离厨房可以避免目睹屠宰牲畜的血腥和听到生命将尽时的哀鸣，因此就可以心安理得地大口吃肉，这实在无异于掩耳盗铃。而当我们的作家和评论家刻意回避了生活与时代的苦难，是否就可以去优哉游哉地品下午茶，接受更"高雅"艺术形式的陶冶了呢？宋小词这些小说里的每一个细节，都是那样的真实而鲜血淋淋，读来让人产生心理乃至生理上的不适感。《祝你好运》里的女主人公伍彩虹有着"拼着一身剐，敢把皇帝拉下马"的强悍，因为"她这小半辈子活得太窝囊了，太憋屈了，她的后半辈子不能再这么过下去了"，所以选择了传销、卖"皇后锅"的职业，以虚幻的成功学为后半辈子的人生信条，以"上银章、上钻石"为目的，出发点却仅仅是为了能够组建团队，获得随意说话的权利，单纯得让人发笑又欲哭无泪。在这个《罗生门》式的故事里，作者并没有将她塑造成一个纯粹的"被侮辱与被损害的人"。仅听伍彩虹的一面之词，想必读者都会像小说的叙述者"我"一样，为她感到人世的悲凉，认为她"这半辈子似乎一直就生活在污水横流的臭沟里"，"在暗无天日的世界里，从来没有一束光照射过她"，甚至对她企图用身体做筹码、色诱修车厂老王在丈夫的车上做手脚以制造车祸的行为予以些许理解和同情。但是在丈夫何志平和舅舅雷体仁的控诉中，伍彩虹又变成了一个泼辣霸道、贪得无厌、满腹心机的恶毒女人，她所遭受的一切不如意也似乎因此成了上天给予的公正惩罚，早已习惯了对艺术作品中的人物进行道德审判的读者也因此被置于两难的境地。进一步说来，整篇小说中，又有哪个人物敢拍着胸脯说自己是问心无愧的好人呢？何志平被伍彩虹算计和被命运捉弄而瘫痪在床的境遇固然令人唏嘘，却又无法让人忽略他曾经没完没了的家暴和肆无忌惮的出轨，"觉得自己是万物的主宰，高傲自大，绝不会有此刻无助凄惶的心境"；舅舅雷体仁为要回房产而采取的卑鄙手段显然为人所不齿，但是姐姐一家对他不知餍足的压榨索取以及他由此被扣上的"忘恩负义"的帽子，又揭示了人类最基本的亲情被当下社会刻薄冷漠、唯利是图的风气所扭曲的现实。通过伍彩虹一家的人伦惨剧，作者宋小词意在提醒我们去思考"洪洞县里无好人"这一状况背后深刻的社会原因，那便是何志平遗书里的一句话——"我听收音机里说，以后贫富差距会越来越大，有钱的人会越来越有钱，没钱的人会越来越没钱。"在某些将"含蓄蕴藉"视为最崇高艺术追求的作者看来，这样直白地在作品中控诉和呐喊显然是一种审美意义上的败笔，过于刺耳、刺眼、刺心。但当下文学界的真实状况却是，这样的声音不是太多太滥，而是遍寻无踪。尽管构成社会的是沉默的大多数，但这并不意味着没有心声在这"大多数"的胸腔中酝酿。时代需要的恰恰是这样一声铁屋子里的呐喊。

在《祝你好运》的结尾，何志平做出了惊人的抉择，想借自杀来为孩子保住那套房子；但伍彩虹在何志平自杀后下落无踪，房子也因此换了主人。在严峻的现实面前，"好运"显然绝无惠顾卑微如伍彩虹之辈的可能。作者用一个看似充满希望的结尾，其实向读者传达了一种失望甚至绝望的情绪。自杀可以是一个普通人在绝境中被逼出的智慧，更多情况下则是"向暧昧的世界无意义性边界发起的最后冲击。既然生没有意义，主动选择死就是有意义的，其意义在于毕竟维护了某种生存信念的价值"（刘小枫《拯救与逍遥》）。哲学家的概括还是太理性，对于普通老百姓来说，自杀无非就是"死给你看"，其背后的逻辑是：我死都不怕，还怕你吗？这种最具民间性的智慧，和《活着》里的"忍耐"一样，都是中国人在几千年的苦难中所养成的。但是，它就像是一块经历了旷日持久的淘洗过程而得到的"面筋"，黏稠却又极具韧性，一旦黏上便很难甩掉，已经近乎阿Q偷萝卜时所表现出的那种"无赖"了。这自然是被"正人君子"之流所深恶痛绝的,因此他们推崇《活着》却不待见《祝你好运》。而在《柑橘》中,饱受欺凌的苟大的自杀,还有更为复杂的意味。小说写了老实又善良的苟大的一生,特别是他在晚年收留傻女"糖水"之后屡受村人排挤和威胁的遭遇。我们看到的是一幅集体经济破产以后颓败的乡村图景,还有恃强凌弱、以邻为壑、各自心怀鬼胎的险恶人性。与伍彩虹为了摆脱窝囊憋屈的境遇而不择手段不同,懦弱本分的苟大一辈子都在忍让、退却,"活该与好事绝缘""不牺牲他牺牲谁",俨然就是又一个"福贵"。但两人的命运迥异——福贵至少还能在晚年同老牛相依为命,苟大却只有在暗夜里怀抱傻女的尸体点燃了柴堆自焚。这个凤柑场村最大的"善人"并不期待一场涅槃,他的自焚也不是为了"维护某种生存信念的价值",甚至连一次消极的抵抗都算不上。尽管他曾手持尖刀意欲寻吴支书复仇,但最终使他放弃的原因居然是他回忆起了在水库救人的陈年旧事。如今的时代,好人难寻,好人也难得好报。苟大和傻女的命贱如蝼蚁,被时代之手轻轻抹去,不留一丝痕迹。这,便是鲁迅先生所说的"几乎无事的悲剧"。

"把人从外部暴力中解放出来,正如我们今天社会宗教认为的那样,是不够的,人必须摆脱内在的恶,因为这恶产生着自然的暴力约束性及其致命的分裂。人应当成为内在自由的人,应当得到自由和永生,真正不再做奴隶,而不是穿着自由人的外衣,貌似有威力的人。"(别尔嘉耶夫《自由的哲学》)这段充满了宗教意味的话说得多么冠冕堂皇,试问有谁不想"成为内在自由的人",以至"得到自由和永生"?但现实生活永远都是树欲静而风不止,"内在的恶"尽可以凭主观去摆脱,外部暴力的解放却显然由不得我们自己做主。宗教的被动性与斗争哲学的主动性存在本质上的不同。是积极介入、为寻求改变而拼个鱼死网破,还是以达到某种精神境界为借口,逆来顺受、白日梦般地期待苦尽甘来?相信每个人都有自己的选择。

很长一段时间以来,像《活着》这样"触及灵魂"的作品,都被奉为中国当代文学所要努力的方向,成为许多"80后"作家创作的榜样和标杆。然而,恰恰正是对余华等人产生过决定性影响的拉美作家们,对文学与现实的关系有着深刻的认识:"我们的诗人一直或几乎一直是坚定不移地介入社会的,尤其是自20世纪。……我们这个时代,诗人的政治觉悟有增无已,因为他们知道人民熟悉他们的诗歌,支持他们、理解他们、在倾听他们的呼声。"(卡彭铁尔)"关于现实,我认为作家的立场就是一种政治立场。……改变那个社会的任务如此紧迫,以至谁也不能逃避政治工作。而且我的政治志趣同文学志趣都从同样的源泉中汲取营养,即对人、对我周围的世界、对社会和生活本身的关心。"(加西亚·马尔克斯)或许这么多年来,我们向他们的学习仅仅是买椟还珠式的,留下了椟的形式,却抛弃了珠的本质。大概是时候调转航向并冒犯主流了。就像《了不起的盖茨比》结尾那句话所说的,我们"逆水行舟",尽管会"被不断地向后推,被推入过去",却终究是在奋力向前。

(原载于《当代文坛》2019年第2期,发表时有删节)

现实主义主潮中的底层叙事

主持人：傅逸尘
观察者：宋嵩

问：如果说21世纪以降的中国文学，有什么现象或曰思潮可言的话，底层叙事一枝独秀，绵延近二十年后，仍然看不出有新思潮取而代之的迹象。我不知道底层叙事和现实主义是否与主流意识形态之间已成逻辑的种属关系，但作为近二十年来中国文学的主流却是不争之事实。然而，高度趋同的思想立场、价值判断、人物形象和故事范型，使得中国当代文学经验严重窄化并渐趋僵化。你认为底层叙事对当下的中国文学，尤其是现实主义书写有着怎样的影响？

答：尽管书写"底层"一直被视为新文学现实主义最重要的特征之一，并在之后的百年里或显或隐地影响着中国文学的发展，但新世纪以来的"底层叙事"仍然被许多学者评价为近二十年来影响最大的一股文学思潮。在2004—2008年这一比较长的时段内，"底层叙事"风格的作品曾一统传统文学期刊的小说板块；而随着2009年前后《人民文学》掀起"非虚构"写作的新浪潮，"底层叙事"

更是找到了最适合展示自己的文体。这一风潮至今仍方兴未艾，可以预见，随着社会经济领域内的改革的持续深入，再加上近年来国内人民生活受国际因素的影响越来越显著，在相当长的一段时期里，"底层叙事"仍将是对中国当代文学影响最大最深广的创作思潮。

  需要指出的是，主持人提出"高度趋同的思想立场、价值判断、人物形象和故事范型，使得中国当代文学经验严重窄化并渐趋僵化"，这的确是当下文学创作存在的显著问题。但我并不认为这个锅应该由"底层叙事"来背，其原因还是应该归结到创作者、评论者、编辑出版者的惰性、良心和责任感上来。在我看来，一个真正富有社会责任感和文学使命感的写作者，绝不会让自己的笔因思想立场、价值判断、人物形象和故事范型的"高度趋同"而干枯。我们的社会生活是丰富的，但不可讳言的是，在这丰富的生活中，苦难是普遍存在的；而且，套用托尔斯泰的名言来说，"幸福的人都是相似的，不幸的人各有各的不幸"。曾有评论者指责底层叙事是"苦难大全""比惨表演"，我不是很赞成这种刻薄的评价。苦难就在那里，难道你因为自己暂时摆脱了苦难而达到了"幸福"，就可以对其视而不见吗？更何况，不少作家本身仍然身处苦难之中，却想掩耳盗铃、自欺欺人地在自己的作品里"幸福"一回，并以此影响读者，这种行为就更恶劣了。用一个不太恰当的比喻，这就类似吸烟和（让旁人）吸二手烟的关系。

  "底层叙事"的代表作家之一陈应松曾经在一次演讲中尖锐地指出："我们的作家，为了简化写作，还喜欢把尖锐、严峻的现实平庸化和温柔化。他懒得去找麻烦，找罪受。我们的作家在处理他的写作问题的时候，是非常势利的、算计的、小心眼的。他不是不计成本的大投入，而是企图以最小的成本，获得最大的利益，甚至想干无本的买卖，空手套白狼，企图毫不费力，投机取巧就能一夜爆红。如果不能的话，一再破灭这种幻想的话，他就甘居平庸，在毫无风险系数的写作中苟且文字。没有风险，没有责任，没有痛感，没有难度的写作，没有是非观，没有感情投入的写作，是没有任何意义的写作。我认为，对许多作家来说，当下最需要的是端正写作态度，学会敬业。"这段话是针对那些将"现实平庸化和温柔化"的作家来说的，但是当下的一些"底层叙事"者，虽然并没有将现实"温柔化"，虽然写得也很坚硬冰冷很有痛感，但同样没有"难度"和感情投入。说他们是"简化"写作还算是说轻了，他们选择底层叙事，很大程度上只是一种算计、一种投机行为——看到社会关注什么、文坛流行什么，就一窝蜂地去写什么。我们的文坛的确存在一些这样的作家，他们在八十年代追逐"先锋"，到了九十年代就突然转向"新写实"，甚至在世纪之交还想开发一下"欲望"的潜能，只可惜自己的身体已经青春不再，写出的文字便因力不从心而不伦不类。然而现在，他们又盯上了"底层叙事"！

问：近年来的底层叙事似乎走向了一个极端，即为了苦难而苦难，无下限地渲染苦难，甚至消费苦难。无论是老作家，还是"70后""80后"，甚至包括"90后"作家的作品中，都可以看到诸如苦难、失败、迷惘、颓废的思想意绪的弥漫。你怎样看待这种跨越代际的泛苦难主题？

答：写苦难绝对是应该的，但是不能为了苦难而苦难；这正如写"欲望"也是应该的，同样不能为了欲望而欲望。俄国十九世纪杰出的民主派诗人涅克拉索夫的代表作的题目，著名翻译家楚图南译成《在俄罗斯谁能快乐而自由》，另一位译者飞白则译成《谁在俄罗斯能过好日子》——在我看来，前者未免有些书生气，"快乐而自由"显然是知识分子的代言体；而"过好日子"则口语化得多，也切合作品所广泛借鉴的俄罗斯民间歌谣的形式。举这个例子是想说，时下平庸的底层叙事者和优秀的底层叙事者之间的差距，恰好比这两个译名之间的差距。所谓"无下限地渲染"或者"消费"，是知识分子"代言"过程中容易出现的两个弊端。陈应松曾引用聂鲁达的诗——"凭借我的血管和我的嘴。通过我的语言和我的血说话。"——来作为《猎人峰》的卷首语；而对于那些平庸的底层叙事者而言，他们甚至都不能通过自己的语言来说话——他们用的是那些他们自以为会受到权威和"大众"认可的语言——更不必提自己的"血"了。在我看来，当下对苦难的"抽象化、概念化、寓言化，同时也推向极端化"（邵燕君语），归根结底还是因为作者对现实生活的疏远和隔膜所导致的。

  苦难是文学经典、永恒的主题，相信没有人能否认。就算是生活无忧者，心灵上的苦难也是普遍存在的，更不必提生活无着落者，他们承受的是身心的双重苦难。无论是在短信时代还是在微信时代，都有这样一些段子在人们的手机间流传："50后"们在抱怨自己长身体的时候赶上了自然灾害，在长知识的时候赶上了"知识越多越反动"，在上有老下有小的时候赶上了下岗分流；"80后"们则在抱怨自己赶上了计划生育、高校扩招、就业困难、房价高涨，怀念若干年前（自己并没有亲身经历过的）分房子和分配工作。总之，无论你是"50后""60后"还是"70后""80后"甚至"90后"，生活中总是充满了不如意和压力，久而久之就积淀成了"苦难"，而且这种"苦难"很有可能不被上代人或下代人所理解，每一代人都认为自己是"苦难的一代"。所以在我看来，所谓"泛苦难主题"其实并没有什么值得惊讶的，它甚至就是我们这个时代的生活常态，问题的关键还是在于对待苦难的态度。作为一个作家，你当然可以，而且应该、必须在作品中将苦难呈现给读者，但你不能自己先把气泄了。从古到今，有那么多优秀的演员塑造了舞台上的无数悲剧形象，你可能要一辈子饰演喜儿、窦娥这样的角色，你必须让自己的情感同这些剧中人的情感融合，但是你能把这种情感、情绪带到日常生活中来吗？更何况优秀的悲剧人物身上都是暗藏着反抗精神的，颓废的精神不应该成为任何时代的文学主流。

  问：我觉得有一个现象值得关注，那就是很多作家在书写当下现实时,往往喜欢或者习惯于描写和讲述人性之恶,不断地探触人性的下限,似乎不挖掘出人性的阴暗,作品就不够深刻;而且人性之恶与苦难经验之间构成了完整、闭合的逻辑关系和叙事链条。给人一种观感,即当下"底层"民众乃至更广泛的社会生活是一种没有历史与文化的苟且状态,一种缺乏朴实与善良、悲悯与情怀的混沌。与十九世纪俄罗斯文学比较来看,这种感受越发强烈。你怎样评价这种状况?

答:这个问题其实是本次对谈中最容易回答的。我的评价和观点就两句话:第一,苦难与人性恶、人性阴暗之间没有因果关系,绝不能说苦难导致或加剧了人性恶、人性阴暗,更不能说人性恶、人性阴暗是苦难之源;第二,"人性之恶"有必要而且可以适当地反映,但它永远不应该成为文学的主题。"容嬷嬷"的确是够"恶"够"阴"的,但她只能存在于《还珠格格》里。我相信没有人认为《还珠格格》是经典之作,正如没有人认为"容嬷嬷"是典型人物。陀思妥耶夫斯基也喜欢写极端,因此列昂季耶夫评价他时指出他"在道德上崇高的东西,肯定要以生命的难以忍受的悲剧为前提",别尔嘉耶夫则说"他表现出内心的崩溃,从他那里开始了新的精神",但是,"难以忍受的悲剧"和"内心的崩溃",都是为了"新的精神"的孕育。在我看来,当下虽然有很多作者口头上说自己以陀氏为人生偶像和创作榜样,但实际上学得还远远不到家。

问:在 21 世纪以来的中国文学里,书写现实生活与处理日常经验之间,往往是画等号的。日常经验的泛滥,使得以往被作家高度倚重的极端经验(英雄性包括传奇性)逐渐被遮蔽甚至取消,这也从根本上改变了文学的主题、思想和审美趣味。你怎样看待这种变化?

答：在我们的时代，英雄性理应在日常生活和日常经验中孕育。欧阳海拦惊马的确是英雄行为，可是这种极端的经验是常人很难有机会去接触的。坦白地说，就我个人而言，也曾经有过从事创作的理想，但最终还是因为感觉自己的日常生活平淡无奇而放弃了。我为自己的惰性痼疾而感到深深羞愧，但我相信还会有许许多多的作家朋友有能力从平淡的日常生活中发现不平凡之处。正如曾经获得诺贝尔文学奖的美国作家斯坦贝克在斯德哥尔摩所发表的热情洋溢的演说里所说的那样，"一个作家如果不是满怀激情地相信人有改善自己的能力，就不配献身于文学，也不配跻身于文学"。

斯坦贝克的大部分作品，特别是代表作《愤怒的葡萄》《人鼠之间》，都是写 20 世纪 30 年代美国"底层"的日常生活，但里面就涌动着不平凡的力量。《人鼠之间》里两位主人公佐治和李奈所憧憬的"美国梦"，无非是"有一大块菜地，有一只兔笼，还有好些小鸡。冬天下起雨来的时候，我们便说，他妈的别去做工了。在炉子上生起火来，围着炉子坐着，听雨点打在屋顶上淅沥淅沥的响声……"，并不比中国人常常挂在嘴边的"老婆孩子热炕头"高出多少。但在当年，就是这样的"美国梦"，在剧烈紧张的劳资关系、不断拉大的贫富差距背景下也是难以实现的。那是美国近现代历史上社会经济文化问题丛生、天灾人祸不断的时代，更不必提至今仍让人心有余悸的"大萧条"；他在作品中所反映出的美国民众为了追逐所谓"美国梦"特别是"加州梦"而在社会底层苦苦挣扎的真实场景，对于当下的中国读者而言可能具有更为特殊的意义。

斯坦贝克曾说，在那个时代，"作家的古老的任务并没有改变，他有责任揭露我们的许多可叹的过失和失败，有责任为了获得改善而将我们愚昧而又危险的梦想挖掘出来，暴露给世人。"也正因为这一"古老的任务"，他所创造的那些不朽形象，并没有因为时间的流逝而黯淡。我在此仅仅转述一个小说家、评论家路易斯·欧文斯（Louis Owens，1948—2002）讲过的亲身经历：在美国加州的萨利纳斯（斯坦贝克的家乡）举办一次活动上，欧文斯在言论中对斯坦贝克略有诋毁，这时，在观众席中接连有两个人站起来反驳他。这两个人"都是穿着牛仔裤和工作衬衫的中年拉丁裔人，并且他们都介绍说自己是农场工人。他们喜欢斯坦贝克的作品，他们说，他们喜欢看到反映他们自己生活的描写，而不管在他的创作中，他们的生活被进行了怎样的改编和改动"。这让欧文斯感慨万千，并且深刻反思说，现在有哪个美国作家能将两个黑皮肤的男人从田间地头带到一个文学会议并迫使那些男人站起来跟讲台后面的教授辩论呢？有其他美国作家的作品能被那些男人阅读吗？因此，"约翰·斯坦贝克是一个伟大的作家"。

我说的可能多了些。去年是斯坦贝克逝世五十周年，今年则是他的代表作《愤怒的葡萄》出版八十周年，但似乎在国内并没有太大的反应。我如今重提他的意义，也是借此机会对他表示缅怀与敬意。

问：小说关乎伦理与道德，但又不局限于伦理与道德，它还有更为广阔的文学性、思想性乃至哲学性空间。对伦理道德和"底层"苦难的过度宣示，导致我们的小说始终不能创新，始终不能为世界提供独特的中国经验与审美范式，中国小说也就无法达到"形而上"的高度，甚至难以与世界文学对话。对此，你有怎样的观察和思考？

答：豪克在《绝望与信心——论 20 世纪末的文学和艺术》里说得好："精神病始终会侵袭那些对希望和信心视而不见的艺术家、诗人、作曲家、哲学家和文学家身上。"事实往往是，精神病人不承认自己有病，就像喝醉了酒的人往往不承认自己喝醉了，这可能也是当下文坛的一个普遍现象吧。更可怕的是，他们还会反过来指责那些对未来充满希望和信心的人是"阿 Q 的子孙"，是精神胜利法的受害者。怎么办呢？我有点悲观了。

问：综观21世纪以来的中国小说，一种失衡日益凸显——日常经验和世俗故事几乎一边倒地壅塞了小说的空间，而超越向度几乎丧失殆尽，只有极少数作家还在关注超越性的问题。这种失衡，意味着21世纪初叶的中国文学丧失了文学思潮涌流的基本动力。由此，我们的文学场便显得太寂静、太单调、太缺少想象力与创造的激情。你是否认为当下文学缺少流派、思潮甚至主义？

答：说实话，单纯就"口号"而言，当下中国文坛除了"底层叙事"，的确缺少流派、思潮和主义（可能诗歌界例外，但我们主要谈叙事文学）。"万马齐喑究可哀"，我倾向于肯定"底层叙事"的理想与成绩，但也不愿意看到底层叙事一统江湖。中国人统治乒乓球界几十年，导致世界上对乒乓球感兴趣的人越来越少，终究是不利于乒乓球运动的发展。这个类比不太恰当，但我觉得值得文学界深思。

（原载于《江南》2019年第5期"江南·观察"，发表时有删节）

落地的麦子不死
——一个非"科幻迷"的科幻小说读感

自刘慈欣的《三体Ⅲ·死神永生》于 2010 年 11 月正式出版、《地球往事》三部曲（或称"《三体》系列"）宣告完结至今，已将近七个年头。在这七年时间里，屡屡有读者或慨叹或唏嘘，只是因为没有看到能够超越"《三体》系列"的中国科幻作品问世；甚至有人悲观地认为刘慈欣已经穷尽了中国科幻创作的一切可能，就像他笔下的三体星人锁死了地球人的科技进步那样，中国科幻已经进入了"危机纪元"。

作为一名非"科幻迷"，我的科幻小说阅读史始自 20 世纪 90 年代前半期的小学时代，但随后便是将近二十年的接受空白期；只是因为随着近年来刘慈欣、郝景芳等作者的作品获得越来越大的国际影响力、国内主流文学界开始逐渐扭转对以科幻小说为代表的科幻文学（文艺）的看法，才陆陆续续又读了包括《地球往事》三部曲在内的一些国产科幻作品。也许是中"还停留在托勒密时代宇宙观的主流文学"（刘慈欣语）的毒太深，我能明显感受出接受上存在的隔膜；的确有一些作品在初读时能让人眼前一亮，甚至某些片段（例如"面壁者"式的逻辑陷阱，以及"二向箔"降维展开时的奇观）有让人击节叫好的冲动，但很快便印象淡漠，"就像水消失在水中"。一个足球迷一辈子可能看过无数粒进球，但在他弥留之际，能回忆起的也许只有罗伯特·卡洛斯石破天惊的外脚背任意球，或者是范·巴斯滕荡气回肠的零度角抽射；而当下中国的科幻小说创作，是否真的有作家或作品达到这个高度？

刘慈欣曾表示，他对中国的科幻读者群充满信心，因为与西方国家科幻小说读者年龄普遍偏高不同，青少年是中国科幻受众的主力。但这是否也意味着，在中国，以科幻小说为代表的科幻文化和"二次元"的动漫文化一样，也只是青少年亚文化的一种，而终究无法融入主流文化的圈子？据说在几年前刘慈欣做客《小崔说事》节目时，现场突然有若干观众起立高呼"消灭人类暴政，世界属于三体"。这句口号在网络上的"磁铁"（刘慈欣"粉丝"们的自称）中间已流传很久，但突然出现在央视这样的主流媒体上，带给大多数观众的感受，一头雾水之外也只能是"无厘头"了。小圈子里黑话式的传播、"奇理斯玛"形象的被塑造（注意，这与公众对娱乐明星的崇拜与追逐有本质的不同），都使时下的科幻阅读与传播多多少少带上了"奇观"的魅影。

或许接受环节上的影响（干扰）因素太多，但仅就创作主体的文学观念而言，刘慈欣在创作"《三体》系列"前后逐渐形成并坚定了自己的科幻文学观，但这种"坚定"的进一步发展却难免导向"偏执"。在各种场合，他都对英国科幻小说家阿瑟·克拉克及其代表作《2001：太空漫游》不吝赞美之辞，并将其视为偶像和范本：

> 像阿瑟·克拉克那样，只把现实当成发散想象力的平台——之所以要有现实这个平台，只是为了让读者获得一种依托感，至于从这个平台出发后，就可以天马行空了。《2001：太空漫游》……归宿不是现实，而是科幻，一切故事和人物都只限于科幻之中。我个人比较赞赏这种风格，而《三体》也是严格遵循这一方向创作的。

而在另一则访谈中，这种对科幻创作与现实之间关系的看法被他阐释为：

> 我认为科幻的长处就在于探讨那种离我们现在的时间很远的现实，或者说超现实也好，所以现实当中发生的很多事情，包括中国社会发生的方方面面的事情，好的也罢，坏的也罢，对我的创作没有太多的影响，我不依据这些东西来创作。我总是反复提醒自己，我写的是另一个世界。

除此之外，在刘慈欣的若干访谈和创作自述中，还随处可见诸如"科幻是内容的文学，不是形式的文学""人性不再是这种新兴文学（指科幻文学——引者注）的灵魂""传统文学给我的印象就是一场人类的超级自恋，文学需要超越自恋，最自觉做出这种努力的文学就是科幻文学"等表述；更令人惊讶的是，他甚至反省"自己过多的关注道德，是在向一个很落伍的方向走"，因为"道德的尽头就是科幻的开始"。以上每一对引号里的文字都是刺眼而惊世骇俗的，而将其贯彻到创作中，直接体现便是"《三体》系列"里"零道德宇宙"的创生、"黑暗森林法则"的拟定，以及"宇宙社会学"的理论建构。凡此种种，都使我在阅读"《三体》系列"的八十余万言时，思绪总是跃出文本之外，神游回到整整一百年前。那时堪称中国科幻小说（或"幻想小说"）的第一个"黄金时代"，甚至连名字如雷贯耳的大人物如梁启超、蔡元培者都投身此类小说的创作中去；然而呈现在读者面前的，却是这样一些场景和细节：中国变得强大之后，"其实我们政府要发下个号令来吞并各国，不是我说句大话，不消几时，都可以平定"（《新石头记》）；黄白人种大战中的"化水为火"之法顷刻间便烧死七万多人，而作为战胜国的中国迫使西方各国签下"十二条和款"（《新纪元》）；强盛的中国甚至在"痛打欧洲七十二国"后直接将欧洲变成了自己的殖民地（《新野叟曝言》）……弱肉强食的丛林法则和"毁灭你，与你何干"的强权政治被展示得淋漓尽致。我甚至产生过这样的想法：倘若晚清"科幻／幻想"小说中的情节成为现实，人类是否在一百年前就已经进入了所谓的"威慑纪元"？——以《三体Ⅱ·黑暗森林》中人类的表现来看，这种可能性还是相当大的。

初读"《三体》系列"，很难不被字里行间透露出的宏大气魄与瑰丽构思所折服。倘若将这三部曲视为一座摩天巨塔，"零道德宇宙"的创设则可以说是第一块基石，况且这一设计本身就堪称是空前的。此前的"主流文学"虽不免极力渲染世风日下、道德沦丧，却从未有人敢于去构想"零道德"。在此意义上，作者扮演了"上帝"的角色，他说要有光，于是便有了光。这是一种"创世纪"式的文学，无论作者还是读者，都可以在这种创造宇宙、建构规则（"公理"）的过程中获得极大的心理满足，其心理机制，似乎与在电脑游戏中可以获得"主宰一切"的感觉是一样的，但这一做法的负面效应则是导致作品的过于理念化。在晚清科幻／幻想小说中，理念被聚焦在足以富国强兵的改革（"维新"）措施上，导致作品的审美性大大削弱，而这正是对"文学"最沉重的打击。针对梁启超的《新中国未来记》，黄遵宪一面赞扬此作品"表明政见，与我同者十之六七"，一面也并不讳言"此卷所短者，小说中之神采（必以透彻为佳），之趣味耳（必以曲折为佳）"，并进一步阐明自己的文学观："仆意小说所以难作者，非举今日社会中所有情态一一饱尝烂熟，出于纸上，而又将方言谚语一一驱遣，无不如意，未足以称绝妙之文。前者须富阅历，后者须积材料。"无论"富阅历"还是"积材料"，都要求作家的运思不能脱离实然的现实；即使是高尔基式的"第三种现实"，即一种应然的、未来形态的现实，也绝非无源之水和无本之木。

具体到"《三体》系列"的文本上，也许直到《三体Ⅲ·死神永生》，刘慈欣才真正得以实践自己写"离我们现在的时间很远的现实"写"另一个世界"的科幻创作理念。复旦大学严锋教授对整个三部曲的评价是"第一部最有历史感和现实性；第二部的完成度最高，结构最完整，线索最清晰，也最华丽好看；而《三体Ⅲ》则是把宇宙视野和本质性的思考推向了极致。"对此，我深以为然。

虽然科幻小说有其本体意义上的特殊性，但是如果我们仍然承认"科幻小说"是"小说"之一种，仍然承认人物、情节和环境是构成小说的三要素，那么由此出发去考察《地球往事》三部曲便可明显看出，尽管存在种种缺陷，但无论是人物形象的丰满程度、情节的复杂程度还是环境营构的合理程度，小说的前两部都在《三体Ⅲ》之上；第三部的想象与思考固然宏大深邃，但作为主人公的程心，以及作为主人公助手的艾AA和对情节推动起到关键作用的云天明，形象都显得单薄，似乎只是用来完成展示作者理念这一任务的道具，只是奇诡气氛的传感器和宇宙毁灭壮丽景象的旁观者。

"三部曲"各部之间的差异，反映了刘慈欣科幻创作理念的发展与成型过程。第一部（《三体》）的历史感和现实性，在气质上更接近作者在世纪之交创作的那批中短篇科幻小说。在"三部曲"声誉如日中天的当下，仍然有读者怀念写出了《地火》《带上她的眼睛》《中国太阳》《乡村教师》和《全频带阻塞干扰》的那个刘慈欣。那时候的他，不会超然地拒绝现实社会对创作的影响，而是将目光投向这片干旱、贫瘠、愚昧而又苦难深重的黄土地，投向为了充实乡村小学图书室而放弃癌症手术的民办教师（《乡村教师》），投向无数个像水娃（《中国太阳》）一样用辛勤的劳动改变自身命运进而以高度责任感和使命感为更加宏伟的事业无私奉献的普通劳动者，投向在现代战争中为了祖国的主权和荣誉而驾驶空间飞行器撞击太阳的马特洛索夫（卫国战争时期舍身堵枪眼的苏联英雄）式的将门虎子（《全频带阻塞干扰》）。那个阶段的刘慈欣是道德化的，对现实绝不退避三舍，对历史、现实和未来的审视也许不如今天这般深远玄妙，但却有着无比的凝重，宛若一支悠长的俄罗斯民歌，忧郁的旋律里透露出抗争的动机。在我看来，将宏观而卓越的幻想构思、幽暗又不乏壮阔的历史场景与对人类现实困境的观照把握相结合，这或许正是"三部曲"第一部赢得雨果奖的原因。

就在《三体》获奖后一年，郝景芳的《北京折叠》又受到了雨果奖的青睐。相较于刘慈欣和《三体》获奖的众望所归，郝景芳的创作一直以来都是争议不断。作者自己在小说集《去远方》的"前言"中也承认，自己的作品"对科幻读者来说不够科幻，对主流文学作者来说不够文学"。后者或许不成问题，因为"主流文学"的队伍毕竟庞大，郝景芳的缺席不会造成多大影响；但前者对于科幻小说的小圈子来说，却俨然有一种"冒犯"的意味，于是我们可以看到以《雨果奖颁错了？〈北京折叠〉是一部关于不平等的现实主义小说》为题的帖子在互联网上流传。显然，刘慈欣和郝景芳在作品风格和科幻文学观念上都存在着相当大的差异。尽管刘慈欣取得了巨大的成功，拥趸无数，却也并没有对与自己风格迥异、与现实密切关联的创作流派持否定态度，顶多是表示"不感兴趣"。而本文开头提到的那些因为没有看到能超越"《三体》系列"的中国科幻作品问世而发出的唏嘘与嗟叹，很大程度上是因为将刘氏风格奉为创作圭臬而产生的。在我看来，郝景芳的作品并不像刘慈欣那样凝重、大气，但与现实的关系却更紧密：《北京折叠》将目光投向现代社会分明的等级分化与公平缺失，反思工具理性支配下人类生存和发展的困境，情感基调不可谓不深沉忧虑；《皇帝的风帆》以近似童话的形式写个人命运与国家命运在挑战面前是如何化险为夷的，实际上反映的却是人与人之间关系的险恶，一种揶揄、反讽的意味贯穿作品始终；姊妹篇《繁华中央》和《弦歌》写人类面对文明更高等、技术更先进的外星"钢铁人"入侵时以音乐为武器，通过引发共振而与入侵者同归于尽，对"末日危机"主题的书写与刘慈欣暗合，英雄主义的自我牺牲精神也因此得以弘扬，但女作家的构思显然更为轻灵；《去远方》是作者自己最珍爱的作品，除了略带奇幻色彩的场景转换，几乎看不到任何"科幻"成分，但主人公面对在弥留之际仍牵挂研究手稿的旅伴，终于悟出了"走到哪儿，哪儿就是远方"的科学研究真谛，作者的用意在于展现一代代科学（包括自然科学与社会科学）工作者对真理的非功利性追求，这个自科幻文学诞生之日起就被一再书写的母题，在《去远方》灵动的文字间又一次得到重述与升华。因为有了现实的基点，郝景芳的创作更具开放性，题材更丰富，风格更多样，在避免时下众多科幻小说"理念化"窠臼的同时，指向了科幻创作更为开阔的前景。

"一粒麦子落在地里如若不死，仍旧是一粒；若是死了，就会结出许多子粒来。"（《新约·约翰福音》）麦子与土地的关系，恰是文学与现实之间关系的写照。据说科幻文学是一种"速朽"的文学，因为人类科学技术的进步实在是太快了；唯其如此，"落地的麦子不死"的道理，才更应该被科幻作家们铭记在心。

（原载于《青年文学》2017年第10期，发表时有删节）

数学诗人蔡天新的旅行文学创作

蔡天新，一位十五岁上大学、二十四岁获得博士学位的数学天才，一位数论领域的博士生导师，一位在国际诗坛颇有名气的青年诗人，一位曾两次环游世界、到过将近九十个国家的旅行家，一位精力旺盛的业余足球前锋，一位已经出版了几部随笔集的专栏作家，同时也是一位曾在深圳和杭州多次举办了摄影展的摄影爱好者。集种种看似矛盾的身份于一身，游刃有余地游走于数学、诗歌、随笔、旅行、足球和摄影"六度空间"的蔡天新注定将成为人们心目中的"传奇"。我无法肯定他的诗歌和摄影作品在若干年后是否会被纳入诗歌史和摄影艺术史，但可以大胆地断言，他的旅行文学创作将会因其独特的艺术风格而成为我们时代的经典。

一

讨论一个作家的旅行文学创作，首先应该明确其"旅行／旅游观"，即对"旅行／旅游"的看法。因为不同的"旅行／旅游观"一方面会影响作者的旅程，进而影响其旅程中的心态和观察的视角，甚至导致不同作者对同一行程和目的地做出截然不同的评价；另一方面又制约了他的"旅行／旅游文学观"，最终落实到文字上会呈现种种差异性。以往的学者似乎对此并不在意，仅仅以"旅游文学"之名总括其类，许多高校旅游类专业使用的教科书也使用《旅游文学》的书名。尽管这种区分相较于中国古典文学中"游记"的概念有了很大的进步,但仍然有失准确;台湾地区以"旅行文学"代"旅游文学",在许多人看来,这只是"旅游文学"概念在海峡对岸的另一种表述(正如大陆称"台风""地铁",而台湾称"风球""捷运")。至于"行旅文学""纪游文学"等提法(新世纪的流行用法是以"写作""书写"代替"文学"),虽各有其合理性,但使用范围却仅限于一小部分人。由此可见,对某些关键概念的区分是必要而迫切的。

其实古人早已注意到"旅""游""行"的区别,在《昭明文选》中,便有"行旅"诗、"游览"诗、"纪行"赋等分法;然而在萧统的概念中,"行旅"诗与"军戎"诗并列,"游览"诗则与"游仙""招隐"等分在一起。由此可见,起码在南北朝时期,中国人便以行为是否具有功利性、是否属于精神活动为标准来区分这几个概念了。台湾学者龚鹏程在《游的精神文化史论》中曾试图用一章的篇幅来探讨"旅游者的心理",但上来便进行"旅行者的精神分析",似乎仍未有意识地区分"旅游"和"旅行"。他的分析融会古今中外,认为旅行(旅游)是人类"集体潜意识"支配下的产物,这一举动"表现了超越的特征",可以"获得灵魂的净化或提升""得到精神上的救赎与解脱";而在中国古人心目中,"人只有转化成神,方能获致真正的超越解脱",而"人要成仙,要自在优游,既代表了人寻求自我转化的努力,旅游本身遂也具有这种转化的意义";要超越海德格尔式的"向死亡而在"的恐惧、不再被"烦"所占据心灵,只能采取一种"在而不在"的方式,即"游",因此,"后世旅游者或去登山,或往游异国,均具有仙人升举、超越尘俗、进入他界(other world)的含意"[1]。通过对"旅游者心理"的分析,龚先生阐明了自己的旅游/旅行观,即倾向于旅游/旅行的"超越性"和"解脱性"。然而对此两性的强调,却导致他在指出"旅游

---

[1] 龚鹏程:《游的精神文化史论》,河北教育出版社2001年版,第176页。

者要做的第一件事",便是"在生活上区隔出'一般现实性生活'和'逸游以欣赏生命的行动'两部分"之后,又提出"游""不以世俗社会为对象",而是"以尚未社会化的自然景观、较原始的人文状态为目标"[1]这一失之偏颇的观点。尽管这一观点是为了说明古人为何乐于在住宅中设置园林,但实质上还是中国传统的旅游／旅行观,而早在20世纪上半叶,就已经有人意识到"游"的对象在现代社会发生了根本性的变化:

> 前人的游记,多归入"杂记类"中,就它的文体和题材看,原是记叙文中描写自然环境的一种;……但是我仍在一个新的环境中,或到一个陌生地方去,所感到惊奇的,喜悦的,未必只是那地方的景致,人物、风土、各种社会环境,比起山光水色有时会给我们更新鲜的印象,更深刻的刺激,于是我们运用这些材料写成游记,便成为各地各式的"社会相"了。
> 古人旅行,山轿蹇驴,竹杖芒鞋,时时刻刻都拥在自然的怀抱中,所以感觉最亲切的是自然,体味最深刻的也是自然,游记最好的题材便只有自然风景。现代人的旅行却不同了,凭借轮船火车的便利,走遍各地各国的都市;而在大都会中,人的活动常淹没了自然,于是"社会相"又代替了自然风景成为游记最好的题材。这是古今游记两种不同的趋向,也是游记题材两个不同的"面谱"。[2]

上面引文中最关键的一点,便在于区分了"古人旅行"与"现代人的旅行"的区别——对待"社会相"的不同态度。因此,19世纪末以来,随着中国向现代社会的转型,涌现出了大量不以"自

---

[1] 龚鹏程:《游的精神文化史论》,河北教育出版社2001年版,第199页。
[2] 举岱:《〈游记选〉题记》,文化供应社1942年版,第3页。

然"为对象的旅游/旅行文学作品。对于这种变化，余光中一方面强调"在古典文学里，所谓游记通常是指一篇游赏山水的散文"，又指出旅游不限于山水，动机也不必在于游赏，但"这些都是游记的支流"，有限度地对"游记"的题材做了让步。20世纪末的学者则干脆打破了书写对象上的局限，只是强调"较为严格的文学意义上的旅游文学"是指"反映旅游过程中主客体之间特殊关系的那些文学作品；或者说，它是反映旅游者在旅游过程中通过一定的方式（手段、途径）构成的旅游关系，表现旅游者对旅游对象的向往、追求、接触、欣赏，或者在此基础上又进而构成旅游者之间特殊关系的文学品类"[1]。

如果说当下学术界对"旅游/旅行文学"的范围已经有了较为一致而明确的认识，那么，对于"旅行"和"旅游"是否应该区分、应如何区分却众说纷纭，因为这是一个与"现代性"和"后现代性"密切相关的问题。我们应该注意郭少棠的观点，他认为二者是包含与被包含的关系："旅行的三个层次是：'旅游'，指观光娱乐旅行；'行游'，指非观光娱乐旅行；'神游'，指精神旅行、想象旅行、网络旅行和生死之旅。"[2] 在这里，他注意到了"旅游"的"娱乐性"，并设置了一个与之相反的、非"娱乐性"的"行旅"。尽管这一观点颇具启发性，但却仍有不到位之感。

蔡天新则明确提出了自己的"旅行/旅游观"：

> 我想把"旅行"（travel）和"旅游"（tour），"旅行者"（traveler）和"旅游者"（tourist）加以区分。前者除了通常的游览观光和增长见识以外，还带有另外的目的，或者说怀有某一种使命，至少是遵循了"读万卷书，行万里路"的古训。因为一个人的生活阅历无论多么丰富，

---

[1] 张润今：《试谈不同含义和范围的"旅游文学"》，《北京第二外国语学院学报》1989年第1期。

[2] 郭少棠：《旅行：跨文化想象》，北京大学出版社2005年版，第35页。

毕竟是非常有限的。……我心目中的旅行者是，那些试图在空间的移动中获得灵感或启示的人，例如，思想家、作家、艺术家、僧侣、探险家。(《数字和玫瑰·旅行者说》)[1]

显然，他眼中的"旅行"和"旅游"是分属于截然不同的两个层次的。这篇文章题为《旅行者说》，明确地表明作者是以"旅行者"自居，而力图与"旅游者"（游客）划清界限；而它被放置在《数字和玫瑰》卷首的位置，起着序言的作用，昭示着整部文集中与"旅"有关的文字皆是出自"旅行者"的视角，是旅行者"在空间的移动中获得的灵感或启示"。同样的观点，我们还可以从摄影家李昱宏关于旅行／旅游的论述中看到：

> 我认为将旅行者与游客区分开来是必要的，一个人是旅行者，还是游客，我想这之间最大的差别在于旅行者以极其自我的方式漫游，而游客则以"大众"的方式凝视异地的风景，而旅行作为一种消费，其实与购买名牌包并无太大的差别，因为这种旅行实际上不是旅行而是旅游……[2]

英国学者约翰·厄里在研究旅游与消费的关系史时考察了19世纪后半期英国北方纺织业劳工的度假行为，他指出，火车交通的蓬勃发展使得原本只属于上层贵族的旅行特权下移到普通劳工手中，但这种"旅行"却成了一种消费：它处于经营旅行事业者们的

---

[1] 本文论及的蔡天新随笔集（包括回忆录）有：《横越大陆的旅行》，东方出版社1999年版；《数字和玫瑰》，生活·读书·新知三联书店2003年版；《南方的博尔赫斯》，花城出版社2007年版；《与伊丽莎白同行》，花城出版社2007年版；《在耳朵的悬崖上》，北京大学出版社2010年版；《小回忆》，生活·读书·新知三联书店2010年版。本文在引用这些书籍中的文章时，只列出题目，不再标注版次和页码。

[2] 李昱宏：《灰色的隐喻——摄影的时间、机会与决定性瞬间》，人民邮电出版社2011年版，第131页。

控制之下，而旅行（消费）者则完全被动。这种旅行只能称为旅游（tourism）。在他看来，"旅游"如今已经成了一种后现代的概念：它符合后现代的要素，倾向于解构并以乐趣为依归，带有明显的游戏意味，参与者（游客）在旅程中被麻醉，而经营旅行事业者的经营所作所为（例如旅行社对行程的规划和旅游管理部门对景点的设置、"迪士尼乐园"在全球遍地开花）显然是种种带有复制（后现代艺术的特征之一）意味的行为。这一观点被李昱宏阐释为"游客所进行的旅游有可能是一种虚假的活动，这是因为现在的旅游往往具有以下几个特点：由领队带团、由某些人组成的团体、与当地人其实处于互相隔绝的状态、以错误的审美观看待异国或是异地的事物、参观安排好的活动、忽略了外在的真实地界，而这环环相扣的情形还有可能往更虚假的方向发展——为了刺激旅游业的发展，许多地方营造出某种旅游气氛（如英国海边的电影院），因此许多更虚伪的活动便可能出现……英式英文里称包装好的旅游是 go banana，其意是指这种旅游活动中凡事都已经被包装好，犹如香蕉一般排列整齐，但 go banana 仍旧无法完整地形容现代旅游，我认为用 go pipe dream（白日梦）来形容更合适"。[1]

如果我们承认现代、后现代理论家对于"旅游／旅行"的区分有其合理性，就能明确意识到"旅游文学"和"旅行文学"这两个概念不应该随意混用。无论是传统文人的山水游记，还是三毛、蔡天新等人的异域写作（当然还有余秋雨的"文化苦旅"），都因其"使命感"和"极其自我的方式"而应该被纳入"旅行"和"旅行文学"的范畴。至于余秋雨那次明显与消费文化、大众传媒合谋的"千禧之旅"是否能算作"旅行"，还有待商榷。

二

然而，蔡天新的"旅行"又有其独特之处，最显著的特征即在

---

[1] 郭少棠：《旅行：跨文化想象》，北京大学出版社2005年版，第244—245页。

于其旅行的目的往往并不明确,大多都伴随着他的访学和诗歌活动。即使是在全球化大潮汹涌澎湃的当下,进行一次环球旅行仍只能是大多数人的梦想,而有幸两次环行世界的蔡天新在《飞行·写在前面的话》中,却这样介绍自己的环球旅行:

> 这并非我有意为之的环球旅行,……这次旅行的起因是这样的,我要返回南美洲的安第斯山中。确切地说,是哥伦比亚共和国的第二大城市麦德林,为我曾经访问并执教过的一所大学主持一场研究生论文答辩会,并为我主持的一个科研项目结题,却在不经意间环绕了地球一圈。

当然,无论是在美国还是在南美的访学期间,他也有过自发的旅行冲动,但更多的情况下,蔡天新的旅行都来得过于突然。例如,他在美国期间第一次出游,便只是因为他所任教的大学的中国留学生会主席要前往伯克利找工作,打电话询问他是否想同车前往。蔡天新在描述自己得到这个消息后的心情时,用了"谢天谢地,这还用得着考虑吗?我至今仍然对他心存感激"这样的语言。而在介绍蒙得维的亚之旅时,他写道:"我到蒙得维的亚完全是一次意外的旅行,从某种意义上讲,可以说是上帝的一个赏赐。"而原因仅仅是因为邀请他去巴西参加数学家大会的组织者寄错了机票。至于墨西哥之行则更令人瞠目:只不过是因为 Rail Pass 月票有效期还有八天,作者想将其"充分利用"而去了美国南部边境的圣迭戈,在旅途中又被告知可以从车站乘有轨电车直接去墨西哥边境……

尽管蔡天新的每一次旅行都看似如此"无目的性",但这并不意味着他的活动是"无意义"的,恰恰相反,正是因为他意识到"旅行"的意义和价值除了游览观光和增长见识以外,更重要的是"试图在空间的移动中获得灵感或启示"。这一点与其诗人和科(数)学家身份有着密不可分的关系——对于诗歌和诗人来说,灵感无疑是最重要的东西；至于阿基米德在浴缸中发现浮力定律、笛卡尔在睡梦中发明平面直角坐标系、牛顿因为被苹果砸了脑袋而发现万有引力定律这些早已为世人所津津乐道的故事，都是灵感与科学之间亲密关系的最佳注脚。面对记者"数学和诗歌有何相通之处"的疑问，蔡天新用诗人的语言解释说："数学需要灵感，和诗歌一样，数学也是想象的产物。对一位纯粹数学家（相对于应用数学家）来说，他面临的材料好像是花边，是一棵树的叶子，好像是一片青草地或一个人脸上的明暗变化。"（《横越大陆的旅行·诗歌是我可以携带的家园——答〈东方时空〉记者》）在某些场合，蔡天新不用"灵感"，而用"机智"一词来代替：

  模仿有其天然的局限性……是比较低级的求知实现。而美的感觉要求有层出不穷的新的形式，对于现代艺术家来说，通过对共同经验的描绘直接与大众对话已经是十分不好意思的事情了。这就迫使我们把模仿引向它的高级形式——机智。

  机智在于事物间相似的迅速联想。意想不到的正确构成机智。机智是人类智力发展到高级阶段的产物。乔治·桑塔耶纳认为，机智的特征在于深入到事物的隐蔽的深处，从那里拣出显著的情况或关系来，注意到这种情况或关系，则整个对象便在一种新的更清楚的光辉下出现。机智的魅力就在这里，它是经过一番思索才获得的事物验证。机智是一种高级的心智过程，它通过想象的快感，容易产生诸如"迷人的""才情焕发的""富有灵感的"等效果。苏珊·朗格指出，每当情感由一种间接的方式传达出来的时候，就标志着艺术表现上升到一个新的高度。

  …………

  诗是最需要机智也最能表现机智的艺术形式。（《数字和玫瑰·诗的艺术》）

从欧氏几何到非欧几何,从线性代数到抽象代数,也都有从模仿到机智的过程。机智在于事物间相似的迅速联想,意想不到的正确构成机智,它是经过一番思索才获得的事物验证。(《〈小回忆〉代跋》)

正因为"机智的特征在于深入到事物的隐蔽的深处,从那里拣出显著的情况或关系来",古往今来的诗人对于旅行才乐此不疲——旅行是一个以"观看"为主的过程,而对于一个观看者来说,最可怕的事情莫过于"钝化",即面对身边熟悉的事物丧失敏感,"熟视无睹"。"一个人能不能既成为诗人又成为数学家呢?帕斯卡尔在《思想录》开头差不多这样轻松地写道:凡是几何学家只要有良好的洞见力,就会是敏感的;而敏感的人若能把自己的洞见力运用到几何学原则上去,也会成为几何学家。"(《数字和玫瑰·数学家和诗人》)同时,"敏感和柔软的确是诗人所需要的,即使它造成的诸多困惑,也是有益于写作的"(《〈小回忆〉代跋》)。20世纪的诗人们无不致力于避免自己和读者的"钝化",尽管做出了种种"陌生化"的努力,但旅行无疑是最方便有效的途径。旅行过程中总有新鲜的东西给诗人和数学家们带来视觉刺激,加上他们热爱思考、乐于"深入到事物的隐蔽的深处"的天性,"eureka"(阿基米德发现浮力定律时所发的感慨)的迸发便水到渠成了。

蔡天新曾写过一篇很奇特的文章,题为《斯蒂文斯和无所不在的混沌》。斯蒂文斯即曾荣获普利策奖、被誉为"诗人的诗人"的美国诗人华莱士·斯蒂文斯。这篇文章以斯蒂文斯《混沌鉴赏家》中的诗句开头,在三言两语介绍了斯蒂文斯的生平之后,用占全篇文章四分之三的篇幅介绍了气象学、数学和物理学三个领域中与"混沌"(Chaos)有密切关系的三个前沿问题——蝴蝶效应、自相似性和湍流。特别是关于"蝴蝶效应","现代混沌的研究表明,小小的误差可能引起灾难性的后果,这种现象被称为'对初始条件的敏感性依赖'。在气象学中,这就成了人们半开玩笑说的'蝴蝶效应'——今天在北京有一只蝴蝶扇动翅膀，可能引发下个月纽约的一场风暴。"（《在耳朵的悬崖上·斯蒂文斯和无所不在的混沌》）作为一位科学家，蔡天新深知当代科学发展的趋势已经不再拘泥于对自然规律的探索，而是转向致力于揭示有序和无序、确定性与随机性的统一，这使他欣喜地发现了当代科学与艺术之间的相通之处，并以此将这两个领域联系起来，成为一位风格独具的"数学诗人"。

也正因为如此，我们在蔡天新的笔下总能见到种种巧合，以及他对于偶然性和不确定性的迷恋，因为这正是灵感迸发的源泉；而这些偶然与巧合甚至带有小说意味。最具代表性的例子也许是他对自己与地图和旅行结缘的叙述：

> 就在我第三次从温州回来没几天，理查德·尼克松对北京进行了历史性的访问，接着，他乘坐的波音飞机抵达杭州。……当报上登出总统先生在花港观鱼的照片时，我正在三百公里外的一所乡村小学念书，从未见过火车的我被这件事触动，在笔记本上画下他的旅行路线。我用的是一亿分之一的比例，线路全是笔直的，那时的我并不知道，远东和北美之间最近的航线要经过阿拉斯加的阿留申群岛。这件事不仅有着非凡的政治意义，它同时也打开了一个孩子通往外部世界的窗口，至今我对那位引咎辞职的美国总统仍深怀感激，无疑他也是上个世纪下半叶对中国影响最大的西方人。
>
> 值得一提的是，我和这位大人物的缘分并没有就此了结，二十多年以后，尼克松的葬礼在他南加利福尼亚的故乡小镇约巴林达隆重举行，我碰巧又在两百英里以外的另一座城市收看电视转播。那是我许多次西方之旅中的头一回。（《数字和玫瑰·旅行者说》）

这段经历俨然已经成了属于他本人的传奇，几乎在他的每一部游记（随笔）集和每一次访谈中都会提及。而作为一位从十五岁便开始接受严格的专业数学教育的数论专家，蔡天新诗歌创作生涯的开端则更是偶然得有了戏剧意味：

> 我写作第一首诗纯属偶然，除夕晚上我在老师家看完电视，回寝室的路上在一棵梧桐树下，一位少女非常急切地奔向我，显然她把我当成等候已久的男朋友了。那天夜里我失眠了，嘴里念念有词，第二天早上记下来，有位同学看了以后说像诗，这就是我的第一首作品——《路灯下的少女》。（《横越大陆的旅行·诗歌是我可以携带的家园——答〈东方时空〉记者》）

这些足以塑造或改变一个人命运的偶然遭遇，使得蔡天新对于偶然性似乎有了一种近乎迷信的心理。于是，我们翻开他的第一部游记《横越大陆的旅行》，便可读到这样的文字：

> 两个星期后的一天下午，我正在翻阅一部纸质已经发黄了的《美国现代诗选》，当我读到女诗人玛丽安娜·莫尔的诗句："我的诗歌是想象的花园／花园里遍地都是癞蛤蟆。"厨房里的水壶突然鸣响，情急之中我不慎烫伤了手指，却意外地获得了抵达美洲以后的第一首诗《水泡》……

类似的叙述在书中随处可见。书中所呈现的作者形象，是一个四处游吟的诗人，"蔚蓝色的天空、笔直延伸的路面、嗡然鸣响的噪声以及飞速逝去的风景不断刺激我的感官，我脑海里涌现出许多象形文字，我知道这些分属于不同词性的词汇是窗外小汽车、吉普车、面包车和大货车的化身，很快我心里便有了一首诗……""放眼远眺，只见旧金山和金门大桥依稀可辨。我深深地吸了一口气，多么令人心怡啊，一首诗的开头立刻就产生了……""坐在落叶遍地的台阶上，面对可以容纳七万多名观众的体育场，一种孤零零的感觉油然而生，我很快又有了一首新作《伯克利纪念运动场》……"这些例子不胜枚举，可以说，整部《横越大陆的旅行》便是蔡天新在美国大陆上行吟的手记、一个旅行诗人的创作备忘录，或者说是为他在旅行和游走过程中迸发的灵感和写下的诗篇所做的注脚，因此可视为"手记体"。他曾坦言，"我的游记不同于通常意义的游记，很多时候我只是把旅行作为一种写作线索"（《飞行·访谈：我的生命由旅行组成》）。这句话几乎可以作为解读其旅行文学创作的密码。这一写作模式在《横越大陆的旅行》中表现得最为充分。而《西湖，或梦想的五个瞬间》这篇随笔所采用的则是一种"集萃式"的结构。这篇文章并非纯粹意义上的游记，并非游览一地之后所记，而是在进行了不计其数的旅行之后，将若干次旅行的所见所感与西湖（作者就生活在西湖所在的城市）带给作者的感受进行比较；所谓"梦想的五个瞬间"，则是写于不同时期的五首关于西湖的诗歌。而这种写法在他穿插了十四首诗歌的回忆录《小回忆》中得到了更为充分的体现。喻大翔在研究20世纪中国学者散文时，曾指出"学者散文"中游记题材的一个特殊例子"诗史游记"。这一类游记以诗歌评论家李元洛的《怅望千秋——唐诗之旅》和《高歌低咏——宋词之旅》为代表，"或将唐宋人与某地有关的诗词搜为一辑，或以诗材诗意的主要指向谱成一篇"[1]。蔡天新的"集萃式"作品虽不能严格与喻大翔的定义相吻合，而且他似乎也没有将自己的创作视为"学者散文"之意，但的确有些"诗史游记"的意味。

与众不同的旅行观，还直接导致了蔡天新的旅程选择与书写重心。与一般的旅游者（游客）甚至旅行者不同，他并未表现出对所谓"风景名胜"的盲目追逐。遍览他的几部旅行随笔集便可发现，

---

[1] 喻大翔：《用生命拥抱文化——中华20世纪学者散文的文化精神》，人民文学出版社2002年版，第373页。

他到过的那些被人们挂在嘴边上的"风景名胜"屈指可数，似乎只有泰姬陵、埃菲尔铁塔等寥寥几处。在《印度：未完成的旅行》中，尽管他为"沙·贾汗的泰姬陵"专门列出一节，然而这一节仅有三个字数差不多的自然段：第一段介绍泰姬陵所在的阿格拉市，第二段主要介绍曾定都阿格拉的两位国王阿克布和汉·贾沙，第三段则讲述了一个有关泰姬陵的传说以及汉·贾沙的晚年生活，而整段中直接写泰姬陵的篇幅不超过五十个字。相较而言，作者似乎更倾心于记述自己在跨国航班上的"神游"，自第六节"湄公河之'梦'"开始，历经"仙都和千佛之国""仰光和聂鲁达的旅行"，直到"达姆·达姆"，所写的几乎都是自己对航班经过的印度支那诸国的想象。这只是蔡天新旅行随笔中一个再普通不过的现象，他宁可不厌其烦不计篇幅地记述自己的旅行路线（例如《横越大陆的旅行》的开头："我乘坐的东方航空公司波音七四七飞机从上海虹桥国际机场起飞，在过了长江口和崇明岛之后，仅用一小时便飞越了东海进入日本领空。从机舱内的荧光屏所显示的地图上可以看出，我们是在福冈和长崎之间穿越九州的，接下来是位于四国和本州之间的濑户内海，广岛在左侧一闪而过，然后是神户和大阪，京都和名古屋，即所谓的关西和关中地区，最后我们从南面掠过富士山的颈项，由东京湾进入太平洋上空。"），也不肯将丝毫多余的精力用于对通常意义上的"风景名胜"的描述上，就连大名鼎鼎的约塞米蒂国家公园，在他看来也"没有什么引人注目的景色"。这固然与他的旅行往往伴随着工作有关，但毋庸置疑的是，对于蔡天新而言，"行"或"旅"的意义远远大于"游"。他仿佛一位中世纪的游吟诗人，不在乎自己身处何方，亦不在乎下一站将会是哪里，仅仅是欣然于"旅"和"行"的过程。

同时，对"偶然性"的痴迷，也使得蔡天新专注于记录旅行中遇到的人。他曾表示："坦率地讲，假如有人和我分享了这次旅行，我本不会动笔去写这篇游记的。假如我不去写这篇游记，我旅途中遇到的人和事就会被淡忘，甚至会从我的记忆中消失掉。即使我写了这篇游记，假如没有人把它翻译成别的语言，也不会有故人在有生之年看到它。因此，我这篇游记是写给旅途之外认识或不认识的读者的。"（《飞行·写在前面的话》）于是，我们看到的是一个朋友遍天下的蔡天新，他似乎无论身处何地、何种交通工具都能结识一大批有趣的朋友，从或是独身一人或是挈妇将雏在美国攻读博士学位的大陆学子（《横越大陆的旅行》），到大学毕业后攒了点小钱便开始周游世界的瑞典青年安东尼奥（《数字和玫瑰·印度：未完成的旅行》），再到热情豪爽讲义气却最终因误解、吃醋而与作者"绝交"的哥伦比亚商人佩德罗（《南方的博尔赫斯》），当然还有他那一大群诗人朋友：北岛、宋琳……也正是因为有了这些旅途中的邂逅，他的旅行才具有了不可复制性。

追寻灵感和启示的旅行观，对生活中无尽偶然性的期待，还有那份继承自荷马和中世纪欧洲游吟诗人的精神气质，也许正是铸成蔡天新旅行随笔独特神韵的三大元素。

三

阅读蔡天新的旅行文学作品，总会使人有异样的感觉，而这种"异样"正是他的风格所在。

作为一位逻辑思维缜密的数学家、一位敏感而慧眼独具的诗人、一位曾两度环游世界的旅行家，蔡天新的文体（随笔）观自然不同于他人。他曾指出，"散文"（prose）一词在《牛津英语词典》中的意思是"诗歌以外的语言"（language not in verse form），所指过于庞杂，因此他倾向于用"随笔"的概念指称自己除诗歌以外的创作，认为"虽然它并不排斥抒情的成分，却以叙事、引述、评论为主，文笔也较为朴素、流畅"；"在我看来，随笔可谓是散文的现代形式，……它因为驱除了华而不实的成分，而更适合节奏日渐加快的生活和写作方式"；"比起散文来，随笔是一种更为质朴、宁静的文学形式，也更值得我们阅读和关注，同时，也倡导使用'随笔家'这个称谓"（《〈在耳朵的悬崖上〉代跋》）。在此，我们应该注意到他描述随笔的几个词语——朴素、流畅、质朴、宁静，以及一位记者在访谈中提到的"精确"（这位记者同时还提到了"激情"，但综合蔡天新的阐述看，此处的"激情"指的是诗人对待写作和生活的态度，而非文字风格；况且，作为风格的"激情"似乎与"宁静"是矛盾的）。如果说这五个词代表了蔡天新对文学语言和文学风格的终极追求，那么我们就不难理解他的旅行随笔为何会呈现出一种"不动声色""从容不迫"的美学效果了。不仅是随笔，他的诗歌也是如此。一位评论家如此评论蔡天新的诗作："但丁和波德莱尔都是明晰的，这也是蔡天新遵循的传统。他几乎都使用短句写作，句式没有眼花缭乱的结构，但不乏严谨和清纯。他的语言既不烦琐，也不显得单调；他的诗句往往是相似或不同事物之间的迅即联想，看起来轻松愉快，实则需要机智。"（《在耳朵的悬崖上·他坐在我的膝盖上歌唱》）

　　在此，我们可以将蔡天新与余秋雨的旅行随笔做一个比较。曾有评论家一针见血地指出，余秋雨的《文化苦旅》在结构上是由三个密不可分的要素组成的，一是小说式的叙事形态，二是哲学性的对社会、历史、文化的反思和感慨，三是诗化的语言风格。"《文化苦旅》很少让人感到轻松随便的普通日常语言，全是以'吟安一个字，拈断数茎须'的认真态度写出的凝重且华丽的句子。为了配合上述那种哲学家派头，这种句子就必须与大众化的语言隔离开来，而保持几分矜持、几分高深、几分不自然，以及几分头巾气。""文本的小说性使人松弛愉悦，文本的哲学性使人严肃紧张，一俗一雅的交替，保持着一张一弛的节奏感，而凝重委婉、洋洋洒洒的语言风格以其形象性消解了哲学议论、哲学慨叹所固有的抽象性，使自己成为沟通文本小说性和哲学性的黏合剂。"[1] 反观蔡天新，这三个"要素"几乎都不存在。首先，所谓"小说式的叙事形态"，指的是一种由作者精心设计、有意为之的贯穿于整篇文章乃至整部文

---

[1] 朱国华：《别一种媚俗——〈文化苦旅〉论》，《当代作家评论》1995年第2期。

集的特征；而在蔡天新的旅行随笔中，虽然随处可见带有偶然性的情节，但都只是整篇文章的一部分，甚至只是微不足道的一小部分；况且，他那些随心所欲、随性所致的旅行随笔大多数谈不上什么"结构"。如果说这些随笔也有类似于余秋雨的"小说式的叙事形态"，充其量也只是现代派的、"意识流"式的小说，或是阿索林、汪曾祺式的"随笔体小说"，而非余秋雨所借鉴的那种传奇式的传统小说。其次，"哲学性的对社会、历史、文化的反思和感慨"在蔡天新笔下更是罕见，我们甚至可以感觉出他在写作过程中对感慨和议论的刻意回避（当然，并不是完全回避，只是相较于余秋雨的"反思和感慨"而言过于微不足道罢了），更没有什么"哲学家派头"。第三，由于前两个要素的缺失，所谓"沟通文本小说性和哲学性的黏合剂"的诗化语言自然不存在，而且，蔡天新的诗歌也并非余秋雨式"诗化语言"所模仿的"诗"。此外还有一点值得注意，即余秋雨是"有意为文"，因此难免显得造作，而中国人常说"真水无香"，作为蔡天新"诗余"的旅行随笔"天然去雕饰"，避免了酝酿过程中产生的陈腐气息。有趣的是，蔡天新也曾发表过对余秋雨的看法：

> 余教授的出行让人羡慕，至少旅费和办理签证方面的事用不着他操心了。他努力在历史和现实之间寻找契合点，给人们以启迪，加上媒体的宣传和频频出镜，使他拥有众多的读者。我的文字更想表达的是一种自由的声音，并把这种声音传递给大家。（《飞行·访谈：我的生命由旅行组成》）

而在另一个场合，他说：

> 集合论的创始人、俄国出生的丹麦裔德国数学家康托尔认为："数学的本质在于它的充分自由。"显而易见，

诗歌和艺术也是这样。（《〈小回忆〉代跋》）

将这两段话相对照，不难读出些许揶揄意味。

尽管笔者对余秋雨式旅行随笔的写法存有异议，但认为他对阿兰·德波顿《旅行的艺术》一书的评价还是公允的。"与一般中国读者的预期不同，这本书不是游记散文，不是导游手册，也不是论述旅行历史和意义的常识读本。我们读到的，很像是用小说笔法写出来的人物传记片断。"[1]蔡天新的旅行随笔也具有类似的特征。曾有人询问蔡天新对游记的看法，他坦言自己"大学时期最喜欢读的小说是四卷本的《约翰·克利斯朵夫》，那是法国作家罗曼·罗兰的个人成长史，现在我依然喜欢阅读科学家和艺术家的传记。"（《〈小回忆〉代跋》）蔡天新的随笔大致可以分为"以传记为线索的游记"和"以游记为线索的传记"两类。前者以《南方的博尔赫斯》为代表，后者以《与伊丽莎白同行》为代表。在《南方的博尔赫斯》中，作者游荡于南美大陆，在哥伦比亚、秘鲁、智利、乌拉圭、阿根廷、巴西、古巴等地追寻着马尔克斯、博尔赫斯、聂鲁达、切·格瓦拉等名人的足迹，尤其是对于博尔赫斯，蔡天新不仅首次将其处女诗集翻译成中文，还在书中专门拿出一章（第六章）用来写作博尔赫斯的传记（另一位享此殊荣的人物是阿根廷女诗人皮扎尼克）。而在《与伊丽莎白同行》开头，作者正在进行一次从费城到波士顿的自驾旅行，当他来到波士顿的哈佛广场，回忆起了曾在哈佛任教多年、富有传奇经历的美国女诗人伊丽莎白·毕晓普，由此开始了这部诗人的传记。在此后的旅行与叙述中，蔡天新不断寻找着毕晓普留下的信息，甚至在此书初版五个月后，作者得到了访问巴西的机会（那是毕晓普曾经生活过的地方），又在传记再版时加入了自己在巴西探寻女诗人遗踪的记录。他对这两部书的评价是："在《与伊丽莎白同行》里，我本人的游历只是起到穿针引线的作用。相比之下，另一本讲述拉丁美洲的书《南方的博尔赫斯》

---

[1]　［英］阿兰·德波顿：《旅行的艺术》，上海译文出版社2004年版，第2页。

就不同了，除了最后两章，它差不多是我在那个遥远神秘大陆的生活记录。"（《与伊丽莎白同行·我对她并非一见钟情——答女诗人赵霞问》）

蔡天新旅行随笔的另一个突出特点，在于其鲜明的画面感。他认为"浪漫主义的诗歌接近于音乐，现代主义的诗歌接近于绘画"，并坦陈自己的诗歌创作深受现代主义绘画的影响。而这一倾向自然而然地被带入了旅行随笔的写作。试看以下这个片段：

> 不到十分钟，一个穿皮衣短裙的年轻女子进了店，她不假思索地走到我的邻桌，背对着我坐了下来，几秒钟之后，那女子又调整了座位，和我相对而坐，她把皮衣脱下来放在椅背上，露出低低的前胸。侍者上来打招呼，看得出来她是这里的常客，她要的比萨和饮料与我的一模一样，只是多了一包万宝路香烟。当她开始吞云吐雾的时候，我才仔细观察了一下，蓬乱的头发，眼神毫无光彩，过分使用的化妆品提前侵害了她的面部肌肤，和那双白净的手臂相比，衰老的速度明显不一致，而当她踱步走向洗手间的时候，可以看出她的年纪不超过二十五岁。（《南方的博尔赫斯·一个探戈的下午》）

这也许是最能够说明蔡天新旅行随笔"强画面感"特点的片段了。它充分体现了"观察"与"细节"的力量，如工笔细描一般，但又迥异于后现代主义的"照相写实主义"，亦不同于我们已经司空见惯了的旅游者（游客）摄影。后现代主义的"照相写实主义"与旅游者（游客）的摄影都旨在消解意义，削平深度模式，而在这段描述中，作者目光所及之外，"看得出来她是这里的常客"和"可以看出她的年纪不超过二十五岁"显然是数学家最擅长的推理，这意味着他用心灵看到了深层的东西，从而是一种克服平面化的努力。它属于"旅行者"的凝视，而不是"旅游者（游客）"的凝视。这种努力暗藏在作者不动声色的叙述中，等待着被发现。类似的凝视和画面在蔡天新的诗作中随处可见，还能在其旅行随笔中找到多处。然而，他深知倘若一篇、一部作品自始至终都使用这样的观看方式是不现实的——这对作者的思考与写作能力是极大的挑战，对读者的感受力和阅读耐力也是一种考验，因为读随笔和诗歌的方式与心态毕竟不同。因此，他才会在整篇的平铺直叙间设置若干醒目的画面，就像是在沙滩上随意散布若干美丽的贝壳——须知贝壳也是有待有心人去采撷的。

现代主义绘画给蔡天新带来了无尽的创作灵感，也促使他自觉借鉴其艺术手法。当听说一位拉美诗人评价其诗歌"蕴含了一种东方超现实主义"，"存在一种装饰性的美，使他想起马蒂斯的绘画"时，蔡天新仿佛找到了知音，欣喜地表示"这么可爱的名字让人无法不接受"。他最推崇的几位现代主义和超现实主义画家，包括勒内·马格里特、毕加索、米罗等人；同时，他对超现实主义诗歌的两位代表人物阿波利奈尔和洛特雷阿蒙怀有一种近乎崇拜的态度，后者的名句"美得像一架缝纫机和一把雨伞邂逅在手术台"更是被他反复吟诵和引用。超现实主义者之所以合他的胃口，在于他们都是"机智"的艺术家；"机智"表现为"事物间相似的迅速联想"，而"拼贴"则是表现"机智"的重要艺术手法。为此，蔡天新专门写了一篇《拼贴艺术》，详细地考察了"拼贴艺术"的发展史。在他看来，"拼贴（collage）是 20 世纪艺术的一个重要特征"：

> 我理解的拼贴是指把不相关的画面、词语、声音等随意组合起来，以创造出特殊效果的艺术手段。（《数字和玫瑰·拼贴艺术》）

作为数学家，蔡天新以其职业的敏感发现了拼贴与"镶嵌几何学"（mosaics）之间的密切关系。同时，他指出了"拼贴"在电影蒙太奇、摇滚乐配器、皮兰德娄的剧本《六个角色寻找一个作者》

等现代艺术中的应用,并且援引罗兰·巴特《文本的快乐》中的观点,区分"快乐"(plaisir)和"极乐"(jouissance)——快乐来自直接的阅读过程,而极乐则来自中止或打断的感觉。在这一系列理论的指导下,他的旅行随笔也呈现出明显的"拼贴艺术"的特征。首先表现为文体的杂糅,即将随笔、诗歌、传记熔为一炉。在他看来,"在一篇科学论文中出现一个优美的数学公式和在一篇文章或谈话中间摘录几行漂亮的诗句,两者有一种'惊人的对称'"(《横越大陆的旅行·诗歌是我可以携带的家园》)。其次,历史的片段常被他用做拼贴的材料,以丰富文字的内涵,由此达到他"很少写静止的历史,例如某座城市的编年史,而是喜欢写移动的历史,例如某个人与某个地方的偶然性纠葛"(《在耳朵的悬崖上·在耳朵的悬崖上——余刚对蔡天新的访谈》)的写作理想,同时表现出对"极乐"的艺术追求。第三,他的《南方的博尔赫斯》《与伊丽莎白同行》和《飞行》都是图文并茂,而书中插图的内容更是五花八门:作家生活照、作家漫画肖像、歌谱、航班上的菜单、签证、作者手绘地图……这种直接诉诸视觉的"拼贴",也许正是蔡天新向给予了他无限艺术灵感的"拼贴艺术"致敬的独特方式。

当然,仅就我个人的体会而言,蔡天新的旅行随笔还具有一种难言的召唤性,召唤我们参与到与作者互动的阅读过程中来。正如根据新闻绘制名人的旅行地图是童年蔡天新乐此不疲的游戏,我在阅读他的旅行随笔时也会萌生一种冲动,想在笔记本上绘出他每一次旅行的路线图,或是在地图册上依次寻找那些被作者提及的城市。他曾为丹尼斯·伍德的《地图的力量》作序,并极为推崇书中的一句话——"每个人都可以制作地图"。他以自己的写作实践着这个观点,同时以他难以抗拒的魅力暗示着他的读者像他一样做——拥有这种魅力的作家,其实并不多。

(本文系作者提交2011年"两岸青年文学会议"的会议论文)

暗夜之光
——弋舟小说读记

一、底层境遇的关切与命运抗争的呐喊

作为一个对社会底层困顿境遇格外敏感与关注的作家,弋舟在自己的作品里塑造了这个时代被侮辱与被损害者的群像,其中又尤以少年和女性居多。他向社会最脆弱和最软弱的一部分投去了最为关切的目光,用心感受着他们的悲欢离合。而对于作为社会中坚力量的中年人群,他则极力彰显他们在命运泥淖中的徒劳挣扎,以及对天涯沦落人之间相濡以沫的渴望。

《蒂森克虏伯之夜》写一个长相英俊似"快男"陈楚生的颠顶少年是如何在对未来的懵懂憧憬中逐渐被金钱的势力所戕害的。"蒂森克虏伯"这个全球性的钢铁和机械制造业巨头,在小说中化身为"另一个世界"的代名词。它和它所生产的"电梯"这一现代社会中司空见惯的事物,每每赋予来自偏僻小镇的夜总会"少爷"包小强一种迥异于故乡生活的戏剧性和仪式感,成为少年心目中臆造出的说不清道不明的"最高象征"。十几年淳朴旷达民风的熏陶,终究敌不过几个月来"梦幻一般的场所"里纸醉金迷的耳濡目染,少年几乎就要沦落为被富婆包养的面首。但事态就在富婆一句不容置疑的"跟我走"之后急转直下,包小强"蒂森克虏伯"式的梦态之旅被血淋淋的事实所惊醒:先是被富婆抛弃在荒郊野外漫天飞舞的钞票里,继而又在捡拾泥泞中的钞票时被富婆的轿车碾断了左脚。

至此，曾经被女同学兼同事的高丽揭示过的世界真相原原本本地在包小强面前展开。那个由"蒂森克虏伯"所代表的"最高象征"，其实完全不属于包小强这样的穷人，他们都是被这个世界消费的"消费品"，有钱人可以在对这个世界的恶意消费中获得纵情的欢笑和快感；若要摆脱这种被消费的处境，只有像高丽那样，认清钞票的霸道，摸清钓大鱼的所有规矩和门道，让自己成为合格的诱饵，甚至不惜欺骗和牺牲自己周围同样汲汲于生存的蝼蚁们。小说中最令人触目惊心的一幕是，即使自己的左脚被车轮碾断，包小强的手里依然还攥着一把湿漉漉的脏票子——富人可以用金钱来轻描淡写地抹去自己的罪恶，这是物欲横流的时代里的基本逻辑，它同样深刻地体现在《夏蜂》（又名《礼拜二午睡时刻》）中。在这个向马尔克斯致敬的短篇里，弋舟将自己营构环境气氛并以此来引领人物心理波动的本领发挥得淋漓尽致。整篇小说被笼罩在夏日午后燠热、沉闷而慵懒的氛围里，交织其中的是呕吐物的馊臭和堕胎的血腥味。这一切都与主人公母子二人此番进城的目的地——有大块草坪、爬满藤蔓的铁栅栏、喷泉和穿制服的保安的小区格格不入；属于这里的，应该是也只能是丁先生家里咖啡的焦香。男孩此前只在电视里见过的"喝杯咖啡吧""加点儿糖吧"，和他手中盛着自家用芹菜叶沤的浆水的可乐瓶一起，构成了世界的两级。正如从来都不曾真正存在平等的雇佣关系一样，咖啡所代表的一极对浆水所代表的一极具有天然的压倒性的优势：进城打工的"保姆母亲"在雇主丁先生的引诱（或者是胁迫，小说中并未明说）下怀孕，丁先生面对找上门来的受害者却表现出"爱莫能助""置身事外"的姿态，最终用一只装着钱的牛皮纸信封将事态化解，只留下小诊所门外鸡下水堆里"一桶血糊糊的垃圾"（堕下的胎儿）。在不可一世的骄阳下，"母亲整个人光芒闪耀，披着金色的纱巾，宛如站在未来的世界里"，这显然是一个圣母般的形象，她用自己被侮辱的尊严与被损害的身体，换来了那个信封，以及男孩从未曾得到过的百元大钞。就像抽象而缥缈的"蒂森克虏伯"之于包小强一样，在男孩心目中，其实并没有真正尝到的咖啡的滋味成为另一种生活、另一个世界的象征，并被自己有限的经验想象为"油脂与蜜的混合物"。当母亲的掌心向他传递出"暗自生长"的希望，装着钞票的牛皮纸信封似乎昭示着由生活的一极向另一极启程的可能性时，他"故作轻松地用普通话郑重其事地说'喝杯咖啡吧，加点儿糖吧'"。但随之而来的便是势不可挡的呕吐——这意味着男孩在一瞬间洞悉了世间的本质，纷繁的景象、混杂的气味和残酷的事实，使他的心智有了成熟的可能。

《蒂森克虏伯之夜》和《夏蜂》为我们呈现的成长历程，或酷烈或含蓄，都是借少年的懵懂眼光去认识世界，感受苦难。而《鸽子》所表现的，则正是一个少年对自我认定的苦难根源所做出的决绝报复。与《夏蜂》类似，《鸽子》中少年的母亲也承受了侮辱和损害，但却是为了一个摊位而与广场管理处的人所做出的交易。这个令人羞耻的隐秘，和为了抑制广场鸽繁殖而强制掺杂在鸽食里的避孕药一起，成为少年仇视这个世界的诱因。在他眼中，世界上一切美好的事物，包括面容姣好、青春靓丽的打工少女杨如意，都难逃被那些腹部隆起、头发稀少、终日悠闲得令人发指的中年男人所戕害的命运。他们就像那些大腹便便的雄鸽一样挤占生存空间并毫无节制地繁殖，世界因他们的存在而变得肮脏不堪。最终，他以少女的监护者自居，以为少女也为自己向这个世界复仇的名义，杀死了原本无辜的、被中年危机困扰着的失业编辑祝况。作者将一桩凶杀案的始末完整地呈现在读者面前，叙述腔调隐忍、克制，近乎冷酷，彰显出持久的苦难对人们心灵的扭曲与荼毒。

《鸽子》对少年一家的生活窘境着墨并不多，却通过少年对人间欢乐的冷峻审视，传达出鲜明的压抑感。更令人值得深思的是，少年身上长期以来郁积的暴戾之气，除了来自日常生活中承担的与年龄不符的艰辛（"一个本应坐在学校里读书的人都要辛劳地操持小买卖"），更是现代社会人与人之间冷漠关系的直接产物。这一主题同样突出地反映在中篇《天上的眼睛》中。作者以第一人称沉痛而压抑地陈述了充斥在一个中年男人生活中的苦难：下岗失业、妻子外遇、女儿叛逆、坏人横行、奸夫霸道……但相较于窃贼捅来的刀子和奸夫帮凶抽打在自己脸上的拖鞋，更令人难以忍受的是周围的人（包括亲人）众口一词的指责；一切苦难的根源，都被他们归纳为"我"不懂得及时闭上眼睛，不懂得装作看不见，不懂得睁一只眼闭一只眼。在他们那里，生活的真谛被归纳为一句话：人穷就要志短，就要能吞得下事情。而在《雪人为什么融化》中，"我"因一场网恋招惹了黑社会老大李老板的"妹妹"，从此给自己带来无尽的麻烦，甚至连自己亲妹妹的安全都受到了威胁。在种种努力都徒劳无功之后，"我"只能突破尊严的底线，以自残的方式去跟李老板谋求和解。"我"的朋友包尔刚之流平日里挂在嘴上的"长了脑袋，就要敢于迎着南墙撞上去"的豪言壮语，在强大的邪恶势力面前不堪一击，为求自保谋划出诸多荒唐又空洞的解决方案，却比不上"我"和平日里倍受单位同仁歧视嘲讽的女会计杨玉宁之间的同病相怜。最终"我"鼓起了"捍卫所有的妹妹"的勇气，向着恶势力做出了自己微弱却又悲壮的抗争。

"捍卫所有的妹妹"几乎可以视为弋舟早期创作反复书写的主题之一。他的小说中屡屡出现被囚禁在生活的炼狱中等待捍卫和拯救的女性形象。她们或者是被岁月的风沙打磨得苍白憔悴，无从把握自身的命运而最终沦落为时代的牺牲品（如《我主持圆通寺一个下午》里的徐未）；或者是被家庭、亲人和陈腐的伦理观念所伤害，在生活的浪潮里随波逐流，用肉体换取心灵的安慰（如《黄金》里的毛萍）；或者是默默啜饮亲人离去的苦酒，孤独承受着人世间的悲凉（如《空调上的婴儿》里的母亲）；更多的女性则因无力抵抗行于世的孤独和窘迫的物质生活，将心灵出卖给金钱与欲望（如《凡心已炽》里的阿莫、《金枝夫人》里的金枝、《跛足之年》里的罗小鸽）。在这些女性身边晃动的，大多数是卑微甚至猥琐的男性形象，非但无力用自己的肩膀扛起捍卫她们的重担，在坚硬冰冷的现实面前常常不击自溃、落荒而逃。长篇小说《战事》所集中反映的,就是一个少女在成长过程中寻找属于自己的英雄、谋求巨大的粗鲁的温存的主题。因为父亲的猥琐和在母亲外遇事件中表现出的龌龊,少女丛好体会到"凌厉的屈辱感",因此,她将敢于对美国霸权说"不"的萨达姆作为心目中的偶像。她先后经历了与张树、小丁、潘向宇三位丈夫(男友)的感情生活,他们或粗犷野蛮,或阴柔文静,或举手投足间都透着主人的气势,却始终都无法让丛好安心地托付终身,难免换回"为什么到处都是低三下四的男人"的感慨,甚至为此落得伤痕累累,身心俱损。而萨达姆被俘后爆出的真相——"他一直试图为自己树立'硬汉'的形象,但事实证明他是一个懦弱的胆小鬼"——也使丛好泯灭了心中对这个世界的最后一丝幻想。在小说的结尾,她"在一种战后一般的宁静中,终于和自己和解",也为"捍卫所有的妹妹"做了最好的注脚:女性的命运,终究还是要由女性自己做主;而男性倘若想担负起社会和家庭赋予性别的责任,首先要战胜自己身上猥琐龌龊的劣根性。

二、诗人气质与理想主义情怀的抒发

弋舟是公认的具有诗人气质的小说家。这种气质最为直接的表现,就在于他的小说中诗歌、诗句的出现频率极高,《我主持圆通寺一个下午》的写作由诗人独化的同题诗歌诱发,"使君从南来,五马立踟蹰"的汉乐府诗则敷衍出长篇《我们的踟蹰》。诗句在《赋格》《被远方退回的一封信》《嫌疑人》等篇目中承担起篇首题词的作用;而在《所有的故事》和《战事》里,"即使明天早上/枪口和血淋淋的太阳/让我交出青春、自由和笔/我也决不会交出这个夜晚/我决不会交出你"(北岛《雨夜》)的诗句反复出现,成为结构全篇的关键,其中所咏叹的"坚贞与背叛"的主题,甚至成为弋舟小说创作的母题之一。

在弋舟笔下,诗人、诗歌总是与一个早已远去的时代存在着密切的联系,或者说,诗人、诗歌就是那个时代的象征。在短篇《嫌疑人》中,诗人直接登场,诗人、诗歌与时代、现实、生活的关系,成为作者思考和喟叹的核心。曾经的诗人格桑，"如今已经成为一个标准的中年男人，有了医疗保险和住房公积金，有了亚健康和一个女儿"，成了"一条生活在盆地里的鱼"。通过小说字里行间透露出的信息，我们大概可以总结出导致格桑现状的原因：曾经和妻子（那时候"也是一位将世界简单化的诗人"）一起在西藏不羁地流浪的格桑，因为经受不起艰苦的考验（"睡在羊圈里"）而与现实妥协，最后难免回归盆地里日复一日的平庸生活。现如今，格桑的妹妹投入了一个瘸腿诗人唐克的怀抱，义无反顾地盗窃了金库里的巨额现金潜逃；格桑面临着抉择：是以一个世俗之人的身份去"捍卫"自己的妹妹，干涉她与诗人的爱情，还是忠诚于一个诗人的初心，冒着包庇贪污犯的风险，以诗歌的名义去成全这场畸恋。作者将主人公格桑、唐婉以及读者推向了一个两难的境地，伦理、法律、理想之间相互拮抗，形成了巨大的张力。通过《嫌疑人》这个题目，弋舟似乎是想告诉读者："诗人"们就是当下这个一切从实际利益出发、轻视理想的社会和时代里的"嫌疑人"，他们的所作所为，常常会有挑战、背叛这个社会和时代里约定成俗的规则的嫌疑，他们必须具备敢于承担质疑甚至审判的勇气。

更多的时候，弋舟小说中的诗人气质体现为作品中人物身上浓郁的理想主义情怀。他们忠诚于自己的理想，行为常常固执得近乎偏执，甚至有不少人物本身就是病人。例如《赖印》里的驯兽师，他和他驯养的狮子一样"有种必然的倨傲"，他所执着的是作为"人"的尊严，是免于被有钱、有权、有势者"嗝"来"嗝"去的权利，否则便会沦入与一群京巴狗为伍的境地；哪怕是放弃从未有过的尊崇地位，也不能容忍个性被人为地消泯、简化为符号化的标识。《隐疾》和《怀雨人》的主人公都罹患有精神疾病——小转子的梦游症和潘侯的自闭症。正如《隐疾》这一题目所强调的，在正常人眼中，这些精神疾病都是难言之"隐"，但这却丝毫无损于他们心灵的纯洁。相反，他们对理想的坚贞和对真善美的执着却足以让许多正常人赧然。小转子的丈夫老康通过边贸生意中的尔虞我诈攫取了第一桶金，很快便完成了资本的原始积累，进而发展到通过开矿场赚取黑心钱；出身权贵家庭的"雨人"潘侯追求纯真无瑕的爱情，却被别有用心的女大学生朱莉所利用，企图通过潘家的势力逐渐满足自己不知餍足的欲望，而在"我一再试图用污秽来擦亮老潘的眼睛"的错误引导下，潘侯在罪恶的威胁面前当了逃兵，悔恨终生。追逐利益最大化，在危险面前奉行明哲保身的原则，这些行为如今在普通人看来是再平常不过的"明智"选择，却是精神疾病患者眼中无法容忍的无耻行径，因为它们违背了人类最基本的道德准则。因此，他们不约而同地以决绝的"逃离"姿态来与之对抗：小转子惦念着"我"多年前的约定奔向草原，投身于《在那遥远的地方》里反复吟唱的纯洁之地；潘侯则坚定不移地用头去撞击一切坚硬的东西，击碎玻璃，逃出壁垒森严的俄式大院，消失在茫茫黑夜里。《隐疾》里那头"坚决的一往无前""目标明确的骁勇"的藏獒，在旷野的奔跑中与潘侯合而为一。《跛足之年》里也有一个"老康"，但他显然不同于《隐疾》中那个昧心发财的商人。虽然他作为"马鞍传媒"的老板，也曾试图在千禧年来临前全社会的狂躁气氛中赚上一笔，但身上所具有的根深蒂固的诗人气质还是促使他在广告牌上刷下了"把生活坚持到底"的巨幅标语。这个坚信有一副马鞍就可以驰骋、坚信白手可以攫取第一桶金、坚信生活如果坚持就能到底的人，其实也跟他的合作伙伴——无法容忍"抽屉"所代表的规律与秩序的马领一样，都是身患理想主义的精神重病而无可救药的人。但吊诡的是，在弋舟笔下的人物序列中，最光彩夺目、最让人难以忘怀的，恰恰就是这群病入膏肓的"精神病患者"。小转子令人吃惊的响亮大笑、潘侯奔跑时"火——火——"的呼啸，都是这个时代漫漫长夜里最振聋发聩的声音。

三、回望历史与观照现实

在探寻解读弋舟小说的关键词的过程中，"历史意识"是一个绕不开的重要节点。他曾坦言，"'历史意识'在我们的写作中从来都应当是重要的,我们必须知道我们是谁,我们从哪里来,由此,去揣度我们将向何处去"[1]。尽管他像大多数"70后"小说家一样,是通过对日常生活的关注和描摹开始自己的叙事实践的,历史意识的养成需要有一个随着年龄增长和阅历积累而渐进的过程,但当他真正将关注的目光投向这一领域,便展现出超越同代人的真诚与深刻。

《跛足之年》是弋舟最早的作品。在千禧年来临之际,主人公马领的脚意外骨折,这一年也因此被他称作"跛足之年"。小说写的是世纪之交普遍的浮躁心态,以及社会上光怪陆离的乱象,因而有了为时代立传的意味,"历史意识"由此得以不自觉地呈现。但在之后的很长一段时间里,弋舟要么是直接书写当下,要么是随着主人公的成长历程一路写来。虽然他在《蝌蚪》中写出了十里店这个地方随着市场的开放和煤贩子的到来而发生的巨变,在《战事》中跨越了前后两次海湾战争之间十几年的岁月,却很难让人体会出鲜明的历史感,似乎小说中人物对历史的淡漠态度也影响了读者。唯有《我主持圆通寺一个下午》是个例外,作者将故事发生的时间明确地规定在1983年,因为这一年在全国范围内掀起了"严打"运动,而主人公徐未的遭遇只有在这个特殊的时代背景下才有发生的可能。但作者创作这篇小说的动机,大概只是由一首诗诱发的虚构实验,还算不上真正具有"历史意识"的写作。

尽管如前文所言,弋舟习惯于将诗人、诗歌与一个早已远去的时代联系在一起,在《所有的故事》里还特意设置了一群大学生在毕业前夕的篝火晚会上集体背诵诗歌的情节,但就像人们已经习惯于将"八十年代"与"诗歌"之间画上等号,这仍然只是一个泛指。直到2013年、2014年,以"刘晓东"为共同主人公营构的三个中篇小说《等深》《而黑夜已至》《所有路的尽头》)集中问世,弋

---

[1] 弋舟、李德南:《我只承认文学的一个底色,那就是它的庄严与矜重》,《青年文学》2015年第7期。

舟的历史意识才被骤然放大，好像黑夜中的一颗照明弹，几乎所有人的目光都聚焦在那个导致三篇小说主人公命运剧变的转捩点上。一个以呐喊为己任的人，在毕业前不期而至的疾风骤雨里被推向风口浪尖，随后被打入文史馆的故纸堆里（《等深》里的周又坚）；与之相反，一个与生俱来的温和者、从小就对自己的胆小怕事而感到羞耻的"弱阳性"男人，却因为身上根深蒂固的性格缺陷而免于卷入时代的飓风中，进而从中获利成为"新阶层"的一员，其代价则是曾经的偶像与禁忌都随着时代的变迁而坍塌（《所有路的尽头》里的邢志平、尹彧）。而那个用十几年时间改造了城市面貌的人，虽然作者不曾明说他与那个时代转捩点的关系，但他显然就是那次转捩的受益者，一个试图用金钱换取心安的抑郁症患者（《而黑夜已至》里的宋朗）。关于小说中那些时代亲历者的反省抑或"自罪"，现有的评论已经说得够多了。既不将责任全部推脱给历史，将自己的罪责撇清，也不讳言面对当下时的迷茫，并尽力避免时代的悲剧在下一代身上重演，而不是单纯嗟叹"我们这代人挺不容易的……"，才是"这代人""历史意识"的题中应有之义。在《等深》中，当"我"觉察出少年周翔准备报复亵渎了母亲的郭总的真相时，"我觉得此刻我面对着的，就是一个时代对另一个时代的亏欠。我们这一代人溃败了，才有这个孩子怀抱短刃上路的今天"。那么，这种"时代的亏欠"究竟应该怎样去偿还？其实早在将近一百年前，鲁迅在《我们现在怎样做父亲》里就给出了答案："自己背着因袭的重担，肩住了黑暗的闸门，放他们到宽阔光明的地方去；此后幸福的度日，合理的做人。"[1] 显然，周翔式的"怀抱短刃上路"，以及徐果对心有愧疚的富翁进行梁山好汉"劫富济贫"式的敲诈，尽管都显得颇有"古风"，都能在历史的长廊里听到回声，却终究算不得"幸福的度日"，更不是"合理的做人"。也许，为了下一代，

---

[1] 鲁迅：《我们现在怎样做父亲》，见《鲁迅全集》（第1卷），人民文学出版社2005年版，第135页。

"挺不容易的"的"这一代人"需要做的还有很多。

创作于"刘晓东"系列之后的《平行》和《随园》同样满溢着弋舟对历史的审查与反思。与"刘晓东"系列不同，这两个短篇将历史标本的取样点前移近二十年，时间线索则埋伏得更为隐秘。《平行》以对"'老去'的含义及其本质性的突变"的形而上思考切入历史与现实。老人从老同事、前妻等人那里得到了不同的回答，却仍旧无法解释心中的疑问；直到他完成了"飞越老人院"这一令人匪夷所思的举动，才在无意中给出了属于自己的答案：'老去'就是一点一点变得轻盈，变成一只候鸟与大地平行。这种对"轻盈"和"平行"的渴望，源自他力图与大地站成一个标准的直角的一生——为此，他曾被"下放"而蒙受困厄，从此对那种粗暴残酷、整齐划一、四列纵队式的集体生活方式怀上了深深的恐惧。而在《随园》里，戈壁滩上随处可见的累累白骨、薛子仪对尸骨主人"不过是几十年前的男女"的确认、"他们是那个时代的文艺青年"的暗示，还有那本扔在《子不语》下的《夹边沟记事》，无一不指向反右派斗争中著名的"夹边沟事件"。这些右派们身上的理想主义气质曾经对"我"产生了深远的影响，以至于崇尚自由的"我"屡屡被学校和工作单位劝退。时隔多年后，罹患乳腺癌的"我"和曾经的流浪诗人、如今的养鸭小老板老王一起回到戈壁滩，发现当年的古代文学老师薛子仪已摇身变为地区首富，却并未建起曾经承诺过的墓园，只是在一座极尽奢华之能事的仿古建筑"随园"里等待死亡的降临。小说中另一个暗藏的时间线索与"我"念念不忘的那句"执黑五目半胜"有关——1990年7月1日，钱宇平在第五届中日围棋擂台赛的最后一局对决中"执黑五目半胜"日本棋手武宫正树。联系到"刘晓东"系列里主人公们的经历，当年薛子仪天天打坐的举动、麻木而垂头丧气的样子、带给旁人"像是置身在一个没有余地的失败当中"的感觉，以及随后靠兴办制药企业而成为首富的发家史，无一不与这个时间点紧紧联系在一起。所谓的"用随园戏仿墓园"，其实反讽了薛子仪对当初理想与信念的背叛。由是观之，《随园》可以被视为"刘晓东"系列的"别册"，萦绕全篇的是一种悲凉颓败之感，其心理抑郁和精神委顿的氛围不亚于《而黑夜已至》。

四、恐惧的美学与光明的憧憬

在一篇评论中，张莉曾将弋舟小说的显著特点概括为："他尤其擅长提取具有精神性意义的语词，比如羞耻、罪恶、孤独、痛苦出现频率极高。这些词语有精神性色彩。"[1] 其实这样的词语还能列举出很多，例如"恐惧"和"光明"。尤其是前者，相较于"羞耻""罪恶""孤独"来说更具代表性。可以说，弋舟在自己的小说世界里建构起了一种"恐惧的美学"。在某些篇目里，作者直接书写"恐惧"，以及这些"恐惧"给人心灵带来的煎熬。例如《时代医生》中，两位眼科医生被人类"心中那种与生俱来的莫须有的恐惧"所折磨，在潜意识里随时做着逃跑的准备；《谁是拉飞驰》里，街头少年"恐惧"的是那种似是而非的逻辑和决定自己命运的莫须有的事物，无法忍受这个世界的虚无；而在《我们的踟蹰》中，在李选和曾铖你一言我一语的分析下，人性中与生俱来的种种恐惧在强大的外部力量和世界的幽微面前逐渐现形，它所呈现的行为便是"踟蹰"；在更多的篇什里，少年们因恐惧变得肥胖、肮脏、油腻而拒绝被中年人的世界招安，进而以极端的姿态与之对抗……总之，弋舟为读者建构了一个充满恐惧的小说世界，在他的笔下，"恐惧"已成为时代精神病症最为显眼的表征。

值得庆幸的是，尽管这个世界被太多的"恐惧"所充斥，但弋舟却总是在茫茫的灰暗中留给我们一线光明的憧憬。他的笔下几乎看不到绝望，像《天上的眼睛》那般困窘逼仄到极点，仍然会安排一家三口人的和解；《凡心已炽》里阿莫因挪用公款已经到了山穷水尽的地步，即使找不到曾经的那片向日葵丛，却还可以在路边发

---

[1] 张莉：《以写作成全——读弋舟》，《西湖》2016年第6期。

现如"被无限缩小了的向日葵"的野花在这世界"动人的冷漠"里开放。而像《光明面》那样,写一个男人在万念俱灰的关头受到打工女昂扬活力的鼓舞重燃生活热情的作品,在弋舟的作品序列里原本堪称异数,但收入《丙申故事集》里的五个短篇,除了《随园》的结尾略显硬气,其余的四篇,都不乏忧伤中的温婉,仿佛命运之神有不忍之心。正如《出警》结尾写到的,"人活着已经是在苦熬",那么,就给这困顿的生活一个喘息的机会,让这暗夜里划过一道诗意的微光吧。

  关于弋舟,评论者们似乎已经说得足够多了:关于他对"孤独"的一唱三叹,关于他的"城市叙事"和"二手生活",关于他充满智性的写作,关于他自觉而强烈的理论意识……但是,对于一个已经写下了两百多万字小说的作家而言,似乎我们说得还不够。这是一个纯粹的写作者,但又绝不简单。一个作家的创作量越大,对他的评论就越容易挂一漏万;有时候思考得越详细,反倒越容易钻牛角尖,越容易被一片树叶遮了原本能饱览整个园子的眼。思量再三,我仍然坚持回到最初的读感,哪怕它失之粗陋和浅显。因为我知道,还有许许多多应说而未说的话在等待着弋舟去说,还有许许多多的人间悲喜在等待着他去描摹。所有的路都远未走到尽头。

(原载于《新文学评论》2018年第4期,原题为《暗夜划过诗意的光——弋舟小说读记》)

"端的是一个讲故事的高手"
——笛安小说论

一

初登文坛的笛安，是以"天才少女"的形象出现在读者面前的。甫一登场便凭中篇处女作《姐姐的丛林》（2003）亮相于老牌纯文学期刊《收获》，其起步的高度令同代作家们无可企及。从情节和题材上看，这篇小说似乎并未超越"青春文学"中常见的少女情怀和成长之殇的范畴，但透过小说人物之间复杂甚至略显混乱的情感关系和遭遇，我们还是能看出笛安对爱情、人性以及艺术的独到思考。主人公姐妹两人（姐姐北琪和妹妹安琪）曾一同学画，尽管北琪从小就坚信"愚公移山"一类的励志故事并努力投入，却仍旧无法改变艺术天赋远远不及妹妹的现实；在日常生活中，北琪的长相"平淡甚至有点难看"，在学业上也只能勉强维持中等水平；在情感遭遇上，她曾被一个小混混短暂地追求，却又很快被放弃。相较于妹妹才华横溢的绘画天赋和姨妈（绢姨）在异性眼中不可抗拒的吸引力（"招蜂引蝶"），在这样一个各方面都很平庸的女性身上，似乎不会发生什么曲折的故事。但她的命运轨迹却因父亲的博士招生资格而发生了根本的扭转：母亲想借此机会撮合她与谭斐的婚事，解决自己对大女儿"嫁不出去"的担忧；谭斐也有通过和北琪谈恋爱来达到击败竞争对手江恒，顺利考上博士的目的；而父亲对此的超然态度背后也处处透露出内心的纠结。北琪的平庸导致其"被利用"和命运"被安排",与此形成鲜明对比的是妹妹安琪对自身艺术天赋逐渐清醒的过程。从老师看安琪的画作时"眼睛会突然清澈一下",到确认自己喜欢上谭斐后将画画作为灵魂喷涌的出口,再到放弃投考中央美院附中,安琪完整地经历了谭斐所说的"从一开始以为这个世界上只有自己,到明白自己的天赋其实只够自己做一个不错的普通人"的过程,"然后人就长大了"。

认识自己的普通人属性、涤清自身的"天才"幻想是自我确证的重要一步,由此出发才能建构起客观、正常的人生立场,这一点对于当下这个张扬"个人奋斗"的时代似乎尤为重要。但生活的复杂性还在于:一方面,我们身边的确存在着一些"天才",例如《姐姐的丛林》中的艺术天才绢姨和学术天才江恒,他们对"天才"近乎挥霍的使用影响到自己的人生态度,甚至以伤害他人为代价,以至于母亲会用"她是艺术家,她可以离经叛道,但你不行"这样的话来开导被绢姨背叛的北琪;另一方面,当普通人清楚地认识到自己无法在正常层面同"天才"竞争,则往往会转向采用非常手段,例如谭斐式的"曲线救国"(特别是在谭斐被拒签之后,他同北琪的婚姻成为最后一根救命稻草)。

小说中安琪对谭斐和江恒两个人的评价颇为耐人寻味:谭斐是"并不完美",而江恒则"不是个好人";而母亲对北琪的评价也是"你是个好孩子"。由是观之,笛安在一开始便确立了一个贯穿自己创作过程的主题:好(善)/坏(恶)人的对立与相生。无论是在笛安代表性的"龙城三部曲"中,还是在长篇《芙蓉如面柳如眉》里,我们都会发现"好人""坏人"这两个词出现的频率特别高,很多情况下是集中出现,作者还会对二者加以演绎或阐释。例如:

"陆羽平。"小睦说,"你是个好人。"

"我不是。"他打断了小睦。

"你是。"小睦坚持着,"会有哪个坏人会在出了这种事情以后还这样对待芳姐?别说是坏人,不好不坏的一般人都做不到的。"

——《芙蓉如面柳如眉》

"西决，我是个好人吗？"

"你不是。"我斩钉截铁。

"和你比，没有人是好人。"她的手指轻轻地扫着我的脸颊，"你要答应我西决，你永远不要变成坏人。如果有一天，我发现连你都变成了坏人，那我就真的没有力气活下去了。"

"永远不要变成坏人。"我微笑着重复她的话，"你们这些坏人就是喜欢向别人提过分的要求。"

——《西决》

迦南突然说："我也不小心听过护士们聊天，她们都说你哥哥是个好人。"

——《南音》

这样的例子不胜枚举。可以说《芙蓉如面柳如眉》和"龙城三部曲"就是关于"好（善）/坏（恶）人"的系列小说。据说在创作《西决》时，笛安并没有计划将小说写成"三部曲"的形式，因此，在《西决》中人物身上的"好/坏""善/恶"对立体现得更为明显。但随着写作计划的铺开，在第二部《东霓》和第三部《南音》中，人物性格深处的东西开始被作者渐渐发掘出来，复杂性也随之得以更充分地展示。好人身上的缺点与人性的弱点被渐渐曝光，借用弗兰纳里·奥康纳那个著名短篇小说的题目就是"好人难寻"。

三部曲中人物性格最惊人的突变出现在《南音》中，前两部中公认的"好人"西决因为医院放弃治疗昭昭而义愤填膺，开车撞飞并碾轧了昭昭的主治医生陈宇呈，最终被判有期徒刑二十年。这一突变的合理性自然是值得商榷的，但探究作者设置这一情节的目的，大致有二：首先在于揭示出任何人性格底层都具有的善恶两面；其次是为了突出道德规范、社会秩序、家庭教育等各方面合力对人性的规训与压抑，以及被压抑的人性一旦冲破束缚后所带来的巨大破坏力。值得一提的是，作者敏锐地注意到现实生活中突发的重大事件有可能对人的性格起到激发或扭转的作用，因此将南方冻雨、汶川大地震、医患纠纷、工厂爆炸、福岛核事故等糅进小说中，在增强真实感的同时，也使人物性格的展示更为合情合理。

二

《姐姐的丛林》之后的长篇小说《告别天堂》，其创作主旨因有一篇详细的"后记"而易于索解："对于这个故事，'青春'只是背景，'爱情'只是框架，'成长'只是情节，而我真正想要讲述和探讨的，是'奉献'。"这种"奉献"，被笛安进一步阐释为小说的五位主人公——天杨、江东、周雷、肖强、方可寒——彼此之间"真诚又尴尬"的，而"正是那些神圣和自私间暧昧的分野，正是那些善意和恶毒之间微妙的擦边球让我们的世界变得如此丰富，如此生机勃勃"。[1] 从以上所引这几段作者自述，我们似乎能看到笛安对世纪之交流行的"青春文学"的不满，以及她借书写"奉献"这一抽象主题来寻求超越的努力。通读小说，我们能看到她所说的"背景""框架"和"情节"，能读到一个残酷凄美程度不亚于韩寒、郭敬明或"80后五虎将"的故事，但其所谓的形而上探讨却因设置的生硬而让人如鲠在喉。《告别天堂》写校园生活，写低龄化的爱情，写青春期的叛逆，刻意暴露世纪之交青少年成长的心路历程，所有这些几乎都符合"80后"发轫期长篇小说的主流趋势。笛安将表现"神圣和自私间暧昧的分野"和"善意和恶毒之间微妙的擦边球"视为她实现超越的路径，但须知这些抽象理念必须经由具象的情节加以呈现。小说中虽不乏青春的温情与感动，展

---

[1] 笛安：《〈告别天堂〉后记》，春风文艺出版社2005年版，第266—267页。

现出的悲天悯人的情怀也给人留下了深刻的印象，却难免沦入人物形象理念化、情节设置过分离奇巧合的流俗，对超越性主题的过分拔高难免有矫情之嫌。

姑且不去深究小说故事发生的主要地点"红色花岗岩学校"和主人公之一方可寒罹患白血病早逝这一情节是否受了新世纪之初风靡一时的《流星花园》《蓝色生死恋》等青春偶像剧的影响，也不必探讨一群重点高中毕业班的学生在高考前终日沉迷于多角恋爱（乃至性爱）中不可自拔的故事的真实性究竟有多大，仅就作者精心营构的方可寒"卖淫"这一核心事件而言，便足以动摇小说存在的根基。方可寒这一形象，似乎是东西方神话传说中普遍存在的"圣妓"母题在新世纪中国的又一次"重述"。这个以"公主"形象出现在读者面前的人物，"永远昂着头"，从小便凭借其罗敷式的美貌刺激周围男性的荷尔蒙分泌；进入高中以后发展到"五十块钱就可以跟她睡一次"，还不止一次因为"心甘情愿""因为我喜欢你"而给嫖客"免单"。这些让人感觉不可思议的情节，在笛安笔下被津津乐道；而将其与罹患白血病的秘密相结合，更彰显出方可寒这一行为的"神性"：她似乎是要把自己的美貌和所剩无多的生命"奉献"给那些被高考、被感情、被性欲所折磨的少男们，借助满足他们的肉体来实现灵魂的飞升。作者赋予一个卫慧、棉棉小说主人公式的女高中生以"神性"，极力装出一种与年龄不符的成熟或曰深刻，却因用力过猛而呈现出大写的尴尬。

如果说以"神妓"形象示人的方可寒因其神性和早逝而显得飘渺，小说的另一个女主人公天杨则自始至终试图扮演"圣女"或"圣母"的角色，但又因其行为中随处可见的造作而拉低了她在读者心目中的地位。笛安极力塑造的是天杨性格中"纯真"的一面。可以说，天杨的爱情观中存在着一种"洁癖"，这种洁癖不仅是对自己也是对爱人的要求。因此她才会纠结于自己和江东之间的爱情、自己对江东的爱情是否"脏了"——这也正是她认为"吴莉的爱要比我的干净很多"的原因。

作为朋友，方可寒用肉体对江东的"神妓"式的"奉献"的确算得上"真诚"，却让读者感到尴尬，并不由得发出这样的疑问：这样做就能使世界变得丰富和生机勃勃吗？而作为恋人，天杨逼迫自己用"圣母"式的"奉献"、打着"爱"的旗号去做一件自己都认为"是错是丑陋是不可宽恕的事情"的时候，从一开始就注定要失败。对此，她心知肚明，并一针见血地将自己的行为概括为"没事找事"和"贱"。在这两个人物身上，体现出了概念化的空洞乏力，以及主题先行所导致的思想与行动的龃龉。

三

自"80后"作家在世纪之交横空出世之日起，他们的历史观便一直是主流文坛关注的焦点和诟病的症结所在，"没有历史的一代""空心一代"似乎是他们身上总也揭不掉的标签。在大量的架空、玄幻、戏说面前，评论界似乎长期以来都对"80后"的历史叙事充满了忧虑，并由之生发出期待。在较早涌现的"80后"作家中，因为历史学、社会学的专业背景，笛安或许是最有可能在历史叙事方面做出成绩的一位。但让人感到意外的是，在她创作的初期，除了一篇取材于嵇康故事的短篇《广陵》之外，并没有真正意义上的历史叙事作品。她似乎是在有意回避这一题材领域。

在《告别天堂》中，有两处细节勉强与"历史"相关，一是"雁丘"的传说，二是故乡街头有千年历史的"唐槐"。历史的光彩都与那个作者反复书写嗟叹的"暗沉的北方工业城市"形成鲜明的反差，但除此之外，二者只起到装置性的作用，将其删去，对情节推进亦无甚影响。《广陵》写的则是中国读者耳熟能详的故事，笛安在此做出了一点突破性的努力，将《世说新语》等古籍中有关嵇康的散碎片段连缀起来，并虚构出一个人物"藏瑛"，从他的视角出发，突显出嵇康的人格魅力所具有的强大感染力。但作者对嵇康思想和行为所秉持的显然是一种有保留的态度。用藏瑛的话来说，"是他们为我打开了一扇门。那扇门里的精致与一般人心里想要的温饱或者安康的生活没有特别大的关系，它只是符合每一个愿意做梦的人的绝美想象"。显然，这种理想境界是建基于不必为温饱或安康操心这一基础之上的；而嵇康对生活的游戏态度、对纲常礼教的鄙视，以及"谁的话都听不进去"的姿态，也不是一般平头老百姓的物质基础所能支撑和许可的。因此，尽管藏瑛被嵇康的精神境界和人格魅力所折服，最终也只能是在刑场上《广陵散》曲终后，以内脏化蝶的奇幻的方式与嵇康达到精神上的永恒相交，而留给现实世界一具没有了心、也因此不会变老的躯壳。耐人寻味的是，就是这具躯壳，目睹了嵇康的儿子嵇绍是如何成为杀父仇人司马家族最忠诚臣子的。藏瑛（的躯壳）认为，'嵇康若是知道了他儿子的结局，应该会高兴的。因为这个孩子跟他一样，毕竟用生命捍卫了一样他认为重要的东西。至于那样东西是什么，大可忽略不计"。在此，传统意义上"对／错"的价值分野被消弭，精神追求的现实背景被彻底抹除，与前文对待嵇康人生立场的态度其实是一致的，都是对一种抽象价值的肯定。由是观之，笛安只是借用历史人物的故事外壳来安置自己对某种价值观念的思考，其行为恰好与小说中藏瑛灵魂出窍的情节形成了互文，却并没有体现出作者具体的历史观念。

《广陵》的历史叙事外衣，似乎只是笛安在形式上的有限度试验。她偶然为之，又迅速回到既有的题材轨道上去，在此之后的很长一段时间里并未触碰与"历史"有关的素材。也正因为如此，当她在2013年拿出以明代万历年间为背景的长篇小说《南方有令秧》时，才会取得让人惊讶甚至眼前一亮的效果。笛安的这一选择，很难说不是受了新世纪以来主流文坛"回归文学传统"、向《红楼梦》《金瓶梅》等古典小说、世情小说汲取养分之风的影响；特别是新世纪第二个十年伊始以王安忆《天香》为代表的一批带有浓郁古典叙事色彩的长篇小说集中涌现，也为正日渐深陷创作瓶颈期的"70后""80后"作家带来了有益的启迪。

但在文坛的短暂惊喜之后，许多评论家敏锐地发现《南方有令秧》并非他们想象中的那种历史叙事。例如，何平就指出：

"《南方有令秧》是一部以想象做母本的'伪史',而小说家笛安是比张大春'小说稗类'走得更远的'伪史制造者'。如同史景迁用历史来收编蒲松龄的小说,那么笛安是不是在用小说收编历史呢?"[1] "以想象做母本的'伪史'"一语,恰如其分地点明了《南方有令秧》性质,正呼应了笛安在小说《后记》中坦白的:"其实我终究也没能做到写一个看起来很'明朝'的女主角,因为最终还是在她的骨头里注入了一种渴望实现自我的现代精神。"而她在写这部"历史题材"小说的时候,"感觉最困难的部分并不在于搜集资料","真正艰难的在于运用所有这些搜集来的'知识'进行想象"。[2] 这就是说,笛安实际上是将440年前明代万历年间的历史作为一种"容器",其中要盛放的是440年后一个生活在21世纪北京城里的女青年的观念与意识。巧合的是,王安忆的《天香》也选择了明代中后期的历史作为小说的时代背景,其故事发生地上海与《南方有令秧》的故事发生地休宁在直线距离上并不遥远,同属江南区域,而且两部小说均以女性作为主人公,因此,二者可对照阅读。在王安忆关于《天香》创作的自述中,有两段话值得注意:

> 女性可说是这篇小说的主旨。……"顾绣"里最吸引我的就是这群以针线养家的女人们,为她们设计命运和性格极其令我兴奋。在我的故事里,这"绣"其实是和情紧紧连在一起,每一步都是从情而起。

> 在一个历史的大周期里,还有着许多小周期,就像星球的公转和自转。在申家,因是故事的需要,必衰落不可的,我却是不愿意让他们败得太难堪,就像小说里写到的,有的花,开相好,败相不好,有的花,开相和

---

[1] 何平:《"我还是爱这个让我失望透顶的世界的"——笛安及其她的〈南方有令秧〉》,《东吴学术》2015年第2期。

[2] 笛安:《〈南方有令秧〉后记》,长江文艺出版社2014年版,第344—345页。

败相都好,他们就应属于后者,从盛到衰都是华丽的。
小说写的是大历史里的小局部,更具体的生活……[1]

《天香》与《南方有令秧》之间的一个显著不同,就在于王安忆自始至终都在描述属于 16 世纪的生产场面(刺绣),因此,她的叙述势必会与当时的社会经济发生密切的联系,无论是明末江南的所谓"资本主义萌芽",还是随着新航路开辟而涌入的西洋宗教与科学技术,乃至倭寇对东南沿海的骚扰,在小说中均有所涉及,有的还被作为关系情节推进的重点加以浓墨重彩地表现。无论是女性之"情"还是大家族在大时代中无可奈何的衰落,都是在这种不断的拮抗中彰显出来的;二者都是"小局部",但唯有将其融入"大历史",这些局部的存在才有意义。反观《南方有令秧》,笛安在明代官宦人家的衣饰、陈设以及日常风俗等方面下足了功夫,似乎不会出现当下众多历史"神剧"中比比皆是的穿帮情节,但整部小说的情节几乎与生产无涉,因此也就谈不上与社会经济发生关系。尽管在小说的后半部分"东林党争"、宦官专权成为推动小说情节发展的重要一环,川少爷"面圣"一节也多多少少让人嗅出大明王朝山雨欲来前的潮湿气息,但小说所反映的大多数内容,都像唐家幽深的庭院一样封闭,人物的情感、意识无根无源又自生自灭。其原因显然不能归咎于故事发生地徽州山区的闭塞,而只能是由作者的创作立场所决定的。在去徽州旅行的过程中看到牌坊和古村落,进而萌生创作一部反映女性(少女)命运的长篇小说,这一创作缘起不免让人联想到某些畅销书问世的故事。[2] 而那种要把"渴望实现自我的现代精神"灌注到文本里的努力,更决定了这部小说不可能是传统意义上的"历史小说"。何平称之为"伪史",的确有其合理之处。

---

[1] 王安忆、钟红明:《访问〈天香〉》,《上海文学》2011年第3期。
[2] 据说畅销小说《还珠格格》的问世,正是因为作者琼瑶偶然听到了"大明湖畔夏雨荷"的民间传说,有感而发创作出来的。

但是值得注意的是，这一"伪史"的"历史感"并不仅仅寄托在那些古色古香的服饰和陈设上。由于整个故事都是围绕着"牌坊"这一带有明显历史色彩的事物展开的，"渴望实现自我的现代精神"也好，"女性主体的意义生成"也罢，都需要借助"牌坊"来完成，"御赐牌坊"成为小说情节的推动力。因此，这一事物背后所关联的只属于那个时代、今天只能存在于历史辞典中的意识和观念（例如贞洁观、生育观等等）势必要在文本中加以重点体现——这正是《南方有令秧》中历史感的存在之处。

令秧在唐家十五年的成长过程，是她在封建大家庭里同命运、制度顽强抗争的过程，也是她"实现自我"的过程；但令人痛心的是，这同时也是一个纯真少女蜕变成心机重重、偏执狠毒的"腹黑"妇人的过程。在云巧、连翘、蕙娘等人有意无意的言传身教和谢舜珲的出谋划策下，她从起初略显"缺心眼"的状态参与到家庭内部权力的争夺中去，从呵斥下人都能紧张得手指"微微发颤"、同情小姑娘缠足的痛苦，发展到为灭口而授意连翘配制慢性毒药除掉罗大夫、为杜绝谣言稳固地位而自残左臂，直至不许女儿退婚、强令她守"望门寡"，令秧在唐家的无上权威就是这样一步步树立起来的。人性中的光芒随着年龄的增长而渐渐褪去，心底的"暗物质"却趁机大肆扩张地盘。究其原因，除了人类追逐权力的本性使然之外，归根结底还是因为封建礼教对妇女心灵的戕害。选择这一题材加以表现的作品，"五四"以来数不胜数，甚至还可以上溯到《红楼梦》。《南方有令秧》的独到之处，则在于笛安设置了一个特殊的时间节点：御赐牌坊立起之日，便是令秧放逐自己生命之时——这也正是令秧不择手段争取早日立起牌坊的原因；而她在目的即将达成时与唐璞生出奸情，则意味着人性、欲望和本能在与规训的长期搏斗中最终占了上风。但这一时间节点的设置也有副作用：整部小说的叙事节奏给人一种前松后紧的感觉，特别是临近结束，情节密度骤然加大。但愿这只是作者的有意为之，而不是因情节调度上的失措所致。

封建"妇道"、贞洁观和牌坊制度的存在及其意义，本身就带有鲜明的悖论意味。在一个男权社会里，"一个女人，能让朝廷给你立块牌坊，然后让好多男人因着你这块牌坊得了济，好像很了不得，是不是？"然而，"说到底，能不能让朝廷知道这个女人，还是男人说了算的"。几千年来，制度就在这种近乎荒诞的循环中延续下去。与此相映成趣的是，除了唐家几位女主人不可告人的秘密（蕙娘与侯武、三姑娘与兰馨、令秧与唐璞）外，小说中还有两个耐人寻味的细节。其一是令秧主持"百孺宴"后，谢舜珲嫌别人给《百孺宴赋》题的诗俗不可耐，便让海棠院妓女沈清玥另题。此处谢、沈二人的对话可谓妙绝：

　　沈：那些贞节烈妇揣度不了我们这样人的心思，可我们揣度她们，倒是轻而易举的。
　　谢：那是自然——你就当可怜她们吧，她们哪儿能像你一样活得这么有滋味。

这种别具一格的"换位思考"，显然是作者借古人之口对贞操观念的反讽。由此出发，反观《告别天堂》中天杨、方可寒二人的观念和行为，或许可以得出与众不同的结论。

其二是川少爷进士及第后"面圣"的遭遇：万历皇帝对他说的第一句话，居然是关于令秧的。"他想象过无数种面圣的场景，却唯独没想过这个"，最终只能满怀屈辱地"谢主隆恩"；之前在家中曾慷慨激昂地斥责令秧救治宦官杨琛"丢尽了天下读书人的脸面"，此时却被窘得无话可说。这一细节既是对儒生一贯纸上谈兵的无情嘲讽，也暴露出他们在权力面前严重的"软骨病"。与之形成鲜明对比的，是令秧虽一介女流，却雷厉风行、敢作敢当的作风。这两处细节看似闲笔，却起到了四两拨千斤的效果，体现出超出作者年龄的叙事功力。

笛安的成长轨迹在"80后"作家中具有明显的特异性。长期以来,"80后"作家被人为地划分为"偶像派"和"实力派"两支队伍,并被拉到文学绿茵场上角逐;但笛安显然是一名"跨界"选手。自出道以来,她的每一部作品都堪称畅销,有些作品经过了数十次的重印,她也因此成为"作家富豪榜"上的常客;而她与郭敬明等"80后"偶像派作家合作,创办自己旗下的文学期刊,也积攒了极高的人气。其创作的整体水平并未因这些"偶像行为"受到影响,虽然某些作品略有瑕疵,但毕竟瑕不掩瑜,基本上都能获得广大专业读者的认可。

木叶曾评价笛安"端的是一个讲故事的高手,带来了久违的好看"[1],诚哉斯言。为了追求"好看",讲述一个吸引人的故事,她常常不惜选择在某些同代作家看来不新鲜不"潮"的题材,也较少在创作过程中玩弄技术,有时还会借鉴类型小说的模式(例如《芙蓉如面柳如眉》就采用了悬疑小说的形式)。她选择了一条近似大众化的写作之路,因为"我向来不信任那些一张嘴就说自己只为自己内心写作从不考虑读者的作家"[2]。虽然她也有一些颇具实验色彩的作品(例如在《洗尘》中,创造性地安排一群人死后聚到饭桌上;《宇宙》中写"我"和因为流产而并未来到世上的"哥哥"的交往与对话),但呈现给读者更多的是"龙城三部曲"式的明白晓畅、扣人心弦。当下青年写作越来越呈现多元化的特征,我们需要"80后"先锋作家,我们也需要笛安这样的"80后"传统作家。

(原载于《当代作家评论》2017年第5期)

---

[1] 木叶:《叙事的丛林——论笛安》,《上海文化》2013年第9期。
[2] 笛安:《天尽头》,台湾文学馆编:《文学传统与创作新变:新世纪以来两岸长篇小说之观察——2015两岸青年文学会议论文集》,第453页。

谁翻乐府凄凉曲
——王哲珠中短篇小说读札

  谁翻乐府凄凉曲？风也萧萧，雨也萧萧，瘦尽灯花又一宵。　　不知何事萦怀抱，醒也无聊，醉也无聊，梦也何曾到谢桥。

——（清）纳兰性德

  纳博科夫在论及简·奥斯汀的时候曾这样界定"风格"对于作家的意义："风格不是一种工具，也不是一种方法，也不仅仅是一个措词问题。风格的含义远远超出这一切，它是作家人格的一个内在组成部分或特性。因此，当我们谈到风格时，我们指的是一位作为单个人艺术家的独特品质及其他在他的艺术作品中的表现方式。……在一个作家的文学生涯中，他的风格会变得愈来愈精练准确，愈来愈令人难忘，正像简·奥斯汀的风格发展一样，这是寻常可见的。"[1]纳博科夫不过是以另一种方式重申了三百年前布封"风格即人"的观点，以此来强调个人风格的形成和保持在作家文学生涯中的重要意义。诚如斯言，凡能在浩如烟海的文学历史上留其名者，大多具有鲜明独特的风格，无论是当时还是后世的读者，都能一眼分辨出来。我一向认为"80后"作家们的创作起点要高于他

---

[1]　［美］弗拉基米尔·纳博科夫：《文学讲稿》，申慧辉等译，上海三联书店2005年版，第52页。

们的父辈，理由之一，便是很多"80后"作家在创作之初就已经"有的放矢"地确立了自己的风格。当然，这种目的性明确的写作也有其弊端，"我亦无他，惟手熟尔"并不总是值得肯定，它容易导致写作过程中的惰性和自我复制。但总的说来，个人风格的迅速确立，对于"80后"作家的成长还是利大于弊的。

在"80后"作家群体中，广东女作家王哲珠并不算是一个响亮的名字。她开始创作的时间颇早，但由于作品数量不多，也因为广东文坛人才济济的缘故，她的影响力在很长一段时间里没有超出本省的范围，直到最近四五年才逐渐得到全国范围的关注。在集中阅读了王哲珠的中短篇创作之后，我惊讶地意识到，这也是一个被我们忽视的、风格独特的作家。

王哲珠中短篇小说带给我的最深切的阅读感受，便是氤氲在字里行间的"凄凉"意蕴。时间虽然已经推进到21世纪的第二个十年，不少已经不再年轻的"80后"作家（特别是女作家）仍在力争抓住时光的尾巴，在自己营构的小说世界里纵情讴歌青春的美好，在力比多的催动下宣泄生命的不羁。但王哲珠是个另类，你很难想象会在一个"80后"女作家的小说中如此频繁地遭遇"死亡"主题。她甚至不加掩饰地为自己的小说拟定出《少年之死》《画家之死》《死亡记号》这样直白刺眼的题目，血淋淋如哥特小说一般。

人们常说艺术的本质都是相通的，如果把小说家比作画家，他们的画作中肯定会有一种底色，而这种底色在王哲珠那里必然是冷色调的。耐人寻味的是，王哲珠似乎也倾向于在叙事的开始阶段给自己的小说赋予明确的冷色调。在《失控》中，陈文欣穿着浅灰色的裙子去相亲，相信在现实生活中不会有多少人这样做；在《乐章》中，老作曲家肖一扬从昏迷中醒来，第一眼看到的即是"朦胧的白色"，进而是病房里白的墙、白的床、白的人影，以及自己身上蓝白两色的条纹病号服。如果说这些冷色还只是实质性的客观存在，那些充斥在抽象空间里的黑、白、灰色块则更像挥之不去的梦魇一样，同时萦绕在小说人物和读者的心中。在《琴声落地》中，老独在生前挚友的灵前敲响扬琴，琴声轻缓地从白帐布后飘出，"人莫名地感觉琴音带着灰色的凉意，灰凉的琴音变成丝状，在大热天里渗进皮肉，让人发颤"；在《死亡记号》中，当陈果从算命大师"深阔的充满灰色光线的屋子"里领到命运的宣判，他的生活中从此筛掉了日光的明亮，只留下灰沉的底色；而当《模范》中卖淫女对社会恶作剧般的小小报复得逞之后，她看到的是被捉弄的中产夫妇眼睛里"发灰的悲哀"和"发灰发沉也发硬"的脸色。除此之外，王哲珠还热衷于在小说里写夜晚，写梦境，写濒死体验。她笔下的夜因"静"和"凉"而愈发显得"黑"，而这"黑"又使夜变得更加阒寂、凄清；她建构的梦境都近似冬季的拂晓，或半明半晦，或明中含晦，永远都笼罩在浓浓的灰色雾气中，带着砭人肌肤的寒意。

　　当然，王哲珠也写到过"亮色"。那是在《乐章》中，老作曲家肖一扬得知当年的情人将要来病房探视，羞愧于自己半身不遂的窘迫境遇，在她的敲门声里惊慌失措。此时，他唯有用小提琴奏响几十年前常为她拉的曲子，用不因岁月流逝而消减半分优雅热情的琴音告诉她，自己对她仍然一往情深。她静静地听着琴音，回忆起"当年的阳光总是灿烂而柔软，每个日子都满是亮色，连阴雨天也阴得情意绵绵"，中断了三十多年的情缘眼看就要得以再续。王哲珠却硬生生地用"失禁"的残酷惊醒了这对老人意欲重温的鸳梦，他的琴声戛然而止，她则在冰冷坚硬的现实的刺激下"飞快地逃离屋子"。亮色只闪耀了一瞬，很快便归于灰暗，这一沉重的打击使他从此一蹶不振，脾气也愈发变得乖戾。肖一扬想把生命中最后一丝热情奉献给音乐，完成自己最后的乐章，但他的死寂的躯体已经无法跟上飞扬的灵感，帮他记谱的年轻人对音乐、爱情和生活都缺乏热情，又注定与他对艺术的虔诚格格不入，重重打击汇成压垮他心灵的最后一束稻草。"人类存在的秘密并不在于仅仅单纯地活着，而在于为什么活着。当对自己为什么活着缺乏坚定的信念时，人是不愿意活着的，宁可自杀，也不愿留在世上，尽管他的四周全是面包。"[1]终于，在一个很黑、很静、很凉的夜晚，肖一扬在天台完成了生命的升华，他的身体和灵魂一起，最终飞扬起来。

如果我们承认作曲家是在用音符书写无字的诗歌，那么，肖一扬的最后一跃也是千百年来诗人自戕命运的缩影。"诗人自杀表达了诗人对信念的绝对忠诚，表明诗人拒绝在虚妄的信念中生活。诗人自杀也是世界的精神信念危机的标记。诗人自杀的事件令人惊怵地回过头来想一想：人活着既然不能没有信仰，否则要么麻木于沉沦，要么沉沦于疯狂……"[2]肖一扬的信仰与信念非常单纯，不由得让我们联想到普契尼歌剧《托斯卡》（Tosca）中那段著名的咏叹调 Vissi d'arte,vissi d'amore（《为艺术，为爱情》）："艺术爱情就是我生命／……我是个虔诚的信徒／在上帝面前用纯洁的心真诚的祈祷／……为什么上帝啊／为什么对我这样的无情……"我们无法断定肖一扬的心中是否有一个上帝存在，但艺术和爱情的确等同于他的生命，除此之外，一切皆为虚妄；尽管排泄这一最为本能和私人的行为只能在他人的协助下进行，肉体的病痛和官能的失控使他丧失了做人的尊严，他的心灵至少还有这二者支撑；一旦这两根支柱的根基发生动摇，再坚固的心理堡垒都会瞬间土崩瓦解。当此之时，他唯有借肉体的坠落来实现灵魂的飞升。肖一扬的名字就像一个谶语，"一次飞扬"在他人生的某个路口静静等候着，令人扼腕的是，最终飞扬的不是他脑海中的音乐，而是他饱受创伤的躯体和灵魂。

在王哲珠的笔下，"死"呈现出千姿百态，《乐章》式的自戕是实实在在的"死"，但她还有一些作品中的"死"超越了单纯的生理意义，例如《少年之死》就不仅仅是写一个身患绝症的少年的濒死体验，其中还寄寓着作者对"死亡"的深入思考。与老人肖一

---

[1] ［俄］陀思妥耶夫斯基：《卡拉马佐夫兄弟》（上卷），耿济之译，人民文学出版社1981年版，第380—381页。

[2] 刘小枫：《拯救与逍遥》（修订本），上海三联书店2001年版，第55页。

扬之死的绝望不同，未经世事的少年"我"在死亡面前表现出的复杂心态令人匪夷所思。"我很肯定，自己的病很严重，就快要死了。我高兴起来，感觉自己变得很重要。"倘若一个成人有这样的想法，他肯定会被视为异类；然而，当读者了解到"我"是一个留守儿童，四年间同父母见面的次数加起来"还没有这些天见得多"，因为罹患绝症，"我"第一次成为家庭关注核心的时候，心里产生的感觉肯定也是复杂的：有深深的同情，但同情之中又夹杂着浓郁的人生荒诞感。少年通过回忆自己的经历来想象"死"究竟是什么样子："死"是躺进棺材埋进土里变成一个坟包，那一定很黑、很闷；"死"也有可能是溺水后躺在泥里，那就"比闷、比无聊的黑不好一百倍"；"死"又有可能是被烧成灰，那就几乎什么都没有了，"我"不想变成"没有"；"死"还有可能像动画片里的机器人失去能量那样……他甚至还想借助霍金高深的物理学和天文学理论，从"星星死去却仍然留着影子"的例子出发，去思考与生命、存在、死亡、永恒有关的问题。小说仍然是在书写"死亡"的主题，但通篇都是"我"零碎的回忆与联翩的浮想，几乎没有完整的情节，对少年心理的剖析和借少年之口表达出的对存在、生命等宏大主题的思索占据了绝大部分的篇幅。可以说，《少年之死》是一篇玄学意味颇浓的小说，无论是在思想上还是在形式上都展示了作者的探索努力。

　　《画家之死》则更具先锋意味。作者试图通过主人公吴树在一场车祸前后判若两人的行为的对比，来探讨"生命热情"和"人生意义"这样的大问题。作为画家的吴树并没有完成生理意义上的死亡，所谓"死"，指的是他在车祸后对自己曾经的画家身份完全失忆，这场事故使他彻底否定了此前的绘画生涯，从此之后，他只想开服装店并成为一个服装设计师。新身份的确立，建构在旧身份"死亡"的基础上。吴树曾经将全部生命热情投入绘画事业，并希望在绘画中寻找到人生的意义，然而，一个极其偶然的小概率事件便可以将这些全部推倒重来；更具讽刺意味的是，此时的吴树说起开服装店和服装设计来口若悬河，在他身上，朋友们甚至看到了那种"曾经的又狂热又飘忽的神情"——又一个"画笔"已然诞生。吴树的经历在现实生活中显然是不存在的,王哲珠虚构这样一个故事,以一种看似荒诞、实则深刻的方式揭示出所谓"生命热情"与"人生意义"的虚妄。而在现实生活中,又有多少人的人生比吴树更为虚妄,在此意义上,真可谓"醒也无聊,醉也无聊"。毋庸讳言,和《少年之死》一样,《画家之死》写得也比较"玄";但与《少年之死》中体现出的纯熟的心理描写技巧不同,无论是人物性格的塑造还是心理转变的梳理,《画家之死》有时显得用力过猛,有时却又有笔力不逮之嫌。在比武擂台上,高手常常会"故意卖个破绽",不知道王哲珠是否是有意想创作一篇思想大于内容的小说,以这种"卖破绽"的方式提醒读者不要过多纠缠于故事情节与人物性格,而将精力集中在小说蕴含的哲学思考之上?倘若真是如此,这实在是一着险棋。

执着于"死亡"的主题追求和"意义"的价值探寻,醉心于营构晦涩凄清的情感基调,王哲珠把自己笔下的小说写成了"乐府凄凉曲"。"夜长不得眠,转侧听更鼓"(《乐府诗集·子夜歌》),于是便只能一宵又一宵地瘦尽灯花。在"80后"小说家中,这绝对算不上一种讨巧的写法;但唯其如此,作者对个人风格的固守才更加令人钦佩。

作为一位女性作家,书写女性生活和女性命运,理应是王哲珠创作的题中之义。但是,与大多数同代女性作家不同,王哲珠似乎并未把自己创作的发力点确定在女性题材上。尽管她也乐于并且擅长书写家庭生活,但在这些作品中给我们留下最深刻印象的还是老独"王扬琴"(《琴声落地》)和"父亲"(《中秋》)这些男性主人公的故事,女性形象在这些作品中或是作为他们的陪衬,或是作为他们的对立面而建构起来。在这个意义上,《延续》这篇以女性命运作为书写对象的小说,也就成为王哲珠作品序列中颇为引人注目的存在。

在传统中国社会,女性存在的意义归根结底是作为传宗接代的工具，这一"工具属性"决定了女性在社会和家庭中的尴尬处境：一方面，由于劳动力的多少和强弱在农耕文明的价值衡量体系中占有极其重要的位置，所以父母都希望（多）生男孩，而对劳动力弱的女孩子持冷漠或忽视的态度；另一方面，子孙的繁衍和劳动力的"创造"又绝对离不开女性的参与，这又决定了女性在某些时候反倒会成为家庭生活的"核心"，甚至被畸形地抬升到"女王"的地位，尽管这种超规格的待遇往往背离了女性的本意和愿望，更有甚者则是披着"责任""义务"的华衮，打着"关爱"的旗号，对人性实施侵蚀和扼杀。《延续》的故事正是由此展开，看似一出现代家庭闹剧，实质上却是彻彻底底的女性命运悲剧。王哲珠用看似不动声色、实则感情充沛的叙述，在一个现代女性身上投射出千百年来被压抑、被戕害的中国女性的影子。

在小说中，王若雅便是一具彻头彻尾的生育机器，肩负着为陈家生男丁的重任。婆婆在她第一次上门时便看中了她"丰乳细腰肥臀，会生孩子"；而她在婚后长期生活在一片阴影之中，只是因为第一胎的 B 超结果确认是个女孩。为了生男丁，囿于"单位人"身份和严格的计划生育政策而不可能要二胎的丈夫陈实想出了让人匪夷所思的"妙计"：先是和已经怀有身孕的王若雅"假离婚"（在法律上则是有离婚证的"真离婚"），再安排名义上的前妻和老实巴交的农民李七丁"假结婚"（在法律上则是有结婚证的"真结婚"）；之后还要见机行事："检查出是男孩，就生下，到时寄养在自己娘家，若是女孩，她便仍是那李家人的媳妇，她找时间回娘家，陈实过来和她在一起，直到生下男孩。"小说的情节便围绕着这条"妙计"展开，在长达十几个月的"曝光期"里，芸芸众生内心深处的阴暗和亮色陆续在生活的底片上显影，叠印出一张人性的写真。在平淡、恬静的乡村生活中，在李家兄弟无微不至的关怀下，特别是被"丈夫"李七丁充满关爱的淳朴心灵所感动，王若雅逐渐摆脱了初到乡下的种种不适应，长期以来被压抑的个人意识也开始复苏，终于心甘情愿地"假戏真做"。在男孩出生、陈实迫不及待地要终止协议并逼迫王、李二人去婚姻登记所"离婚"的关头，在长时间的"静默"、思量之后，她毅然决然地说出"我不离了"。这个结局出人意料，但整个过程在作者的叙述下又显得合情合理，相信每一个读者读过之后都会像女主人公一样被李七丁闪光的人性深深打动。

如果将视野放开阔些，这篇小说还揭示出了传统婚育观念的荒诞无稽。小说题为《延续》，一语道破中国传统婚育观念的核心，即所谓的"传宗接代"。其实延续后代是动物的本能与责任，本无可厚非；但人类"婚姻"的目的又不仅仅停留在"延续后代"的层面上，这也是人类与动物的一大区别。然而，中国传统的婚姻观是"合二姓之好，上以事宗庙，而下以济后世也"（《礼记》），在超越了动物本能的同时又将着眼点放在"二姓之好"上，其目的无非是"事宗庙"和"济后世"，还不忘强调"故君子重之"，在过分彰显其社会价值的同时又有意遮蔽了它的私人意义。小说中"合谋"的双方尽管各有各的小算盘，但也正是在这个层面上完成"交易"的。一方面，农民身份的李六丁接受陈实的计划，目的不仅是要在弟弟领到结婚证后拿到父母坟前，"让阿爸阿妈欢喜欢喜"，还"盼着那肚里是个女孩，到时就是李家的孩子了，……能给李家招个上门女婿"。在另一方面，王哲珠借王若雅之口谴责陈实"被洗脑了""完全被上一代毒害"，以此来警醒世人：封建观念并没有在新文化运动兴起近百年来被完全肃清，反倒形成了文明与蒙昧共存的局面；更令人忧心忡忡的是，即使是在陈家父子这样本应具有较高觉悟的人群中（父子二人都是政府机关工作人员），"没男丁算什么后代"的观念仍然拥有相当广阔的市场。

面对这个尴尬的困局，王哲珠似乎是将希望寄托在以李七丁式的淳朴人性来唤起女性个人意识的觉醒上，并少见地给《延续》设计了一个颇为光明的结尾。类似的结尾，我们在短篇《出世》中同样可以看到，但其用意大可玩味。这篇小说的情节很简单，主要是写一个女人在"坐月子"期间情绪和心理的转变。少妇佳妹被送到乡下婆婆家（又是乡下）待产，生下孩子后又在婆婆"没出月子绝不能出门，走了将遗恨终生"的说教下被困在屋里、床上。在"坐月子"的种种禁忌束缚下，她懊恼于少女时代的终结和照顾婴儿的繁琐，只能以偷偷地试衣服、打电话来打发时间，无时无刻不感受到身边的婆婆和电话另一端的丈夫、闺蜜与自己的隔膜。就在她因为丈夫的冷漠而歇斯底里、心理濒于崩溃的时候，她听到了孩子发出的声音，"第一次抱孩子，为了抱而抱的；第一次唤自己阿妈，孩子的阿妈"，由此完成了向一个真正的母亲的转变。

在王哲珠笔下，佳妹的转变显得颇为突兀。一分钟之前，她的声音还"破碎如玻璃"，甚至可以号啕着将手机掷向墙角；一分钟之后，在婴儿的"呀呀"声中，她却感觉"一层又温又软的波形物拱着她"，身体器官在孩子的目光中融化又聚合成一个新的佳妹，而这一组合过程"又疼痛又迷人"。佳妹似乎在瞬间寻找到了做母亲的意义，她此前被困囿在房间里所经受的一切心理折磨在母性的萌生面前变得不值一提，到此都烟消云散了。由此，这篇小说的主题或许可以界定为讴歌母爱的伟大。这样的理解自然有其合理之处，因为母性作为一种本能，同时也是人性的重要组成部分，本身无需受理性的束缚；但我又不愿意这样简单地去理解《出世》。我们可以从在佳妹坐月子期间的回忆中了解到她的家庭和经历：她原本学习很好，成绩足够考上幼师，却因为家境的原因不得不"主动"放弃了，把升学的机会让给了弟弟们；她进城打工，很快便认识了大自己八岁的男友，很快在懵懂中怀了孕，不得不结了婚，不得不回到乡下婆婆家待产、生孩子、坐月子……可以说，她的一生便是由诸多"不得不"组成的，她从来都没有真正按照自己的意愿生活过。她也曾试图反抗，但很快就败下阵来。将手机掷向墙角的那一瞬，也许是她一生中最为激烈的反抗举动，但它注定失败；而婴儿的"呀呀"声，只不过是加速了她失败的进程而已。可以断言，从此之后，她会死心塌地地履行从母亲、祖母、曾祖母……那里传承下来的职责与义务，重复在过去的岁月中重复过无数遍的命运；甚至再过二十年，她会将婆婆曾经强加在自己身上的束缚心安理得地强加在自己的女儿或儿媳身上。在小说的结尾处，王哲珠写道："新组合成的佳妹浅浅地笑了一下，这个笑只冒出一个浅淡的芽，可根是那么深，延伸在皮肉里。"这个延伸在皮肉里的"根"，一言以蔽之，无非是中国妇女传承了千百年的"命"而已；那喋喋不休的"阿妈跟你说"，或许正标志着一个新的轮回开始了。

在现实生活中，像王若雅那样敢于向传统伦理、社会舆论和家庭关系的重重压迫说"不"的女性毕竟还是太少了，更多的女性是像佳妹那样，即使有反抗的火苗萌生，也很快便被扑灭，终究会回到贤妻良母的老路上去。可以说，王哲珠对当下女性的命运持一种不太乐观的态度。这种态度在另外两篇写女性命运的作品——《如果活着》和《那世那人》中也有所体现，但这又似乎不是这两篇小说创作的重点。前者写了一个小女孩的死。主人公竹子的命运比《延续》中王若雅、陈实夫妇的女孩小秋惨得多：小秋尽管"不是陈家计划内的孩子"，从来没有得到过父亲和祖父母"专注的目光和期冀"，但至少出生后要什么东西有什么东西；竹子在家中则完全充当着牛马的角色，甚至连自己的名字都是阿爸"地上捡的"。小说从夏日午后竹子拿着农药瓶出门，准备到竹林服药自尽写起，以竹子在竹林里头部受重伤、积血过多而离开人世收尾，整个事件平淡无奇，但作者的独具匠心之处在于借助了竹子头部受重伤后神志恍惚的特点，巧妙地将现实、回忆和想象交织在一起，勾勒出当下一个农村女孩"理应"走过的人生道路：情窦初开、初中毕业即退学进城打工、恋爱……后者则写了城市女性可仪的一个梦。她不满于在现实生活中无法从丈夫那里得到足够的情感慰藉，在梦中被一种神秘的力量指引到江南水乡一个叫"芸镇"的地方，在那里听到了身为自己"前世"的富家小姐绣云痴恋花匠的故事，得到了绣云亲手绣的带有花匠背影图案的绣品，甚至遇到了一个背影酷似绣品上花匠的神秘男子，结下一段暧昧的情缘。与《延续》和《出世》中规中矩的纯粹写实风格相比，这两篇小说具有明显的浪漫特色。在语言上,《如果活着》亲切明快,《那世那人》则典雅含情;在写法上,《如果活着》如前所述,将现实、回忆、想象交织,编成了一条疏密有致的麻花辫,《那世那人》则明显带有"庄周梦蝶"的意蕴,现实与梦境糅合在一起,尤其是结尾,一句"去没去过,得你自己说了",一句"较不得真",将故事向扑朔迷离处推得更远;在整体韵致上,两篇小说都接近散文情调,《那世那人》在《边疆文学》上刊出时便被编辑纳入散文一类,而《如果活着》中,无论是"竹林"的环境设置、主人公成长过程的片断勾勒和纯洁、天真的性格特征,还是诗化的叙事语言,都处处让我们联想起在新文学史上以散文化小说创作著称的废名及其代表作《竹林的故事》。

王哲珠的中短篇创作还有一个颇具特色的地方,就是她在《中秋》和《琴声落地》这两个中篇里塑造的极具"凄凉"意味的父亲形象。仅就这个话题而言,就值得作一篇专论,限于篇幅,就不在此赘述了。总的说来,王哲珠是一个很有潜力的作家,她早早便确立了自己的创作风格,同时又力求在每一篇小说的写作过程中,在题材选择、叙述方式等方面进行有益的探索。由是观之,她现有的十几个中短篇,可以说是篇篇不重样,篇篇有新意。正如文章开头所引纳博科夫的论断,"在一个作家的文学生涯中,他的风格会变得愈来愈精炼准确,愈来愈令人难忘",这也是我对王哲珠的期望。她是一个"在路上"的作家,祝愿她在自己的创作道路上越走越远。

(原载于《创作与评论》2015 年第 12 期)

第三辑

替"王二"找个兄弟
——读房伟长篇小说《英雄时代》

"当我开始写作时,表现我们的时代曾是每一位现代作家必须履行的责任。我满腔热情地尽力使自己投身到推动本世纪历史前进的艰苦奋斗中去,献身集体的与个人的事业,努力在激荡的外部世界那时而悲怆时而荒诞的景象与我内心追求冒险的写作愿望之间进行协调。……然而我很快发现,这二者之间总有差距。"对于当下每一个中国作家来说,意大利小说家卡尔维诺在《美国讲稿》中提出的这一困惑也时常使他们苦恼着;而当他们意识到自己所处的时代比起前辈所面临的还要复杂若干倍时,做出的选择却大相径庭。有人在现实的强大压力下屈服,成了对着照片描摹遗像的匠人,心甘情愿地沦为"照相现实主义"的奴仆;有人祭起小聪明的法宝,在现实锋芒面前油滑地转身,躲进自己的小天地里吟哦风花雪月;只有少数人不能容忍现实对自己心灵与才华的摧残,发出压抑许久的怒吼,如堂吉诃德一般挺起手中的长矛,刺向躲在无边黑暗中的宿命——尽管无人知晓这一刺究竟会带来什么。房伟就是这支骑士队伍中的一员,长篇小说《英雄时代》是他若干年前同命运搏斗、为心灵自由而抗争的手记,是血和泪凝成的青春残酷秘史。

作为一名学者,房伟的学术之路从对王小波的解读启程。在若干次对谈中,当他回忆起十余年前自己刚刚大学毕业、在书店昏暗的灯光下第一次读到王小波《白银时代》的情景,那种激动之情每每溢于言表，毫不掩饰。或许从那一刻起，王小波就成了他的文学偶像。这部《英雄时代》恰好出版于王小波辞世十五周年之际，它的书名一改再改，最终确定下来，大胆地接续了王小波四个"时代"（"时代三部曲"《黄金时代》《白银时代》《青铜时代》和《黑铁时代》，这同时也是希腊神话中自人类诞生以来所经历的四个时代），一方面是向自己的文学师承表示无比崇高的敬意，同时也展示了作者的自信——坚信自己的精神、风格与王小波一脉相承，这一命名行为，连同小说腰封上醒目的"王二之后最王二的小说"一起，成为房伟对文学、对前辈、对读者的庄严承诺。

王小波辞世十五年来，模仿者众多，甚至出现了一批自称"王小波门下走狗"的写手。但网络的浮躁与意气用事，导致他们往往止步于浅薄的模仿，仅仅心甘情愿地以充当"走狗"为乐事，炮制出些许王氏风格的游戏文字。殊不知这正犯了齐白石先生"学我者生，似我者死"的大忌。王小波也有文学偶像，他推崇的是奥维德、拉伯雷、卡尔维诺。但与处处可见王小波身影的"走狗"们的仿作不同，他的小说里仅仅是弥漫着这些大师的气味，或者说，飘荡着他们的幽灵，都是些可以觉察但又绝对无法落实的东西，都是付诸感觉的存在。作为长篇小说处女作，《英雄时代》或许时有模仿的痕迹，但可贵的是，作者在努力摆脱语言、形象等有形的羁绊，向着王二的精神飞升。

这种飞升的精神，首先是对自由的憧憬与追求，同时也是对专制、集权、暴力等压抑人性的因素的唾弃与咒骂。在小说中，主人公刘建民工作的肉食品加工厂屡屡被想象成中世纪的古堡，那两扇特制的、厚重的大铁门，高大的、灰色的厂房，将世界分割为自由与专制、世俗与神圣（但不久后我们就可以发现，那其实是"伪神圣"）两部分。这一想象无疑是与作者对历史，特别是中古欧洲史的偏爱分不开的，在文中，他不止一次地引用恺撒《高卢战记》、吉本《罗马帝国衰亡史》、阿庇安《罗马史》等经典史籍中的段落或情节；但更重要的是，一旦进入这座想象中的"围城"，无休止但又徒劳的突围努力便随之而来。刘建民想象中那些骑着英俊的高头大马、身披铠甲在出征号角中耀武扬威的骑士们，只可能是副厂长、严书记之流；在闪耀着金属光泽的铠甲下，暗藏的却是一颗颗肮脏污浊的人心。而那些眼睛红肿、头发蓬乱、身上还沾着燕麦的可怜兮兮的穷小子小农奴，只能日夜同血淋淋的猪肉、肆无忌惮地横行的老鼠为伍，在缴纳赋税之余祈求领主们的庇护。中世纪城堡里的时间是停滞的，空间是封闭的，燕麦小子们只能在专制的淫威下压抑自己的欲望，度过碌碌无为的一生；而一千多年后现代化工厂中的生活，用王小波在《立新街甲一号与昆仑奴》中屡屡写到的一句话来概括，就是"古今无不同"。也正因为如此，当燕麦小子有了短暂走出城堡的机会，当刘建民可以在麦田间的小路上缓缓骑行的时候，路旁那些平淡无奇的景色却突然具有了足以打动我们心灵的力量。

　　整部小说拥有刘建民、王梅和武松、潘金莲两条线索，但它们的情节都不算离奇复杂，甚至寥寥几句话便可概括出其梗概。作者并非以情节取胜，而是随心所欲地驾驭文字，仿佛一个顽童用颜料在画布上随意地涂抹。他宁肯用大段的文字想象汴梁城中欢度端午节的盛况，抑或是饶有兴味地向我们介绍分割车间四大刀客不凡的身手，也要用一半乃至三分之二的篇幅积蓄力量，就像一杆古旧的鸟枪需要将火药捣得严严实实，为的是扣动扳机一刹那的惊天动地与喷薄而出，否则就会有炸膛的危险。很难说这样的叙事速度与密度会符合当下浮躁的阅读口味，但作者不在乎，他有自己的文学操守，既然这部小说是他奉献给已逝青春的一份祭奠，就不必考虑太多。因此我们可以在小说中读到许多完全个人化的描述，比如说他写到马蹄铁敲在石子路面，发出好听的声音，"像是空中飘满了快乐的冰糖"；再比如说他对省里领导脸上的粉刺一本正经却又令人捧腹不已的描写……类似的段落不胜枚举。如果要给房伟的身份做一个定位，那么，他首先是一个诗人，其次是一个学者，再次才是小说家。因此我们首先能在他的学术著作中嗅到洋溢的诗意，而在他的小说中读到原本只属于诗人的巧妙思维便不足为奇了，这突出体现在对武松英雄而落寞的一生的营构上。它符合米兰·昆德拉对好小说的定义：由存在、可能和想象这三种清晰的元素交织而成，并且由诗性思维发现了"唯有小说才能发现的东西"（米兰·昆德拉《受到诋毁的塞万提斯遗产》）。

作者独特的个人化写作，使得小说的前半部分散漫但不压抑，后半部紧张却令人心情暗淡。在两部分之间，我们可以发现一个明显的转折点，或者说是一个加速的过程，这就是第十一章的"企地两方联欢会"。正是在这次联欢会上，刘建民与王梅的地下恋情被曝光，两个人的命运因此发生了根本性的转变。在这一章之前，作者几乎把全部经历都用在了描述和铺垫上，不时冒出妙趣横生之笔；而在这一章之后，叙述速度陡然加快，好像发现来犯之敌的战斗机丢掉了副油箱，又像多级火箭抛弃了燃料已尽的箭体，突破空气阻力的滞重，向着叙事的高空突进。

在小说中，这场联欢会由端午节而起，最终演变成了一场狂欢，无形之中接续了那条米兰·昆德拉所指出的、西方文学中早已被忘却的从拉伯雷到塞万提斯的传统。这条传统，被伟大的巴赫金命名为民间、狂欢化和怪诞现实主义，它在中国最虔诚的信徒是莫言。在莫言的《四十一炮》中，故事发生的地点同《英雄时代》无比相似：一个是肉食品专业村，一个是现代化的肉食品加工厂。这两部小说带给读者的第一印象，仿佛闯进了《巨人传》中高朗古杰那个到处都是火腿、口条、腊肠和腌牛肉的厨房。但在莫言笔下，各种各样的肉食只是凝聚成主人公罗小通欲望的对象，而那场被作者用大量笔墨描绘的双城市肉食（谢肉）节，无疑是巴赫金理论在当代中国最典范的标本。然而对于刘建民而言，"肉"不过是普普通通的食物，尽管他也曾趁工作之便从锅里捞出肉皮冻饕餮一番过瘾，但相较于心灵的自由，什么样的肉都难以与之相提并论；更何况，在小说的后半部分，火腿成了工人们生活痛苦与心灵磨难的根源，"火腿哭泣的声音"带给读者的惊心动魄，甚至远远超过刘建民挥刀追杀副厂长的场景。尽管小说中随处可见戏谑化的语言、或夸张或降格的怪诞形象，以及对大宋王朝上巳节、端午节、冬至节的繁复想象，可以轻而易举地用巴赫金的理论对其加以阐释，但不容置疑的一点是，拉伯雷的信条是"与其写泪，还是写笑的好，／因为笑原是人类的特性"（《巨人传·第一卷》"致读者"），巴赫金的理论正是建立在这一基础之上的，诙谐与笑由是成为追求自由、挑战官方和教会专制禁忌和恐吓的象征；然而在房伟笔下，伴随刘建民和王梅的更多是泪，或是含着泪的笑。对于王小波来说，他的小说中"真正的主题，还是对人的生存状态的反思。其中最主要的一个逻辑是：我们的生活有这么多的障碍，真他妈的有意思。这种逻辑就叫作黑色幽默，我觉得黑色幽默是我的气质，是天生的。我小说中的人也总是在笑，从来都不哭，我以为这样比较有趣"（王小波《从〈黄金时代〉谈小说艺术》）。房伟同样是在反思人的生存状态，同样是在用力书写普通人生活中遍布的荆棘与障碍，但是当年的生活带给了他太过严重的创伤体验，他原本可以同样"黑色幽默"，原本可以让刘建民像王二一样每天都洋溢着自由戏谑的精神，成为表面上顽劣、懵懂、不谙世事，骨子里却顽强、坚忍同时富有浪漫诗意的"王二第二"，但他并没有那样做。虽然在面对王梅有关"堕落"的问题时，他也让刘建民"笑了两声"，但这笑声的苦涩与生硬是那么明显；而安葬在流水线上惨死的小猪的两只耳朵，这样的行为也只有饱含悲悯情怀的人做得出来。与之相对应的，则是老虎同武松对视时落寞的眼神——无论是作者还是刘建民，抑或是武松，纠缠于他们心中久久不能散去的英雄主义情结至此崩塌、轰毁。在这一点上，体现了房伟对王小波学习、借鉴而又试图创新、超越的努力与追求，他以自己的亲身经历为基础，为离开我们许久的王二找到了一个精神上相通但又不完全相同的兄弟。

王小波辞世于1997年，他未能经历一年多以后开始的国企改革，不知他的在天之灵面对这一轰轰烈烈的运动所带来的乱象会做何感想。这个任务，或许要交给房伟和他的《英雄时代》来完成。

这是最坏的时代，这是最好的时代。说它坏，是因为若干年前人们还能将"卡冈都亚"（高朗古杰的儿子、庞大固埃的父亲）音意兼译地译为"高康大"，而如今只能硬造出"高富帅""白富美"之类恶俗不堪的名字；说它好，是因为它还能酝酿出《英雄时代》这样的作品。究竟悲耶？喜耶？

（原载于《社会科学报》2012年11月29日，发表时有删节）

乡村的隐秘与大蒜的气息
——读王方晨长篇小说《公敌》

一　乡村的隐秘

在苦苦寻觅多年之后，王方晨终于为自己小说的两个永恒主题——乡村政治批判和民间伦理反思——找到了最新鲜同时也是最贴切的表达方式。在他的长篇小说《公敌》中，一部中国乡村的秘史由此展开在我们面前。

《公敌》中的最大隐秘，是翰童集团几十年来的发展史，也是佟家庄的当代史。佟家庄是鲁西南平原上一个普通的村庄，因此，它的历史便可以看作当代乡土中国历史的缩影。李敬泽曾一针见血地指出："王方晨的原则是'斗争'，几乎所有作品中都贯彻着紧张的、不死不休的对峙。"王方晨熟稔营构矛盾斗争并在其中探索人性、拷问灵魂的技巧，他将当代中国的乡土秘密归结并置换为大大小小的矛盾与斗争，勾勒出这幅斗争图景上的众生相。于是我们看到，一部《公敌》，屡屡露锋芒，随处是战场，小说的可读性获得了极大的提升，并由此巧妙地避开了当下反思型小说往往思想大于内容的弊端。

初读《公敌》，带给读者最直观印象的矛盾，应该是"乡村"与"城镇"之间刻骨铭心、不可调和的对抗，在小说中即表现为佟家庄人对塔镇人的仇恨。这种仇恨建立在农民对土地特殊感情的基础上。佟家庄人"历来都是擀面杖当笛儿吹——没眼儿的'地迷'"，一个"迷"字，深刻揭示出中国农民的集体无意识。在这种集体无意识的诱导下，他们天生地拒斥任何有可能损害土地尊严的行为；但物质与精神的双重贫困，又使他们在土地与非农业生产之间游移不定，由此形成了佟家庄人对塔镇的复杂感情："渴望成为一个镇上人。"但长久以来，成为镇上人都只能是一种幻想，甚至连与镇上人恋爱成亲都毫无可能，由此造成了韩佃义与金枝儿的爱情悲剧，也织就了佟家庄人对塔镇的复仇情结。但韩佃义毕竟不是那个龌龊的佟小继，故意把尿撒在准备交公粮的麦子里，咒骂"我叫他们一个个吃死"，他自有高招。他的办法，就是用一种"慢刀子杀人"和"温水煮青蛙"的方式，一方面在地理和经济上蚕食塔镇，由农机厂到建安公司，直至"乡村帝国"翰童集团，使得整个塔镇除了政府机关，无一不成为翰童集团（也即佟家庄）的一部分，在将镇子掏空的同时完成了乡村对城镇的逆袭；更为可怕的是，他还从精神上腐蚀塔镇，面对镇委书记半调侃半认真又带有明显领导口气的"不要光建设一个佟家庄，也要把塔镇建设下才好嘛"，他巧妙而恶毒地选择了为塔镇发展"娱乐业"，那些"小白楼"不用明说，读者也能清楚它们究竟是些怎样的龌龊去处。至此，佟家庄已经从方方面面控制了塔镇，其效果甚至远远超过在塔镇上空投下一枚原子弹。这个征服的过程无比漫长，将一代人由青年拖到老年，其间交织着无数惊心动魄的故事，读来自是扣人心弦，又不免让人陷入深深的思索：一代人耗尽一生的精力和心血，仅仅是为了达到一个"复仇"的目的，这种付出或牺牲究竟有多大意义？这自然也使人联想到佟黑子绝世前发出的自问："那又怎样呢？"

在城镇矛盾这个大矛盾之下，众多的小矛盾也随即展开，其中非常突出的是佟家庄佟、韩两姓之间的矛盾。佟姓在佟家庄占有绝对的优势地位，而在韩佃义从东北返乡之前，曾经辉煌过的韩姓（从小说里规模不小的韩家坟园"韩林"便可以看出）在佟家庄只留下了秋分爷爷一人。正因为如此，他连祖辈坟园的一块地都得不到；而在处理土地纠纷上，佟家庄人也宁可牺牲韩姓人的利益，以一种希特勒式的"绥靖政策"将韩家坟园置换给邻村。因此，韩佃义的复仇，不仅仅只是针对塔镇，也是针对佟姓。他大闹韩林，证明了"老韩家不是没人"，"老韩家的人一个就抵成千上万"！他很快又成了佟安福老书记的接班人，并最终成为"乡村帝国"翰童集团的缔造者。耐人寻味的是，直到翰童集团成立，他也未曾忘记复仇与重振韩家的使命，"翰童"与"韩佟"谐音，他虽不明说，但一定要让"韩"排在"佟"之前，哪怕"佟家庄"不能更名为"韩家庄"。这是韩、佟两姓间矛盾在大的方面的表现。而在小的方面，则集中体现在佟克宝与韩佃义之间的斗争上。从家族观念出发，佟克宝不能眼睁睁看着一个韩姓人成为佟家庄的领导者，更何况这个韩姓人要将祖辈传下的宝贵土地用来建工厂。在他心中，这些都是"卖村"的行为。更令他无法容忍的是，自己的儿子佟黑子与自己关系紧张，父子之间几乎闹到要兵戎相见，但佟黑子却对韩佃义无比崇拜。与他那个对土地无比留恋、因为家里第一次分到土地而在课堂上魂不守舍、几乎要放弃上大学的美好前途的哥哥相比，他简直就是佟家的逆子。因此，佟克宝才想方设法与韩佃义斗争，先是纠集村人联名上书"保卫土地"，后是宁可弃农从商也不愿受韩佃义的领导。佟克宝的形象，与王方晨此前小说中的范思德（《麻烦你跟我走一趟》）等人物形象一脉相承，他们都是在多数人趋利避害向强权低头时，不肯轻易投降和就范。但这种抵抗微弱得几乎无力，最终败下阵来。临终前佟克宝终于屈服，他让儿子喊韩佃义"韩爷"，满怀屈辱地闭上了双眼。那匹他买来之后从未役使过便被卖掉的马，几乎就是佟克宝生前为自己准备的纸钱，撒向人生之路的终点，同时也是对终将日薄西山的乡土中国的祭奠。

《公敌》中的隐秘数不胜数：佟安福因土地纠纷被邻村人夜间威胁的秘密，他主动让贤、将大权"禅让"给韩佃义的秘密，小白楼里的秘密，土管所长邵观无与佟家庄人之间心照不宣的秘密，还有古塔文物失窃的秘密、乡村少女失踪的秘密……当然更少不了翰童集团标志上那本"小红书"的秘密，那是一个普普通通的农民凭借两千多年前的"道德"与圣训缔造的当代乡村传奇。可以说,《公敌》就是一部"隐秘之书",读懂了它,便读懂了乡土中国。

二 大蒜的气息

读一部好的文学作品,除去在精神上接受了一次洗礼,嘴里往往还多少弥漫些作品所特有的味道,譬如林黛玉读《西厢》,"自觉词藻警人,余香满口"。莫言亦曾说过,"我喜欢阅读那些有气味的小说。我认为有气味的小说是好的小说。有自己独特气味的小说是最好的小说"。《公敌》就是这样一部"有自己独特气味的小说",无论是在阅读的过程中,还是读罢掩卷回味,总有一股浓烈的大蒜气息在我身边萦绕。

王方晨是从金乡走出去的作家。金乡是赫赫有名的"中国大蒜之乡",在这个地方,每一个人的生活都与大蒜有着千丝万缕的联系。《公敌》中提到大蒜的地方不多,但仅仅是一家挂着篆字招牌的"蒜王大饭店",一份"无蒜不成菜"的菜单,还有那些带"蒜"字的菜名,便足以让人领略此地的风情。《本草纲目》云,大蒜"其气熏烈,能通五脏,达诸窍,去寒温,辟邪恶,消痈肿",乡谚又云"葱辣眼,蒜辣心,辣椒辣两头"。王方晨的文字在大蒜的气息中浸淫已久,他的小说似乎也因此有了蒜瓣的特性和功效,有了一种虐心的辛辣。

可以说,从 20 世纪 80 年代的王润滋、张炜开始,山东的乡土作家们就在合唱着一曲乡土的挽歌,王方晨自然是这支"合唱队"中重要的一员。与其他作家大多受儒家中庸之道影响而选择"温情叙事"的套路不同,王方晨的小说中很少有那种款款的温情与隐隐的愁绪,柔软的悲悯之态在他的笔下往往被置换为出离的愤怒。正如他一篇小说的题目《王树的大叫》,"大叫"可以看作是对其整体风格的概括。

王方晨是帕慕克所说的那种典型的"感伤—反思型小说家",在属于他的文学关键词中,"纠结"有着特别显著的地位。他的思索真诚却不免痛苦，理性坚守阴郁而悲怆。他曾说，"我不会刻意诗化乡土世界，同样也不会掩饰它"。"诗化"往往温情脉脉，读来固然让人心里暖洋洋的，但却又常常伴随罂粟的甜香，久而久之，思想和精神上便不免"懒洋洋"的。真正有力的文学拒绝造作且居心叵测的"诗化"，抛弃掩饰与粉饰，不会将一派雪虐风饕美化成莺歌燕舞。《公敌》中的佟志承在腊月辞官返乡，这是鲁西南平原一年中最为萧瑟凄怆的时段。小说的结尾，一场纷纷扬扬的大雪降临塔镇佟家庄，"大雪压去了广场上的嘈杂"，一出戏还未唱完就将听众变成了一个个相连的雪人；随后，佟黑子便消失在茫茫雪中，走向人生的尽头。这一切都自然让人联想到《红楼梦》，联想到"好一似食尽鸟投林，落了片白茫茫大地真干净"的谶语。但我脑海里涌现的，却总是《祝福》《在酒楼上》和《孤独者》。鲁迅和王方晨，虽时隔近一个世纪，却这样在白雪覆盖的乡土间奇妙地邂逅了……阅读《公敌》，寒冬的肃杀之气间，作者不动声色的冷峻叙述，每每让人感到脊背发凉，不，应该是"彻骨的悲凉"。倘若再没有那种可以"通五脏，达诸窍，去寒温，辟邪恶"的大蒜气息，读者几乎要悲怆得绝望了。

在"蒜王大饭店"的菜单上，有一道"蒜香土豆泥"。原本温婉得几乎无味的土豆泥，配上浓烈的大蒜，会是一种什么滋味？读读《公敌》，一切便都了然。我想，我们的文学，真的需要这种"大蒜的气息"。

（原载于《创作评谭》2018年第3期）

《福寿春》关目

一

小说《福寿春》第九节,常氏在自家花园里摘了半斤茉莉花,并以一斤一元的价格卖给了小贩,得了现钱,这才意识到原来种花也是可以赚钱的,遂埋怨丈夫李福仁"若早些锄草施肥,今日或许可大采摘了"。几天后,李福仁为了给园地施肥,特意去找邻人老蟹:

李福仁掉转话题道:"我那茉莉要浇粪肥,可到你的粪池去舀两桶?我一家也都在你粪池里拉。"老蟹道:"那无妨,你舀便是,现在有人舀了,也有不跟我说的呢!"又道:"这些年多用化肥,粪也不珍贵了,谁爱舀我也不说他。"

……

当下李福仁谢了,到后厅墙角挑了两个粪桶,见细春正在跟厝里小孩子玩耍,便询问要不要一起去。细春道:"挑粪这种事落我头上,岂不让人笑死,你就让我歇着吧!"

……

直忙两天,把鹦鹉笼和莲花心的树都浇遍。那树吃了肥料,倒跟听话似的灵验,很快出了一遍新芽新枝,又繁茂了一重。

未读过原书的读者，可经由这段文字领略该书的独特风貌。是的，它给人的感觉很特殊。《福寿春》甫一面世，便被众多评论家视为大陆"70后"小说家走上"向传统回归"之路的领头羊；更有论者从语言、结构、叙事腔调、叙事方式诸方面出发，分析"中国本土小说传统对于李师江的滋养与影响"，称《福寿春》是"李师江向中国本土小说传统的致敬之作"，甚至盛赞《福寿春》的创作是"奇迹"。若按章回小说的传统，我们或许可以代作者为这一节（回）戏拟一个"常氏受惊辞雇主，福仁借粪浇花园"之类的回目；但若要拿出读《红楼梦》和《金瓶梅》的架势来读《福寿春》，作者一本正经地用几千字的篇幅讨论"粪便"，其用意实在是大可玩味。在这寥寥几页的叙述里，小说中的三位重要人物——李福仁、常氏和细春——的性格，便被大致勾勒出来；而李福仁和小儿子细春的一番对话，也如草蛇灰线一般，为小说的结尾埋下了伏笔。由此看来，这段语涉"粪便"的文字，看似闲笔，实则是解读《福寿春》的一大关目。

二

李师江的小说创作始于世纪之初，至今已有十四五年；《福寿春》写于2007年春夏之交，恰好位于作者创作历程的中点。早年的李师江是"下半身诗歌"的中坚人物，小说只是他诗歌创作的副产品，书写主题与诗作同构，同样以追求肉体的在场感、关注生活中最本能的层面为己任。他当年鲜明的小说风格得到了虹影"他是我们时代的塞林格，具有真正的麦田守望精神"的评价，尹丽川则指出，"李师江的小说中有种汪洋恣肆的能力，这种能力可以被视为是一种'小说天才'"。然而《福寿春》的问世，却标志着李师江创作风格的巨大转变；尤其是当这种转变发生在颇具先锋姿态的长篇《逍遥游》斩获大奖之际，就更出人意料了。从此，李师江开始了多种风格并行不悖的小说写作之路，既有延续最初路数的《中文系》《哥仨》，又有关注乡村生活和家庭伦理的《福寿春》《神妈》，甚至还将目光投向历史题材，创作了反映闽台近代历史的《福州传奇》和《三坊七巷》。

或许是担心熟悉自己的读者面对《福寿春》风格上的转变无所适从，李师江在小说前安排了二十三条"创作札记"，逐条阐发自己在写作过程中遵循的原则和追求的目标，其中屡屡提及《红楼梦》《金瓶梅》；又在"后记"中罕见地与读者分享"藏在内心的关键词"，试图用诸如温暖、父子、命运、土地、香火、传承、挽歌、舐犊、爱溺、生老病死等词语来概括小说的主旨和自己的写作意图，像极了许多古典章回小说前后所附的"读法"，向小说传统的回归也由此更加彻底。

李师江延续古典小说传统的努力，从《福寿春》的命名上也可见一斑。"福寿春"真是极具中国特色的好名字，相信每一位华语文化圈的读者看到这三个喜庆的、带有美好寓意的字眼聚在一起，都会从心底涌出一种过年般的感觉；而在小说中，这三个字也出现在"一门天赐平安福，四海人同福寿春"的春联上（第十一节）。更重要的是，这种命名方式传承了由《金瓶梅》开创、又由《玉娇梨》《平山冷燕》等世情小说延续下来的传统。"金""瓶""梅"分别代表着与西门庆有密切联系的三个女子的名字，而福、寿、春三字则构成了李师江笔下的男性人物群像（李福仁、李兆寿、李家四"春"）。除此之外，作者还坦言："'福寿春'代表了传统农村人的最高理想，是一个农民对自己家庭所向往的理想境界，他们希望自己长寿、亲人幸福、子孙满堂。以此为题，可以达到将农村理想置于当下的效果，具有大俗大雅的美学趣味，也能代表这部小说内容上的趣味。"

三

然而，理想与现实之间往往存在着巨大的差距。理想必定是美好的、喜剧性的，但现实却总不能遂人愿，反倒由性格导向悲剧。现在，我们可以回头来审视本文那个颇为让人反胃的开头了。

读惯了古往今来以情节取胜的小说，相信许多读者乍一面对《金瓶梅》这样没有完整、离奇的情节，唯以描写日常生活为能事的作品会不太适应。但这样的小说对人物性格塑造的要求更高，难度也更大。黑格尔曾言，"性格就是理想艺术表现的真正中心"。李师江以《金瓶梅》为榜样，在《福寿春》中，我们处处可以窥出他塑造人物性格的努力，单就前举"粪便"一例便可见一斑。

作为小说中最重要的女性人物，常氏一手掌管全家财政，在李家的地位甚至超过丈夫李福仁，起着"主心骨"的作用；但握有财权并不等同于擅长理财持家，泛滥的母性往往导致家中财政外紧内松，这便是"爱溺"这一关键词的具体所指，它表现为常氏对子女一视同仁的纵容，尤其是对三春的姑息养奸。常氏到自家花田里摘花一事，发生于她刚刚被城里主家辞退、"无时不想着生计"之时；而她的被辞，正是由于主家叶华疑心她和三春手脚不干净、出于"家贼难防"的考虑而做出的无奈决定。作者虽未明言盗窃之人是谁，但旁观者清，读者一眼便可看出此举必是三春所为。可怜常氏一片舐犊之情，直到此时仍不忘祖护三春，理由居然是让人啼笑皆非的"我儿也是读过书的诚实人"——姑且不说"诚实"与否，单就"读过书"而言，便足够让人笑掉大牙。联想到此前三春曾报怨自己没有做生意的本钱，"凭我的脑子，是可以发财的"，这母子二人，一个大言不惭地吹，一个心甘情愿地捧，活脱脱演出一幕幕人间喜剧。

作为名义上的一家之主，李福仁的威严也只能如这"名义"一般虚无缥缈。他对妻子可谓言听计从，只要她略有"抱怨"，第二天就会腾出手来，带着小儿子到花田锄草，"直忙了两三日"，李家老夫妻二人之间的关系也便由这三言两语概述出来。而李家茉莉花田的荒芜也是事出有因：在常氏，是因为她长期在县城人家当保姆，不可能顾及家中农活；在李福仁，则是因为自己的四个儿子都不是种田的料，或好高骛远，或游手好闲，当务的农活全压在他一个人肩上，类似于种茉莉这种无须太多关注、重要性也比不上种水稻番薯的活计，自然会在日常的忙碌中被忽视和遗忘。"田园将芜"的现状，也折射出了年轻一代的心已经无法拴在土地上的事实。李福仁为了两桶粪去同老蟹商量，两位老人的对话也颇有深意。一方面，为此区区小事还要亲自登门征得对方的同意，彰显出李福仁身上凝聚着老一辈人"重礼数"的传统，与年轻一代的"无礼""不孝""胆大妄为"形成鲜明的对比，也印证了老蟹"现在有人舀了，也有不跟我说"的无奈；另一方面，李福仁在问过"可到你的粪池去舀两桶"之后，还不忘强调一句"我一家也都在你粪池里拉"，也显示出他性格中固执的一面：不愿求人，亦不会欠人；而这种固执，还直接导致了日后李福仁、李三春父子的反目，并成为李福仁看破红尘、决心追随长生和尚在慈圣寺终老一生的关键原因。

在这段与挑粪浇田有关的叙述中，还有一个不太起眼、但在之后的情节发展中越来越重要的人物，那就是李家的小儿子细春。在小说的前半部分里，细春是以一个懵懂、贪玩的乡下孩子的形象出现的，小学毕业便不读书了，虽然已满十六岁，平日里仍热衷于和小伙伴们下河摸鱼捉泥鳅。眼看安春、二春、三春都不可能继承自己在农事方面的经验，李福仁只能将希望寄托在细春身上，带他下田锄草、到滩涂洗蛏崽，希望能把他培养成农家的接班人。但三个哥哥的不安分早已深深影响了细春幼小的心灵，一再抱怨"他们都不干农活，你偏让我干！"（第六节）挑粪一事也被他理所当然地视为耻辱，"岂不让人笑死"。细春的心态，同样也是现今农村少年普遍心理的缩影；更令人担忧的是，这种心理几乎是不可逆的，正如茉莉花"吃"了粪肥后固然会繁荣一时，但这"中兴"却无力挽回李家的颓势一般。它几乎决然地宣判了传统乡土伦理的死刑，构筑于土地与农事基础之上的乡土社会也随之土崩瓦解。耐人寻味的是，在细春日后的成长过程中，他虽然曾走过一段弯路，险些重蹈三春的覆辙，最终却又变相地与乡村妥协，尽管不可能再次像父辈那样扛起锄头去土里刨食，但将发家致富的希望寄托在水产养殖事业上，毕竟也是向乡土回归的努力。只是世事总不能尽如人意，在老一辈人眼中最懂事的细春却也最命苦，做养殖失败了无法翻身，还要因为躲避计划生育政策逃到县城去开老鼠车维生。小说的结尾，细春劝李福仁回家未遂，回望父亲在云霞满天的背景下略显发黑的身影，回忆起十几年间父子之间关系的转变，进而念及世事无常，不由得感慨万千。读到此处，相信每一位读者心头涌现出的，必定也是当年福仁、细春父子一前一后走在田间小路上的情景，个中酸涩，不由得使人潸然泪下。

在老辈人看来，人生在世，只有将娶媳妇、造新厝、修坟墓三桩大事了解，才算得上风光完满；然而李家的事实则是，后两项大事遥遥无期，四个儿子的婚事也未能全得善终，父子关系甚至闹到了不可调和的境地。李家的父子矛盾，归根结底是现代城市文明侵蚀传统乡土文明的结果。作者在后记里说自己的创作初衷是写一部"乡村小说"，但这显然是一个"不可能完成的任务"。书中虽然没有明确说明人物所处的时代，但根据某些细节（诸如"台海危机"等）和时间跨度来判断，小说所反映的是20世纪八九十年代之交直至新世纪之初这十余年间的乡村变迁，而这段时间正是乡土文明在城市文明的入侵面前加速瓦解崩溃的关键节点，以化肥代替粪肥，不过是这一变迁的一个具体表征而已。李家的家庭成员除李福仁之外，几乎所有人都多多少少与城市（县城）发生过联系，并且乐此不疲。大儿子安春身为转业军人，两年的部队生活使他坚定了"休叫我干农活"的信念，盼望着能靠战友关系在县城里找个差事。次子二春与李福仁之间的矛盾是作者最先透露给读者的，而他也成为李家第一个外出打工的人。三春的"城镇化"途径最为极端，学木匠手艺不成之后加入了县城黑社会小弟的队伍。在小说的第十一节有一段相当精彩传神的描写，写三春加入黑社会后回家过年，颇有"衣锦还乡"之感，"带了一身派头走过，自然是家鼠走在田鼠堆里，有与众不同的时髦相"；在街头遇到熟人的问询时还会"微笑致意，低调回道：'没什么，忙工作！'"而他应付母亲常氏的说法则是"他那工作只有录像里头有"。《逍遥游》和早期短篇里随处可见的招牌式的辛辣讽刺，在此难得地现身（这再一次证明李师江不可能在写作中完全抛弃既有风格。在之后的写作中，尽管他也曾致力于近代史这样的严肃题材，但在此过程中的某些表述仍然被论者诟病，最突出的例子便是他的长篇历史小说《福州传奇》）。

以上是李家的男性成员。在女性成员中，常氏不仅进城给人家当保姆，还多次为了儿子的事情去找嫁在城里的妹妹常金玉，每次都被金玉诟病"儿子闯的祸，一桩桩你都要跟到底，一辈子就给儿子做牛做马，何时有个了结呀"；甚至还有一次为了去托人给三春求情，被门卫误当作贼捉住，丢尽脸面。几个儿媳，也都因为躲避灾祸、逃避计划生育检查而进过城。算来算去，只有李福仁一人没有并且拒绝同城市产生联系。也许，他是增坂村海边最后一块没有被城镇化浪潮所吞噬的礁石。在已经成人的细春眼中，他的身影"铁一般坚定"，但这种固执、坚持的价值又有几何？李师江最终安排李福仁到佛寺中与长生和尚"闲居"，用出世的方式完成无奈的退守，也由此完成了对"福""寿""春"的反讽式否定。

四

《福寿春》是李师江在大陆出版的第二部长篇小说。在其第一部长篇《逍遥游》的后记中，他曾颇为戏谑地写到，他的小说"在台湾被定位为快感"，相信这也是大多数人读罢《逍遥游》之后的最大感受。然而仅仅两年之后，《福寿春》便带给读者截然不同的阅读体验。在小说中，李师江刻意模仿明清白话小说式的语言，力求以语言的陌生化来为阅读过程减速。在第十三则"创作札记"中，他写道："必须压抑住局部出彩。段子横出、奇话连篇是不诚实的炫技写法。"紧接着又在第十四则中强调："慢，是纸本小说的一种美学；忍，是纸本小说的一种品质。""段子横出、奇话连篇"的小说，恰如"下半身写作"的诗歌，读起来给人以一种很"爽"

的感觉；但也正因为这种"爽"，作品往往流于皮相和轻浮，"肉体"之外别无他物，不可能、也不能够触碰哪怕是稍微宏大一点的主题。其实，在《福寿春》之后的创作中，李师江也并没有完全摒弃他自入行以来便形成的创作路数，在《中文系》和《哥仨》中又回到老路上，甚至比《逍遥游》走得更远。

王国维在评论元杂剧时曾指出："元曲之佳处何在？一言以蔽之，曰：自然而已矣。古今之大文学，无不以自然胜，而莫著于元曲……彼以意兴之所至为之，以自娱娱人。关目之拙劣，所不问也；思想之卑陋，所不讳也；人物之矛盾，所不顾也。彼但摹写其胸中之感想，与时代之情状，而真挚之理，与秀杰之气，时流露于其间。"（《宋元戏曲考·元剧之文章》）李师江虽然在第十一则"创作札记"中表达了类似的愿望（"越是出主旨之处，越要写得不经意。否则，小说将成为某个社会问题的载体，或某个概念的诠释。"），但他最终还是没能将其贯彻到底。显然，《福寿春》是不符合王国维心目中"古今之大文学"的标准的。它是一部努力追求克制、隐忍的小说，是精心谋划、处处设伏的小说，是一部"不自然"的小说。在李师江自己的创作序列中，《福寿春》是一个无法被复制的"异数"；而在当下的长篇小说创作实践中，它也是一个相当罕见的存在。

这篇文章是从"粪便"说起的，在它行将结束的时候，让我们再次回到"粪便"。我惊讶地发现，在创作生涯的初期，李师江曾写过一篇题为《粪便》的短篇小说。在小说中，作者用"粪便年代"来指代"饥饿年代"，写得汪洋恣肆。为了养大赖以活命的红薯，"满世界都是拾粪的人"；而村里最富的人就是拥有最多粪便的人，因为他拥有增坂村最大的粪池……《粪便》显然也不是"乡村小说"，它是那个阶段的李师江最擅长的"下半身写作"，比《福寿春》更不像"乡村小说"。但它的故事的的确确也发生在一个叫"增坂"的村庄里：或许"粪便"给李师江留下的印象过于深刻，从那个时候起，他就在谋划着要借这个由头在"乡村"的一亩三分地上闹出点动静来——对于能把小说写得那么古灵精怪的李师江来说,这也不是没有可能啊!

(原载于《上海文化》2017年第9期)

我们生来孤独
——王威廉《北京一夜》读札

诞生于茫茫宇宙中一粒微尘之上，至今未能在浩渺的星河中寻到可以同舟共度的伙伴，我们生来孤独。坦然面对这个现实，并且大胆地将它说出唱出，无论如何都是一件需要勇气的事情。许多年前，在披头士那首具有划时代意义的 *Sgt.Pepper's Lonely Hearts Club Band* 里，保罗·麦卡特尼在嘈杂轰鸣的伴奏下反复吟唱着"Sgt. Pepper's lonely"（佩伯军士是孤独的）；许多年后，一个叫王威廉的年轻人用他的想象力虚构出若干或荒诞或凝滞或轻逸或深情的故事，将孤独这一人类与生俱来的本质娓娓倾诉。

一

王威廉借助《非法入住》《合法生活》等一系列充满了形而上思索的作品登上文坛，并进一步通过《内脸》《没有指纹的人》这些隐喻色彩浓厚的作品形成自己的独特风格，引起广泛关注。在《虚构是一种理想》中，他曾坦言，"目前一种有良知的写作只可能是隐喻性质的……文学的力量在于真实，而真实的路径却是虚构"，"隐喻"也因此成为解读王威廉小说的关键词之一。无论是《第二人》还是《信男》《倒立生活》，王威廉都将虚构和隐喻的技法发挥得淋漓尽致。

《第二人》是之前获得广泛好评的《内脸》的续篇。在保持高度思想性的同时，作者又在可读性上做出了努力，通过强烈的戏剧性深入剖析了权力与人性之间的关系，借助一桩扣人心弦的绑架案的形式，阐述了"威慑滋生恐怖，恐怖滋生权力"的人间本质。在作者笔下，"恶"被表现得力道十足，无论是小镇少年的暴力群殴，还是鬼脸恶人的欺男霸女，都让人看得心惊肉跳；但更让人悲哀和绝望的，则是人性的软弱，以及社会在邪恶势力面前的冷漠、妥协乃至合谋。"女人只是需要畏服的，你能让她畏服，她就能慢慢爱上你"，面对这一现实，原本还有些良知的"我"居然也对自己的"失败"痛心疾首起来。

然而，作者并没有将全部精力都投入到对"权力"和"恶"的展示上去，正如他在一则对话中所说，"恶是需要作家用精神的力量去穿透的东西，而不是深陷其中，甚至迷恋其中的东西。……写恶比单纯写善更有深度的原因不在于恶本身的价值，而在于善的发现。对善的抵达需要恶的难度，没有这种难度的善是单薄的。"[1] 在《第二人》中，在几乎是十恶不赦的"鬼脸"的身上，王威廉仍然隐约看到了"善"的影子，那便是人类与生俱来的孤独感。刘大山绑架并利诱、胁迫"我"，目的是让"我"来分享他的孤独，"那样，我就可以从濒死的孤独中活过来了"。刘大山凭借一张人见人怕的"鬼脸"横行乡里，实际上却是色厉内荏，财欲、色欲和权力欲的实现，终究无法抚慰孤独的灵魂。本雅明曾经说过，"现代小说只能诞生在孤独的个人之中"。透过那张"鬼脸"，王威廉窥测到了刘大山的"内脸"，它因孤独而显得分外苍白，构成了《第二人》这篇小说的底色。

心灵的"孤独"使一条恶棍也有了向善的可能性，即便如此，他为自己寻求的解决之道仍然是"恶"的，希望刚刚萌芽便被残忍地扼杀。与此相比，《信男》和《倒立生活》则温和得多。如果说

---

[1] 王威廉、李德南：《寻找来与去的路：精神资源、自我体认与现代性视野下的写作实践》，《广州文艺》2013年第1期。

这两篇小说中也有"恶",那就是生活的平庸与虚无,以及人与人之间的冷漠和隔膜。在《信男》中,写信成为"我"反抗虚无与绝望的唯一手段,也正因为如此,写信成癖的"我"被视为神经病,行为无法得到领导甚至妻子的认同;"我"唯一的知音是领导的女儿,但她却因为沉迷于诗歌而被视为"不正常",遭遇与"我"何其相似。最终,两个人的通信获得了有限的"合法性",两个高贵的灵魂有了对话的可能,"就像是两颗恒星突然接近,然后绕着彼此公转了起来"。与此相似的是《倒立生活》的结局:一对被抛出凡俗生活轨道的男女萍水相逢,在"倒立着生活"的怪异念头上一拍即合,并在倒立生活的实践过程中互相慰藉,寻觅到了"幸福",尽管这种幸福显得那么缥缈和犹疑。

从古到今,无数作家、批评家都对理性与感性,或曰理念与现实在小说创作中的先后地位这个问题发表过见解,但却像"先有鸡还是先有蛋"的争论一样,从来都没有得出一个结论。尤凤伟曾经总结说,自己的小说创作是"理性在前,感性在后",也就是"理性思索,感性写作"。王威廉的写作显然也是这个路数。相较于从现实出发去提炼理念,这种写作方式的风险似乎更大,却也更能给读者留下深刻的印象。尽管在可读性上下了很大功夫,《第二人》《信男》《倒立生活》在叙事和情节上仍不能说是完美的,尤其是字里行间隐约透出的生硬感,多多少少让人有些惋惜。这绝不是用"陌生化"理论就能轻描淡写地掩饰过去的缺陷,而是作者今后应该努力校正的方向。

二

在我看来,《书鱼》是王威廉近期创作中最醒目的存在。这是一篇质地极为特殊的小说,在虚构性、隐喻性和写实性充分结合的基础上,它体现了作者在文体探索方面的新突破,其主题也因此变得颇为难以索解。小说开头短短的几段文字便涉及对卡夫卡《变形记》、夏目漱石《我是猫》和蒲松龄《促织》的比较阅读,很像是一则讨论现代小说技巧的读书随笔；但作者很快就宕开一笔，从"人变虫"这个话题生发开去，讲述了"最近"发生在"我"身上的一段荒诞离奇的遭遇，因此我们通篇读罢又很难将《书鱼》纳入"元小说"的范畴。熟悉中国笔记小说传统的读者一眼便可看出，小说的主体部分，即对主人公罹患"应声虫病"及求医问药始末的叙述，其实是一个中国古典叙事母题的当代重述。从唐人张鷟的《朝野佥载》和刘餗的《隋唐嘉话》开始，经由宋人陈正敏的《遯斋闲览》和彭乘的《续墨客挥犀》，直至鲁迅的《热风·随感录三十三》，"应声虫"的故事被一遍又一遍地讲述，读者对其的印象也因此不断强化。如果说唐宋文人是怀着一种猎奇的浪漫主义情怀将之记录在案，鲁迅则是将其视为中国人缺乏科学传统、热衷于混淆科学与玄学界限的证据，那么，在已经高度昌明开化的21世纪，王威廉煞有介事地重述这个母题，其用意何在？

小说开头有句话相当耐人寻味："传奇都是第三人称写就的，而真正的现实只属于第一人称。"而在结尾，"我"冲动地想要"逆历史潮流而上"，同时又一次提到这句话，并告诉读者"要是有一天，我变成了神仙，你们也用不着惊讶"，因为古书上记载说，书鱼只要三次吃掉"神仙"两字，就可以变成"脉望"，人在星空下用脉望可以招来天使，从而羽化成仙。曾经被"我"视为荒诞不经的"应声虫"的故事居然发生在自己的身上；曾经被"我"哭笑不得地看作神话故事的"土地庙"旁边的"老爷爷"，却用难以置信的方式治好了"我"的怪病——用"第一人称"叙述出的"真正的现实"挑战了现代人的经验，自文艺复兴乃至工业革命以来锻造出的坚固理性链条上出现了意外的漏洞。长久以来，文字和书籍充当着人类进步的阶梯，前人经验借助文字传承给后人，这同时也是一个普遍经验淘汰个别经验、"第三人称"取代"第一人称"的过程。经验主义的惯性消弭了神秘主义带来的恐惧感，让纷繁复杂的世界变得简单明了，但也使人变得麻木不仁；他人的经验唾手可得，以至于人们对这个世界的无限可能性视而不见。所谓的"逆历史潮流而上",就是要在这种普遍的麻木状态中保持清醒;反映在《书鱼》中,就是像"我"那样,不苟且于房奴的生活,同时在这个浮躁的时代坚信阅读的力量。这种坚守,势必不会得到大多数人的认同,甚至有可能被视为怪物,注定将在人生之路上孤独而行。"羽化成仙",很难说不是一种自我解嘲。借助《书鱼》,王威廉向我们发问:这样的生活,你准备好了吗?

三

《父亲的报复》这篇小说有着极为写实主义的形式,但其精神内核却相当理念化,在王威廉的小说序列中占据着"中间态"的地位。作者在小说的开头就点明了通篇主旨:父亲总是想方设法回避自己的北方人身份,强调自己是广州人;之后洋洋洒洒万余字,都是在叙述父亲"回避"和"强调"的努力。无论是他先后两次对职业的主动选择,还是在面对山东老乡时的尴尬与敷衍,以及对所谓"北捞"身份的厌恶与咒骂,种种身份认同的努力,无一处不显得不近人情;这种"不近人情"甚至还被他投射到了下一代身上,试图用"命名"的方式为父子二人营构可以信赖的认同元素。小说的高潮是父亲面临房地产开发商强拆行为时的抉择,然而其行为的出发点却明显不同于通常的"钉子户",并非经济利益最大化的诉求,而是以此来证明自己"比那些伤害我的广州佬们更爱广州",是一桩处心积虑、蓄谋已久的复仇计划。身份认同的焦虑使人的灵魂变得极度敏感,而这种敏感又将其精神塑造得格外偏执,这几乎已经成了当下生活中颇具普遍性的现象。但在我看来,王威廉的写作意图并非仅此而已。小说中有两个细节值得我们细细品味:其一是职业的变化对父亲口音的影响,其二是父亲在推土机的轰鸣中写出的那两句诗。对于前者,父亲有深刻的认识——推销员是自说自话,出租车司机则需要与乘客的沟通交流;方言和口音正是在你来我往的应合中产生,而这正是身份识别和认同过程中极其重要的一个环节。推销员的职业生涯无法让父亲寻找到身份认同,但这并非最大的悲哀；哀莫大者，是自说自话、无人应合的窘境下深深的疏离感和孤独感。而"羊城河山可埋骨，岭南夜雨独丧神"的悲壮抒怀，在"我"看来简直是"石破天惊"的举动，更是暴露出长期蛰伏于父亲潜意识中的忧伤。一个"独"字，道尽了背井离乡在南国打拼的孤寂；"埋骨"的豪迈，终究敌不过"丧神"的凄凉。复仇的计划，即使圆满完成又能怎样？血肉之躯终究抵不过推土机的钢筋铁骨，身份认同的获得也难免沦为街头巷尾的谈笑资料。一语成谶，孤独的仍旧孤独，让读者不禁黯然神伤。

四

上述几篇作品明显带有虚构色彩和荒诞意味，在主旨上也呈现出复杂多义性，反映了一种"言有尽而意无穷"的意蕴指向。相较而言，随着年龄的增长，王威廉近几年来创作的《绊脚石》《听盐生长的声音》和《北京一夜》，带给读者的则是更为鲜明的现实感。它们的主题清晰明确，情感饱满充沛，青年人的锋芒锐气有所收敛，代之以而立之年的沉稳深情；无论是在时间的跨度上还是在空间的广度上，都体现出作者的新追求。

一直以来，王威廉的小说都极少直接涉及历史。他的大多数作品都将时空设置在当下，即使是那些隐喻性、荒诞性很强的作品，第一眼看上去也都披着当下的外衣，在此基础上有限度地向未来扩展。但在《绊脚石》中，作者却极为罕见地将情节设置为两个素不相识的人在火车上对两个历史事件——纳粹对犹太人的大屠杀和六七十年代广东"大逃港"——的回顾。我相信，王威廉肯定深谙阿多诺的那句名言——"奥斯维辛之后，写诗是野蛮的"，他不会、也没有必要为这两个历史事件增加一笔平庸的叙述。因此他在主人公身份的设置上匠心独具：犹太裔老太太苏萝珊并没有亲历奥斯维辛式的悲剧，罹难的是她的父亲；而自认为是"浪漫主义的人"的"我"，也只能通过爷爷奶奶、外公外婆的经历去想象当年"大逃港"的黑暗。由此，小说的主旨便不仅仅限于对历史的回顾和反思，而更多地涉及历史记忆、集体记忆与个人记忆的关系上。小说的核心意象——黄铜铸成的"绊脚石"——有着明确的象征意义：给这个过于平滑的世界一点滞涩，也就是给已经淡漠的历史记忆一个提醒，给沉睡于和平之梦中的现代人一记棒喝。用一句老话来说，就是"前事不忘，后事之师"。

记忆的萦绕是孤独之源。只有拥有记忆的人，才会不断回望、反思；曾经的光明或黑暗、欢乐或悲伤，触动人的心弦，孤独感便油然而生。如果说《绊脚石》是用个人记忆和个人经验巧妙地消解、融合了集体记忆和历史记忆，《听盐生长的声音》和《北京一夜》则是对个人记忆的纯粹考量。《听盐生长的声音》中的每个人都在纠结于如何摆脱、走出个人记忆和生活窘境，而《北京一夜》的两位主人公则都在朝着重返十年前的个人记忆而努力。两篇小说的情节都很单纯，近乎透明的故事，字里行间却弥漫着湿漉漉的忧郁气息。旷古荒凉、外星球般的盐湖也罢，零下十度的北京之夜也罢，这个世界真真切切是一个 lonely planet（孤独的星球），每个人都渴望着彼此互相倾诉、拥抱取暖，以此弥补虚空带来的恐惧，抚慰孤寂的心灵。

王威廉曾在接受访谈时说，写作的悲悯不是对处境的改善，而是对处境的理解；深刻而细微的理解，对文学和生命来说意味良多。从创作第一篇小说至今已近十年，他孜孜不倦地倾诉着孤独带来的忧伤，却无法为他笔下那些困顿于这个孤独星球上的生命提供一丝帮助。他只是一遍又一遍地提醒读者：我们生来孤独。这是文学的无奈之处，却也是文学的意义所在。

（原载于《南方文坛》2017 年第 1 期）

微雨魂魄的阴阳两界
——童伟格小说印象

在阅读童伟格的长篇小说代表作《无伤时代》和《西北雨》时，细心的读者也许会被这样一处有趣的细节所迷惑：在《无伤时代》里，主人公"江"孑然独居于"大城"（台北？）一间斗室中。因为在这间由房东家厨房改造而成的斗室里每晚都失眠，江总会在天未亮时出门，走进一所大学并坐在人工湖边呆看黑夜，等待黎明。此时，诡异的景象出现了：

> 江总会看见林子里、小径上、临湖的骑楼底下，任一处有光无光的所在，到处都挤满了老去程度不一的人们。
>
> 老人家们做着种种奇特的举动——有人拼命用背撞一棵树；有人坐在栏杆上猛击自己的膝盖；有人半蹲着像要蜕皮的蛇一样双掌狂磨自己的脸；有人扳胳膊；有人缩肚皮；有人腿架在铁椅上；有人赤脚来来回回在一条铺满碎石的小路上奔跑。江低头离开，暗自发誓一定要分明记清这没有人喊痛的地方。但江每次都失败。一走回斗室，他就倒地不醒，什么都不再记得了。

如果说，初读《无伤时代》的读者会因这个宛如一部悄无声息放映着的鬼片式的场景而肾上腺素分泌激增,那么,当一模一样的鬼魅景象几年之后再次出现于《西北雨》中,给人的感觉就已经不再是单纯的惊悚感,而是透出浓郁的怪诞氛围。再往前回溯,我们还会惊讶地发现:即使是两部情节截然不同的小说,即使一个是由房东家厨房改造而成的斗室、一个是搭建于顶楼的铁皮小屋,两位主人公生活的环境却是一模一样,都是一字排开水槽、料理台和储放瓦斯桶的坑洞,都是在坑洞中横行着斑蚊、蜘蛛以及一些叫不出名字的昆虫。尽管早已有评论者指出童伟格是一个热衷于不断重新讲述既有母题的作家,但这种有意识的文本复制和粘贴,其意义似乎已经超越了"重述"的层面。他以一种最形而下的形式操作,追索着最为形而上的理念。

从这个一再出现的诡异场景中,我们其实可以概括出童伟格小说的几个既定主题:"鬼魂""死亡"与"无伤"。在"黎明"这个"有光无光"、晨昏分割、阴阳相交的时刻,一群面目不清的老人做着一系列诡异的、常人做不出甚至都想不到的动作,这不免让人联想到"百鬼夜行"的魍魉世界。更重要的是,这个地方"没有人喊痛"——因为有"伤",所以会"痛";倘若"无伤","痛"也就不会存在了。然而,这个世界上是否真的有"无伤"的地方存在?如果有,那大概也只能是在超出我们实存体验的另一维空间之中。

在《无伤时代》中,除了黎明前那个鬼气森森的人工湖畔,童伟格还提到了另外一个"无痛无伤之地",它具象地呈现为三色盲猫的骨灰坛,而抽象地指涉着生命消亡后的乐土。"在那样的地方生活,带点残缺,是自然的、是可以被原谅的。她可以视力不佳,那无伤。"而对于江这个从小到大伤痕累累的"废人"来说,这种痛彻心扉的感悟尤为刻骨铭心。自童年起,死亡事件便伴随着江,从祖父葬礼的风光,到父亲事故惨死的悲伤,再到祖母"以一丝气息,等待夕阳的召唤"的从容与淡然,当然其间还穿插着盲猫及"黑嘴"魔幻的死而复生、生而复死。凡此种种,都在他心里投下巨大的阴影。在《西北雨》中,童伟格在安排父亲给儿子讲完那个荒诞又不无凄凉意味的"战俘／开锁高手与狗笼"的故事之后，突然宕开一笔，煞有介事地用近千字的篇幅，转述"冷硬的教育学"原理，那是关于儿童心智发展在十岁左右由"具体运思期"向抽象的"形式运思期"转变的心理机制："教育学说，倘若这小孩能牢牢记住一件自己并不理解的事，就像死背一则数学公式，那么在将来，他有可能突然明白这些事所代表的意义。这是说：肉身为度，一个人在内里包藏、护卫某种记忆，抵挡住时间摧枯拉朽的破坏力，终于和记忆一起，等到思维的转型期。在那之后，抽象回去寻获具体，事物向那些犹记得它的人，展示它自己。"江恰恰是在这一"心理转型期"连续遭遇了"死亡"这一对于儿童来说深奥难解的抽象事件，并一再加以强化；只是那个"突然明白"的瞬间迟迟不能到来，持续的创伤体验又对其心智的成长产生了显而易见的干预和影响，以至于将其心灵塑造成"早发失智者"的状态。时空观念的倒错、纷乱芜杂的人称，以及阴阳两界的交融，共同建构了江怪诞的生存体验。他甚至将自己视为"一株蕨类植物"，"只会用浅浅的根，贴住坚硬的地表，把最新生的芽，牢牢藏在最内里的地方，然后自己推挤自己，纠结蜷曲成一团苍老的大圆球"。这种蜷曲的体态，同样也是江的心理样态和性格基础，其本质是胆怯、敏感、纠结、内敛的。处于思春期的江对收银员大姐萌生了朦胧的爱恋，却苦于示爱无门，因为他深知"谁会想跟一株蕨类植物，一同坐在黑暗的电影院里看电影"；只能异想天开地以"攒铜板"的方式，去换取同大姐搭讪的机会，但这个计划最终却轻易地被"白铁铸的圆缸，圆缸上附着一个白铁铸的圆钵"这样的简单装置所击溃，无非是在江创痕累累的心灵上再添一道伤疤。

试图逃离岛屿北端潮湿多雨的山村，同自己的背景与过往决绝地一刀两断，去"大城"和"北方大港"追逐与祖先、父执不同的生存体验，似乎是童伟格小说中人物普遍有过的雄心壮志。"我想，住在这样的地方，大概免不了是要离开的。""我抬头对母亲说：'没关系，我喜欢住在这里。'母亲对我笑，她拍拍我的背，她说：

'只怕你长大了以后，就不会这样想。'"而最具代表性的，还要数《无伤时代》中的舅舅、《躲》里的大伯，还有《骕虞》里那个"本事偌大地干遍各种职业——厨子、武士、道士、泥水匠、算命仙、教戏先生"的"他老爹"。但无一例外，当他们在外面或风光或狼狈地挣扎了一辈子或半辈子，终究免不了返乡的命运，只不过，返回的或是疲惫的肉身，或是疯癫的灵魂。"大城"固然是好的，甚至连棉被都不需要，因为那里不会有故乡山村式的冷雨。但就像那首人人耳熟能详的歌曲里唱的那样，"台北不是我的家，我的家乡没有霓虹灯"，在钢筋水泥城市里四处碰壁的孤魂野鬼，最终还是咽下"今天又荒废了一天，明天应该好好努力"的苦水，踏上返乡之路。多雨的海边山村在空间上近乎封闭，只能靠一条马路和总是脱班的公车与外界交流；而乘着这公车、沿着这马路出走的山村儿郎们，只能是在一个更大的空间里画出一个半径更大的圈，就像表盘上的指针旋转一圈后又回到原点。

　　与空间相联系的，自然是时间。这显然不是一群在海上漂泊十年的奥德修斯，而只是一群不得不回头的浪子。他们曾经坚信"只有两件事人类可以自由操纵——第一，是'时间'；第二，就是'梦想'"，而他们所谓的"梦想"却不过是"用财富在土地上盖间有私人厕所的房子，把我的女人关在里头"。他们妄想将时间玩弄操纵于股掌之上，最终却被时间狠狠羞辱。与他们形成鲜明对比的，是另一些人；对于这些人来说，时间似乎是停滞的。例如《王考》中的祖父，任凭村人追逐时代潮流，卡拉 OK 也罢，有线电视也罢，于他都似乎是空气一般，丝毫无法动摇他于古籍中考据本乡本土历史隐秘的执念。更令人惊讶的是，他用毕生精力考据出的结果，居然是"本地越三四百年会有一场毁灭性的灾难，一切会从头来过，人类重活，史书重写"。他对此深信不疑，也正因此，"祖父的逻辑像个圆，行动像个圆，信仰也像个完整的圆"。无独有偶，《骕虞》中的老者，面对视十二年一度的大醮为娱乐的人群，提笔写下无人认得、因此也无人能解的"骕虞"二字。其实，这不过是"欢娱的异写而已。《孟子·尽心上》有"霸者之民驩虞如也"一句，朱熹《集注》曰"驩虞，与欢娱同。"然而，又有谁能知道，这种看似迂腐的掉书袋行为，却与最高端前沿的宇宙理论暗中契合？"这满天星星，它们有的，在千百年前就已死了，爆炸了，熄掉了，完了，你现在看到的，是还在苍茫的宇宙中继续奔走出亡的余光。"今天看到的星光，是千百年前发出的，而在《无伤时代》里，三岔口钟楼上像脉搏一样隐隐跳动的分针，永远指向两点四十五分，时间却仍旧无可羁绊地向前流逝。究竟怎样才是真实的时间？世界的复杂让这个问题无解。也许，对于山村里那些可以任意跨越阴阳两界的微雨魂魄，例如《活》里的树根、《叫魂》里的吴伟奇和"阴间观光团"来说，这个问题是毫无意义的。他们在时空中自由跳跃，任意往来，终于抵达了"无伤"的境界。

（原载于《文艺报》2017年5月17日）

静夜行船与声音的诗学
——读东君小说集《听洪素手弹琴》

想要从整体上对东君的小说创作进行归纳与评价无疑是困难的,这主要是由于他长期以来对小说(特别是中短篇小说)艺术创新性的自觉追求,从题材、情调到语言、形式,几乎每一篇都有特异而匠心独运之处。这种跳跃性极大的写作风格,使阅读每一篇作品的过程都像是在享用一道美味的小吃,而整本书读完之后,记忆的味蕾却因高度的疲劳而几乎丧失了感觉。因此,我只能极力去拼凑阅读后留下的印象碎片,试图去清理出一条似有还无的脉络。

我倾向于用"静夜行船"的意象来概括自己对小说集《听洪素手弹琴》的阅读感受。作为一个出生、成长于温州的作家,书写江南水乡稠密的河网、湿润的雾气、绵延的桨声和摇曳的灯影似乎是题中应有之义,但东君并不满足于仅仅对这些元素做具象化的反映,而是将静水流深、优雅从容、迷离恍惚的水上风景发展为一种独特的风格。这种静夜行船的感觉,最明显地体现在《长生》中。这也许是东君小说中结构最简单、叙事最晓畅、意义也最单纯的一篇了。其结构甚至简单到可以用"随波逐流"四字来概括,通篇即是写一个名为"长生"的老人对自己一生经历的回顾和对人世沧桑的感慨。在小说中,"我"发现"不知道为何,我与长生聊天时,语速也慢了下来。我想我的语速已接近于流水的速度、船行驶的速度"。而这也就是小说叙事的速度和情节推进的速度。作者似乎一直在提醒自己要慢一些，再慢一些；老人的讲述中偶尔会出现波折，但很快就像长河中的涟漪，渐渐散开，又回复到最初的从容。而躺在船上静听汩汩水声，消受整个下午的散漫的"我"，也由此悟出了人生的真谛，那就是放下一切身外之物，去追求内心的平静和满足，哪怕只是去"热热地吃上一碗鱼丸面"。《长生》中的船是真真实实存在的，而在反映佛教题材的小说《黑白业》中，虽然没有真实的船出现，但是作者使用了"渡船"这个佛教文化中读者耳熟能详的意象，并通过"共渡"和"自渡"的辩证关系来化解主体的存在焦虑。

  《长生》将关注的目光聚焦于长生和胡家的私人史，同时又不忘将其置于大历史的长河中加以淘洗、沉淀，凸显出东君对于历史叙事的兴趣；而《黑白业》则从佛教文化的角度切入现实，并超越性地延伸到形而上的思考。历史和文化是东君小说的两个重要出发点，而作为二者结合点的传统文化，更成为东君着力强攻的方向。短篇小说《听洪素手弹琴》正是这一努力的结果。此文甫一问世，便以其古意盎然的情调、冲淡疏雅的语言、委婉细腻的叙事，以及深具现实关怀的主题而赢得广泛关注。小说故事看似围绕古琴艺术的时代境遇而展开，实际上观照着传统文化心态以及由之生发出的人生态度与资本势力横扫一切的当今社会的对抗。小说开头便有个饶有趣味的细节：徐三白的师妹洪素手不喜欢咖啡的味道，"感觉有铁锈味"；徐三白则搬出师父顾樵的教诲"弹古琴的人一定要学会喝咖啡"。值得注意的是，徐三白邀请师妹去的是一家"星巴克"，这显然是一个"全球化"的隐喻，它和徐三白来上海所乘坐的飞机、洪素手所从事的电脑打字工作，以及后文出现的高层建筑擦窗工"蜘蛛侠"共同框定了一幅现代化的图景，而"古琴"这种前现代的乐器和它所承载的生活方式、文化心态，与这幅图景格格不入。同样是弹古琴的人，顾樵、洪素手师徒二人却代表着两种截然不同的文化取向。作为徒弟的洪素手，身上带有浓郁的"文化原教旨"色彩。与其他乐器多多少少带有的表演性质不同，古琴"难学易忘不中听"的特性决定了它接受面的狭窄，"因为不中听，所以无人听"，能娱己而不能娱人，却正合了洪素手的心意。古琴之所以能成为中国传统文化的一个象征，正是因为这种淡泊、内敛、封闭、略显孤僻而又需要悟性的艺术形式，与中国传统文化的主旨相契合。反观作为师父的名琴师顾樵，他能从洪素手的琴声中听出古琴之"正味""本心"，对于古琴艺术以及传统文化的本质和精髓谙熟于心，行为举止之间却处处体现出变通、修正的倾向。究其本意，是出于对时代车轮碾压传统艺术的担忧和恐惧，以及挽救、传承传统艺术的长远考虑。但他的变通努力却因放低身段的无底线而气节尽失，呈现在读者面前的甚至是一种"奴颜婢膝"的姿态。如果说他力图实现"古琴"和"咖啡"这一中一洋、一古一今的融合还只是因为文化之间的张力太大而显得怪异，那么，他以每小时二百块钱的价格去唐书记面前"献艺"、将琴弦换成钢丝、听任雇主打断自己的演奏等行为，则自甘卑微得几乎让人悲愤了。

面对"会用英文背《孝经颂》"的唐老板的步步紧逼，洪素手由拒斥到抵抗，甚至做出了拿香炉砸唐老板这一与自己性格出入极大的举动；但顾樵对待弟子，却先是"打圆场"，继而"喝斥"，直至"抽了她一记耳光"，对唐老板则是"就差跪下来求情了"。在权力和资本面前的一味退让，最终导致了师徒二人之间的隔阂以至分裂。洪素手出走事件深刻反映出传统艺术和传统文化在资本霸权面前的屡弱无力。但更令人感到悲哀的是，出走之后的洪素手并不能全身心地投入她心仪的艺术中去，恰恰相反，迫于生计，她虽然带了一张琴，却一直没有弹过，而是去一家公司当了打字员，甚至不敢告诉同事自己是学过琴的，"怕污了先生的名声"；而她原本打算托付一生的爱人小瞿，却在找到了一份高层建筑擦窗工的工作之后，不慎从二十多层高的银行大楼窗口坠落。——事实证明，在这个时代、这个社会，哪怕你躲到天涯海角，都逃不出资本势力的魔爪；那种传统文化中"一箪食，一瓢饮，在陋巷，人不堪其忧，回也不改其乐"的理想生活早已是明日黄花。唯有像顾樵那样"聪明"地做出变通，才有可能不被碰得头破血流，运气好的话甚至还可以重建"渔樵山馆"、多收几个学生，哪怕"看见自己在黑暗中默默地流泪"。在《黑暗时代的人们》的序言结尾，汉娜·阿伦特曾向世间宣告："即使是在最黑暗的时代中，我们也有权去期待一种启明（illumination），这种启明或许并不来自理论和概念，而更多地来自一种不确定的、闪烁而又经常很微弱的光亮。这光亮源于某些男人和女人，源于他们的生命和作品，它们在几乎所有情况下都点燃着，并把光散射到他们在尘世所拥有的生命所及的全部范围。"我们相信，顾樵的眼泪，正是因为在黑暗中逡巡太久、被那种"闪烁而又经常很微弱的光亮"刺激而流。

《听洪素手弹琴》可以被视为一篇关于"声音/音乐"的小说，东君在其中实践了自己独特的"声音的诗学"，那就是在冲淡平和的旋律流动中积蓄音响爆发的力量，波澜不惊之下却暗涌着悲愤和忧伤。在《苏静安教授晚年谈话录》中，我们也能体验到这种随波飘荡的流动感；但与《听洪素手弹琴》不同的是，那种黑暗中的默默啜泣被置换为尴尬的笑声。

小说开头所引用的叶芝诗句（我听那些老人说：/"一切美好的东西/都像流水般地永逝了。"），恰如其分地点明了东君小说的几个常见主题：老人、流水般的缓慢流动感和对"美好的东西"消亡的惋惜与惆怅。同样是写师徒两代人，与《听洪素手弹琴》中顾樵、洪素手在观念上的巨大分歧不同，朱仙田和苏静安的观念乃至做派都一脉相承。正如苏静安在恩师朱仙田去世后所说，"我感到自己就像一个至今仍然活着的古人。早些年，我追随朱老师一起走进了古代，现在已经回不来了"。而这种所谓"活着的古人"，除了指苏静安一生致力于研究的古代学问（例如"神话史""失传文字"之类"绝学"），更多的是其举手投足间透露出的以恃才傲物、怪诞不羁为特征的"名士风度"。他给"我"留下的最初印象是"刻板而又风趣，放诞而又内敛"，相互矛盾的性格因素被封装于同一个灵魂之内，保持着一种微妙的平衡，但又时刻有发生拮抗的可能。个人价值信仰的坚守终究敌不过世俗社会金钱崇拜和个人享乐主义的冲击，心灵上的森严壁垒在恩师撒手人寰、其子女为万元遗产反目成仇、妻子又抛弃自己重回前夫怀抱等一系列打击下逐渐出现裂缝，直至土崩瓦解，以一种心智失常的形式去追随自己导师和精神支柱而去。作者对苏教授结局的设计固然令人唏嘘不已，但除了对精神高度的追问和求索，小说中更出彩的是对王致庸、苏太太、保姆小吴、朱仙田长子朱温等一系列丑角形象的塑造。这一特色同样体现于短篇小说《夜宴杂谈》中。在小说中，一群身份各异的人集结于顾教授张罗的夜宴上，但主人自始至终没有露面，小说的全部情节便是对这群人在等待过程中对话的记录。读者可以发现，每当作者想要表达肯定态度时，其态度总是显得游移不定。例如，人们通常会对花几十年时间去考证一部抄本小说的作者这样的冷门学问持一种敬佩的态度（这也正是《苏静安教授晚年谈话录》中"我"对研究那些"失传文字"的看法），但作者很快就给出另一种不同的声音：倘若连这个抄本的确切年代都成疑问，这种考证又有什么意义呢？而与这种态度的游移形成鲜明对比的，则是作者对昆曲女伶"忙吃饭"、不喜欢逻辑学的大学教授教逻辑学、画家因新式马桶诱发灵感而绘出"美妇如厕图"等轶事的爆料和揶揄。在这几篇以高级知识分子顾教授、苏教授等人为主角的小说中，高尚、严肃的意义屡屡被消解，而诸多上不得台面的隐秘则大行其道，就像一出歌剧里荒腔走板的村野小曲挤占了咏叹调的位置。这种不同寻常的焦点偏移带来了怪诞的阅读感受，也使"尬笑"成为东君小说的一个独异之处。

在《听洪素手弹琴》中，东君向我们展示了一个弱女子和她所代表的传统文化在资本霸权面前的悲壮抵抗，而到了《如果下雨天你骑马去拜客》中，这种无力的抵抗也无影无踪了，取而代之的是不同背景的人在利益驱使下的合谋。这个乍一看上去不知所云的题目出自小说中人物之口。"在山里面住着，有时候你会觉得自己回到了古代，如果下雨天你骑马去拜访一位老朋友，会是怎样一件美好的事。""顶好是主人不在家，你又带着一丝遗憾回来。"两个

"海归"的对话颇有《世说新语》中王子猷雪夜访戴"乘兴而行,兴尽而返"的境界。但随着情节的推进,"名士气"逐渐被"铜臭气"所取代。风水先生从阿义太公的背影中看出了"庄重的缓慢"和"现代人向往的慢生活",最终却将其在网络上炒作为"现世神仙",和几位来历可疑的修行者一起成为推广"慢生活"的代言人。在钱如山泉一般流入"三海龟"口袋的同时,他们曾经提出的那个问题——"世界金融危机会影响阿义太公的生活吗?"——也自然有了答案:阿义太公原本清静无为、与世隔绝、和自然融为一体的生活早已成为过去,如今的他也不再是当初那个"不想见外边来的人"的孤僻老头,而是被"电话"裹挟进了具有后现代意味的消费主义进程,感慨"世上光阴好"。在小说的前半部分,东君有意识地对自己惯于操作的神秘主义因素进行了戏仿和改写,其风格与结尾形成了明显的反差,以连续的不协和音营造出强烈的反讽效果。这种反讽意图在《风月谈》中表现得更为明显。当代知识分子在市场经济浪潮冲击下的彷徨、游移心态,被作者整体挪至有雕版印刷、有科举、有皇帝太监却不知道具体年月的"古代",而这群"古人"的所作所为、所思所想却无处不带着21世纪之初中国社会的影子。从古至今读书人身上的通病——固执、迟钝、懒散、爱发牢骚、文人相轻等等,在主人公白大生身上得到了淋漓尽致的展示,其迂腐又不乏可爱之处的行为,深刻诠释了"百无一用是书生"的古训。而无良书商盗用名人名义刻印伪书、潦倒文人为糊口而炮制文化垃圾等情节,亦于嬉笑怒骂间暴露了出版界的乱象。小说题为《风月谈》,而通观全篇,除去种种文坛怪现状走马灯式的闪现,所谈风月,无非就是白大生科举落榜后流连青楼、凑八百两银子欲为素女赎身而被骗之事。其故事原型,似可于"三言二拍"中觅得一二;而作者又在此基础上加以戏拟调侃,一语惊醒在春梦中意淫已久的读书人。东君有意在《风月谈》中营造一种众声喧哗的音效,搭配上在其中短篇小说中并不常见的快速叙事,寓当头棒喝于纷乱嘈杂中,无心者只觉聒噪难耐,有心人自然心领神会。

以风格论，《如果下雨天你骑马去拜客》和《风月谈》可于夜航船中当笑谈博人一粲，而《拳师之死》《范老师，还带我们去看火车吗？》及《异人小传》系列所透出的森森鬼气，则令人脊背生凉，困意全无。《拳师之死》是东君最早发表的作品之一，模仿武侠小说的形式和语言，反映出作者尚处于创作起步期的摸索阶段。值得注意的是，小说以倒叙的手法，开头写拳师的女人和奸夫"小胳膊男人"在拳师死后一个月不约而同地在深夜听到了沙袋漏沙的声音，标志着"怪声"这一东君小说中常见的元素已经成形。小说中悬念丛生，但都是围绕"拳师的女人在成为拳师的女人之前，就抱定一个信念：总有一天，她会成为拳师的女人"这样一个有些拗口的句子展开。它以"信念"为关键词和主导动机，又以一种回环往复的音效时刻向读者昭示它的存在。小说的主要情节似乎集中于拳师和他人（小胳膊男人、"雪满头"）两次结／解仇的过程，以此来彰显拳师身上"点到为止""以和为贵"的"老行教的习气"；但读者直到最后才会惊讶地发现，"成为拳师的女人"的信念，源自她为家族复仇的信念，"她的每一个细微难察的动作中，都有可能包藏着整个家族的仇恨力量"。而当此谜底揭开之际，也就是小说开头神秘而恐怖的声音再次响起之时，只不过这声音已经变成了来自地下的幽灵般的喊声，同时也宣告另一场复仇行为的开始。初登文坛的东君以一种通俗小说的形式和"中国套盒"式的结构完成了文体实验，而贯穿始终的神秘声音又为这一实验增色不少。《范老师，还带我们去看火车吗？》这篇神秘主义色彩浓郁的小说同样披着通奸和谋杀的外衣。作者将故事发生的地点设置在虽处于当下这个年代却"还停留在那个蛮荒的年代"的菊溪；这里的人无不渴望着离开"这鬼地方"，或是期待通过修路与外界相联系，唯有来自省城的范老师将此地视为世外桃源,担心修路会"毁掉"这个古村。在这个"通奸和偷菜每天都在发生"的地方，几乎每个人都有不可告人的秘密，而这些秘密的源头都指向人类最原始的生理欲望。在小说的结尾，作者终于点明了范老师反对菊溪与外界联系的原因：

他企图维持山村封闭、蒙昧的现状，是因为他担心民智的开启会动摇通奸风气的基础，进而影响欲望的满足；由此，他以欺瞒的方式彻底扑灭了姚家妹子走出山村的希望，随即占有了她的肉体，实现了长期困扰自己的欲念，并不惜为此搭上女子的性命。故事发生的地域、人物、情节都带有明显的寓言色彩，那种笼罩整个山村的神秘、诡异气氛很容易让人联想到韩少功《爸爸爸》式的蛮荒之境；而对原始生理欲望的张扬以及山村居民在欲望驱使下的所作所为，亦颇具 1980 年代寻根小说的遗韵。至于《异人小传》，十余则短制，篇篇言简意赅，寥寥百余字、至多几百字即构建起一个想象力无比瑰丽神奇的世界；《快刀·慢刀》《读信的人》《木心》《怪耳》《寂寞的理发师》等篇侧重于志怪，其余诸篇则传奇色彩显著，皆可视为《太平广记》传统在 21 世纪的回声。

（原载于《桥》2017 年第 6 期）

仿佛若有光
——读石一枫的长篇小说《心灵外史》

  1992年3月的一个夜晚,我被两个信主的朋友带到一个干净的阁楼上,那里有一个安详的老人在等着我们。他对我说,电不通进去,电灯就不会亮,人心里若没有光,他全身就黑暗。这几句简单的话带着能力,征服了我,我接受了耶稣做我的救主。在他们的祷告声中,我从心里涌起一股安慰,并从深处感到,我过去所寻找的那个至大者在灵里与我亲近了。从阁楼上下来的时候,我感到天地都更新了,我在街上跳起来欢呼,重生的生命使我告别了一切的旧造,脱下了一切缠累,我的灵魂到家了。
  ——北村:《今时代神圣启示的来临》(1996)

  然而刘有光不一样,他也不讲什么道理,光背经,一背,那些似懂非懂的话就钻到我的脑子里去了……我蒙了,觉得我不是我了,直想哭直想笑。我觉得自己的面前展开了一条金光大道,只要走上去,那么犯过的罪都能抹掉,吃过的苦都会消失。我还觉得以前信别的东西都信错了,走了那么多的弯路,就是为了绕到这条大道上来。有一个声音又在我耳朵边上响起来,它说,信了吧,信了吧,信了就一切都会好了……
  ——石一枫:《心灵外史》(2017)

在 20 世纪 90 年代初的中国文坛大事记中，先锋小说家北村皈依基督教无疑是值得记上一笔的。这一极具轰动性的事件不仅将北村的创作截然划分为"先锋叙事"和"宗教信仰叙事"前后两个阶段，也为正在酝酿中的"人文精神大讨论"提供了话题，再次提醒知识界（不仅限于文学界）正视中国人在一个剧变时代中的信仰问题。在北村的回忆中，"安详的老人""带着能力"的简单几句话便有如神启，将他征服，对于当时大多数毫无宗教经验的读者来说，这一叙述简直就是天方夜谭。二十几年弹指一挥间，如今中国民间（特别是乡村）的宗教活动早已不是"禁区"，信众人数的激增甚至成了让不少地方政府感到为难和棘手的社会问题。在发表于 2017 年的长篇小说《心灵外史》中，"70 后"作家石一枫就借一个警察之口道出了政府的无奈：明知当下农村非法传教活动猖獗，却没工夫去管这些神神鬼鬼的勾当，只能采取"引导"的措施；只要不发展成谋财害命的邪教，公安机关也不会立案。然而，这种无奈之下的"纵容"，却始料不及地导致了小说主人公"大姨妈"王春娥以及其他六个人死于煤气中毒的人间惨剧。

作者摆出了让人触目惊心的问题，却无从给出解决问题的途径，由是观之，《心灵外史》似乎并没有脱离"问题小说"的窠臼。但这样的解读显然有将复杂问题简单化的嫌疑。小说一共有十五节，前十四节都是在详细叙述大姨妈几十年来追寻心灵寄托而不得的经历，直至最后一节，作者才点明了大姨妈对宗教的皈依。正如之前那段引文所说，传教人刘有光背诵的经文在大姨妈面前"展开了一条金光大道"，这种体验，与北村所回忆的"从心里涌起一股安慰"和"从深处感到……那个至大者在灵里与我亲近"是何其相似！而且，那个"至大者"是北村"过去所寻找"的，这条"大道"也是大姨妈之前"走了那么多的弯路"所要指向的最终方向；更何况，此前曾一再在她耳边响起的那个声音——"信了吧，信了就一切都会好了"——又再度出现。这个声音贯穿了 20 世纪五六十年代的"革命"和八九十年代的"气功热"，直到新世纪以来以"虫虫宝"项目为代表的传销活动和民间宗教风潮。半个世纪以来的中国社会史被缩影为大姨妈追寻精神信仰的历史，而这也正是作者将小说命名为"心灵外史"的原因——"外史"者，"野史""稗史"也。令人唏嘘不已的是，这一追求信仰的过程，却总是伴随着全社会整体性的轻信与盲从。在石一枫笔下，中国人20世纪后半叶以来的心灵历史，就是一个由心灵空虚、信仰缺失而导致轻信和盲从，又因轻信和盲从而使心灵更加空虚、迷茫的恶性循环。

在石一枫眼中，"好小说的标准"有两条，即"能不能把人物写好"和"能不能对时代发言"[1]，并将其落实到近年来的创作中。在《地球之眼》《营救麦克黄》等作品里，人与当下时代的关系得到了充分展示和深入剖析。而将一个长时段中的人与时代的关系加以动态呈现，就像若干幅画面的快速翻动所带来的动画效果一样，其中的每一"帧"都是这一关系在特定时代中的定格。在此类作品中，作为"70年代生人"，石一枫重点讲述的是对自己成长经历具有决定性影响的20世纪八九十年代的故事，即对同龄人成长经历的逼真再现。尽管如那首著名的歌曲里所唱的，"有过多少往事／仿佛就在昨天"，但随着时间的推移，那些发生在二三十年前的往事也因此具有了历史感；而对人物在时代沉浮中心态与命运的精准把握，也使他的《世间已无陈金芳》得以在"70后""怀旧写作"的热潮中脱颖而出。但石一枫并不满足于此，于是，在2017年，我们看到了他笔下的"60后"姚斌彬和许文革（《借命而生》，《十月》2017年第六期）；而在《心灵外史》中，他将笔触直指父母辈（40年代生人）的心灵隐秘，并由此呈现出一部"70后"视角的中国当代史。

《心灵外史》写的是大姨妈半个世纪里的信仰变迁史，然而作者却不惜打断叙事的节奏，插入将近整整一节（第五节）基本上与

---

[1] 李云雷、石一枫：《"文学的总结"应是千人千面的》，《创作与评论》2015年第5期。

大姨妈的经历无关的文字，讲述了杨麦（即"我"）和同事李无耻"分享信仰""投资修庙"的经历。在前面几节里，作者一直尽力克制自己标志性的狂欢化、反讽式、调侃腔调的语言风格，而在这一节中，这种克制陡然解除；而"李无耻"这个典型的小丑形象，也在一场轰轰烈烈的亮相之后销声匿迹，此后的叙事进程中再也不见影踪。这节文字无论在结构还是在叙述风格上，都因其突兀而显得格外扎眼，但它绝非作者为炫技而炮制出的冗文，而是具有巧妙的"装置"意义：首先，此前四节都是写"我"童年、少年时期的回忆，而从第五节开始，石一枫将读者的目光由回忆拉回到当下现实；其次，这一节的主要情节——"投资修庙"和"半路出家的高僧沦为经济犯罪嫌疑人"——本身便极具荒诞色彩，都是当下这个为追逐经济利益不惜一切代价的时代里最魔幻却又最真切的现实，"庙宇"和"僧侣"的神圣性被金钱解构，狂欢化的语言正与之相得益彰；第三，也是最重要的一点，就是在这一节里，作者第一次正面提出有关"信仰"的话题。然而，无论是杨麦心中"王侯将相以及一切社会形态下的既得利益者——宁有种乎？"的呐喊，还是李无耻借"历史唯物论"名义实施的"分享信仰"式的投机，抑或是牟得暴利后"谁敢说中国人民没有信仰，那他一定是受了西方敌对势力的蛊惑"的叫嚣，无一不凸显出"信仰"这一原本崇高的理念在拜金、贪婪、无操守的时代风气熏染下的变色乃至变形。至于李无耻最终将投资泡沫的破灭归咎于"信仰出了问题"，既是"眼见他楼塌了"之后的自我解嘲，更是对时代风气的绝妙反讽。作者安排杨麦以"小龙虾"自况、自省，极力写出这类人心灵的肮脏阴暗、形态的外强中干和性情的恣睢残暴，而对于"小龙虾"式的生物而言，"信仰"又从何谈起呢？

  ……难道"不问鬼神问苍生"只是一小撮儿中国人一意孤行的高蹈信念，我们民族从骨子里却是"不问苍生问鬼神"的吗？或者说，假如启蒙精神是一束光芒的话，那么其形态大致类似于孤零零的探照灯,仅仅扫过之处被照亮了一瞬间,而茫茫旷野之上却是万古长如夜的混沌与寂灭?如果是这样,那可真是以有涯求无涯,他妈的殆矣。

以上这段话是杨麦在幻梦破灭后写下的感想,字里行间透露出逼人的忧愤之气,而其中"启蒙精神"四字尤其引人注目。相信任何一个对中国20世纪八九十年代的文化语境有所了解的人都会立即参透作者用意所在。"启蒙运动就是人类脱离自己所加之于自己的不成熟状态。不成熟状态就是不经别人的引导,就对运用自己的理智无能为力。当其原因不在于缺乏理智,而在于不经别人的引导就缺乏勇气与决心去加以运用时,那么这种不成熟状态就是自己所加之于自己的了。Sapere aude!要有勇气运用你自己的理智!这就是启蒙运动的口号。"[1]康德为"启蒙运动"所下的定义,至今仍是对这一概念最为权威的解释;而被他所诟病的"不成熟状态"的最突出表现,正是大姨妈式的盲信盲从。无论是她在四个历史阶段中先后服膺的"革命""气功""传销"和"宗教",还是她并未亲身涉及却在杨麦的杂感里提到的"打鸡血""红茶菌""东北口音的仁波切"等等,半个多世纪以来的中国,几乎每个年代都会涌现出这样那样让后人看来匪夷所思、啼笑皆非的群体性盲信,或曰"迷信"。如今我们以局外人、旁观者的身份冷眼回望"红卫兵运动",或是对着泛黄的老照片嘲笑八十年代头戴铁锅接收"气功信号"或"宇宙信息"的芸芸众生,又有谁会意识到,或许十几年、几十年以后,我们的子辈、孙辈、重孙辈会像我们今天看待前辈一样看待我们?

在《心灵外史》的开头,石一枫看似漫不经心地写道,"后来

---

[1] [德]康德:《答复这个问题:"什么是启蒙运动?"》,见氏著:《历史理性批判文集》,何兆武译,商务印书馆2009年版,第23页。

政治气氛宽松了，母亲却又摇身一变成为'自由'和'人性解放'的代表"，而这"自由"和"人性解放"，在那个年代差不多就是"启蒙精神"的同义词。现在看来，像母亲这样得以沐浴"启蒙"恩泽的人实在是太少了，社会上的"大多数"还是大姨妈这样的盲信盲从者，"必须得相信什么东西才能把心填满"，但这并不意味着接受了启蒙的人就有权利站在意识形态的制高点上指责另一方的"空虚"。他们盲信盲从，仅仅是因为他们想要借此摆脱世上的一切苦，善良而又虔诚地怀着"信了就一切都会好"的信念；或是为了求得救赎，"犯过的罪都能抹掉"。也正是因为如此，大姨妈才会在自己走投无路的时候把唯一一个"越过越好"的机会让给"我"，而拉母亲加入传销，出发点只不过是"为了你们好"，甚至当革命、气功、传销的幻景被尖锐的现实一一刺破、最终不得不投入宗教的怀抱，大姨妈也依然不只是为了个人的慰藉，她还要以善良、仁慈的胸怀去帮助那些因环境污染而罹患骨骼疾病的残疾人。可以说，大姨妈的每一次抉择都带着苦行僧的色彩，符合"圣徒"的标准，但其愿望和抉择所达到的效果却总是相反，也因此一次又一次给他人带来伤害，一遍又一遍加重自己的罪愆。

小说的题目《心灵外史》，很容易让人联想到张承志那部大名鼎鼎的《心灵史》。张承志在书中写尽了伊斯兰教哲合忍耶教派信徒们所罹受的苦难，无论是生存环境的荒凉贫瘠还是统治者的血腥压迫，加诸于肉体或心灵的摧残都因献身于信仰而得以克服。中国当代作家中书写宗教主题者不乏其人，但思考之深入、体验之深刻、态度之虔诚坚定无出张承志其右者。将《心灵史》中的哲合忍耶信徒与《心灵外史》中的大姨妈放在一起对比就能看出，相较于前者对待信仰的坚定，大姨妈的"相信"则充满了动摇：她相信"革命"的善、正义和伟大，并由此出发"史无前例地出卖了母亲"，却很快又"一如既往地豁出命来保护了母亲"；她相信气功大师功力无边，却因为被告知"得罪过师父的人一定都会遭报应"而怀疑自己"信师父"的正确性……这种动摇性（或曰"怀疑主义"的苗头）

与"必须得相信什么东西才能把心填满"并存,构成了困扰大姨妈终生的悖论。在评论者看来,"怀疑主义至少是这个时代的一笔重要的文化财富",因为"从五十年代至八十年代,怀疑主义的欠缺造成了严重的后果",而"怀疑主义已经成为一代人遏止盲目崇拜的一种文化品质"[1]。这位批评家还再次强调薛毅谈论张承志时所得到的结论:"在我们这个时代,怀疑主义、不信任和否定的态度决非全是缺乏神圣感的表现。"倘若大姨妈身上能多一些"怀疑主义、不信任和否定的态度",她是否就能认清号称"为了我的中国我的人民"要"扭转能量的分配,为我们开创一个美好的新时代"的气功大师,自称以"这片土地上的人民都能过上好日子"为梦想的传销代理人,以及那些心怀鬼胎却以"革命"的名义活跃于"运动"中的积极分子们的真面目,从而使自己的人生少一些苦难呢?当然,生活中没有那么多"倘若"。在半个世纪的徘徊和游移之后,大姨妈终于找到了信仰的归宿——盲人传教士刘有光背诵的那些让人似懂非懂的经文,以及存在于经文里的那个"上主"。吊诡的是,刘有光背诵的居然不是"真经",因为他所依据的油印盗版《圣经》充满了错讹;而他所谓的"传福音",也不过是在人们对他倾诉苦难之后说一句"主都看见了""主都有安排"。那么,大姨妈经历肉体折磨考验之后确定下来的"新的'相信'"到底算不算"宗教信仰"呢?也许这个问题在宗教界人士那里很重要,但对于大姨妈自己来说却毫无讨论的必要。在西班牙作家、哲学家乌纳穆诺看来,信仰意味着"我愿意相信"而非"我相信"(《生命的悲剧意识》);而所谓"愿意",势必会是经历了痛苦怀疑之后的坚定信念。因此,在决定集体自杀前,在刘有光"像一只漏气的风箱"的背经声中,这群苦难深重的普通人"脸上和残破的身体上都有了光",终于获得了纯粹的喜悦和自由。

《心灵外史》或许可以拿来与另一位"70后"代表作家徐则

---

[1] 南帆:《先锋的皈依——论北村的小说》,《当代作家评论》1995年第4期。

臣数年前获得广泛好评的《耶路撒冷》对照阅读。徐则臣将耶路撒冷这座基督教、犹太教、伊斯兰教三大宗教的"圣城"视为"一个抽象的、有着高度象征意味的精神寓所",并试图通过讲述一个有关忏悔和自我救赎的故事,为当下这个信仰缺失的时代重建精神信仰。在徐则臣看来,"信仰是一个泛化的、日常的、个人化的东西。小说里的几个主人公都没有去过耶路撒冷,但不妨碍他们每个人的内心里都有一座耶路撒冷。它可能是一个地方,也可能是一个想法或者面对世界的方式,或者是实现某种目标的一个途径。总之它让你心怀笃定,获得了生活于世的平衡。"(见"中国网·文化频道"对徐则臣的访谈)此外,在"70后"女作家任晓雯本年度发表的长篇小说《好人宋没用》中,基督教信仰对主人公命运及作品结构也起到至关重要的作用;而作品中反复引用的那句《圣经》经文"所以,我们不丧胆。外体虽然毁坏,内心却一天新似一天。我们这至暂至轻的苦楚,要为我们成就极重无比永远的荣耀"(《哥林多后书》4:16-17),也完全可以拿来为《心灵外史》的结尾做一注脚。类似题材的作品在近期"70后"作家的创作中集中出现,应该被视为一种值得关注和思考的倾向。

(原载于《芒种》2018 年第 3 期)

顽石，已掷出
——读石一枫《借命而生》

让我们来想象这样一种状况：一个如顽石般又臭又硬的小警察，总是因为"犯轴"而跟同事和上级格格不入，因为老婆的埋怨而终日不得清静，却被犯人（们）当面称为"好人"，在犯人家属眼中也是个"好人"——如果关于"人民内部矛盾"和"敌我矛盾"的定义和区分在今天仍然有效，这样截然相反的两种评价，大概可以说明在这个警察身上是存在着一些问题的。

在石一枫的《借命而生》中，主人公杜湘东一登场就是这么个"问题警察"的形象，不肯以时传祥为榜样在看守所的岗位上安心当一枚"螺丝钉"，认为自己被大材小用，满腹情绪地憋闷着谋求调动。故事开始于20世纪80年代中后期，按照当年主流小说（还有电影）的叙事惯例，此时应该有一个德高望重的老同志（最好是有一段曾在十几年前的那场大"动乱"中先被打倒、后来又被平反的经历）现身说法，不厌其烦地谆谆教诲。在一场触及心灵的思想教育后，警校毕业生杜湘东最终幡然醒悟，以"四化"主人翁的高度责任感和使命感全身心地投入工作，在平凡的岗位上奉献自己的光和热……

我们从小就阅读（或观看）过太多这样的情节，以至于那时我们在作文簿上也热衷于虚构类似的故事，并且不忘在结尾写下一组带着感叹号的排比句来强调自己的立场。我们都清楚这样做可以提高自己的分数,但是老师并没有告诉我们现实生活中还有"徐胖子"那样的存在,因为舅舅是学校的政治部主任,即使不学无术,毕业时仍然可以留京进机关,分配到肥差美差。而学习训练都很玩命、毕业成绩优秀且怀着一腔"风霜雪雨搏激流"的热情如杜湘东者,却只能被发配到北京郊县的看守所,每天的任务就是看着犯人打磨象棋子和雪糕棍儿。

杜湘东的境遇,让人不由得想到"万能青年旅店"乐队那首题目怪异的《杀死那个石家庄人》。歌曲的开头,一个低沉、疲惫的男声喃喃唱道:

> 傍晚六点下班　换掉药厂的衣裳
> 妻子在熬粥　我去喝几瓶啤酒
> 如此生活三十年　直到大厦崩塌
> 云层深处的黑暗啊　淹没心底的景观

倘若让之前的叙事逻辑沿着时代发展的脚步推进,倘若将"药厂"换成"看守所",这或许就将是杜湘东走上工作岗位三十年后日常生活的写照。而事实也与这种假设出入不大,尽管在生活的道路上有过不算小的波折,多年以后的杜湘东仍然变成了自己曾经厌恶的模样:初来乍到的他看不起奸懒逸滑、贪杯嘴碎的同事老吴,在其风凉话刺激下甚至曾经想要不计后果地干一架,"当个摔得带响的破罐子也比窝窝囊囊地憋闷着强",如今却突然发现年轻同事们看自己的眼神就像当年自己看老吴,"虽然亲热但又不屑、怜悯"。而妻子刘芬芳虽然早就由一个靠读三毛席慕容来温暖心灵、追求"精神生活"的文艺女青年转型为摆摊卖猪下水的大妈,却仍旧可以理直气壮地抱怨俨然一副"北京大爷"模样的杜湘东"越来越堕落了"——按照字典的解释,除了"坠落"之外,"堕"字还有"毁坏"的意思,"大厦崩塌"正是其最好的写照。

然而,石一枫并非想要通过一个小警察四处碰壁的灰暗生活来为时代以及若干时代连缀而成的历史做一否定性的注脚。我们早已领略过现实的寒冷、坚硬，继续降温仍旧不过是坚冰一块。如果一切都是命中注定，又何必"借命而生"？

几年前作家东西有长篇小说《篡改的命》，写一个叫汪长尺的乡下人将改变命运的希望寄托在高考上，却被分数不够的官二代冒名顶替。汪长尺的命运的确是被"改变"了，但却是被无情地"篡改"的；他之后为扭转命运所作的一切努力，也因一次又一次地遭受失败的打击而显得徒劳无望，最终决定把自己唯一的儿子送给城里的富人，以此来在下一代身上实现祖祖辈辈传承下来的"进城"夙愿。在东西的笔下，草民的命运可以被富人和权力随意篡改，由此揭示出的是现实荒诞与绝望的本质。一段时间以来，文坛很是流行反映类似的主题，特别是那些涉及青年人在当下固化的社会阶层、居高不下的城市生活成本和濒临破灭的人生之梦面前的无力感的作品，营构出"青年失败者"的群像，或许能够成为十九世纪俄国文学中"多余人"那样足以载入文学史的形象。但正如有评论者所指出的，《篡改的命》中汪氏父子的悲剧恰恰是价值观的悲剧，以此为参照，时下文学创作领域盛行的"惨淡"之风，其根源或许正是价值观的问题。

石一枫恰恰是一个重视"价值观"在创作中的意义的作家。他曾坦言，"小说是一门关于价值观的艺术。所谓和价值观有关，分为三个方面，一是抒发自己的价值观，二是影响别人的价值观，三是在复杂的互动过程中形成新的价值观。……到了今天，文学尤其是纯文学式微了，影响不了那么广大的人群了，也让很多人认为过去坚守的东西都失效了。但我觉得，恰恰是因为今天这个时代，对价值观的探讨和书写才成为文学写作最独特的价值所在。"（《我所怀疑和坚持的文学观念》）这番话显得无比"政治正确"，但是你千万不要因此想当然地认为他笔下的主人公都是那种"伟光正""高大全"的形象，恰恰相反，他致力于勾勒并呈现在读者面前的，往往是一些身份卑微、在时代洪流裹挟下苟且求生的小人物，带着这样或那样的毛病,就好像是逡巡于社会边缘的蝼蚁,命运之神用一根小拇指就能把他们碾得粉身碎骨。但他们身上最可贵的地方就在于保持着最基本的价值判断,并且可以为了捍卫自己的价值观挺身而出,与社会现实展开贴身肉搏,哪怕这种抗争如蝼蚁对钢铁的啃咬,留不下丝毫的痕迹。而当这种心灵的悸动在《借命而生》中与 20 世纪 80 年代的理想主义脉搏相契合,它所引发的共振便足以刺激时代的鼓膜。

曾有畅销书名为《闪开,让我歌唱八十年代》,作为从那个时代走过来的人,作者对"八十年代"的感情由此可见一斑。"八十年代"的精神气质,在新世纪以来的不断"重返"、回溯和缅怀中被一次次重提、演绎,就像老太太手中的布鞋底,层层加厚,变得坚实。而在《借命而生》里,在社会最底层的青年工人姚斌彬心目中,它得到了再朴素不过的阐释:世道变了,在新的世道里,人应该有种新的活法。年轻人甚至说不清这个"变了"的世道和"新的"活法究竟是什么样的,只能像孩子那样从反面来给出定义——"活得和以前不一样,活得和我们的爹妈不一样";具体的做法,则是凭借自己在技术上的专长,用劳动、用双手来改变一潭死水的生活。就像一首歌里唱的那样,要创造"天也新,地也新,春光更明媚,城市乡村处处增光辉"的"奇迹","要靠我们八十年代的新一辈"。

这种昂扬、奋发、向上的激情,恰与杜湘东因怀才不遇而导致的"憋闷"形成了鲜明的对比。而所谓的"怀才不遇",只是此前时代乃至若干时代层累而成的民族历史沉疴在个人命运上偶然而轻微的发作而已,但由此引发的人生伤寒却足以让杜湘东冷颤一辈子。在文艺女青年刘芬芳对于生活的"不满意"中,孕育着改变的可能,因此让杜湘东产生了"贴心"的感觉,但夫妻二人相互指责、失望的根源也随之埋下。曾经可以由冷冻猪腿联想到芭蕾舞的刘芬芳很快便沦于世俗生活的尘土,给做着英雄梦的杜湘东带来一地鸡毛的烦恼人生。奋进却又短暂的旋律很快就被 20 世纪 90 年代"新写实小说"的袅袅余音所取代。

人类历史的诸多细节证明，"记忆"常常是被建构起来的。与时下众多回忆并着力于美化"八十年代"的作品不同，《借命而生》暴露出了"理想主义"这块红布遮盖下的残酷现实。想要研究工厂里"皇冠"轿车发动机的姚斌彬和许文革被当作"深受资产阶级个人主义思想毒害"的盗窃惯犯被扭送归案，最终酿成了越狱劫枪、一人被毙一人逃亡的悲剧，也牵连了原本就调动无望的杜湘东。一个颇有意味的情节是，杜湘东冒着生命危险追回了持枪的姚斌彬，在勉强圆了自己英雄梦的同时挽救了自己和刘芬芳之间濒临绝境的感情；但此后的生活经历证明，这场柳暗花明的婚事其实是"理想主义"的回光返照。刘芬芳心中对改变生活的渴望和对英雄的崇拜早已名存实亡，却在"八十年代最后一个春天"这个特殊而敏感的时间节点上死灰复燃，仅仅"浪漫"地闪亮一瞬后便被随之而来的市场经济浪潮彻底扑灭。

　　"闪亮的八十年代"在枪决姚斌彬的刑场上终结。如小说里所说，"此后，日子就变快了，快得像狗撵"，而作者的叙事也陡然提速。尽管杜湘东仍旧被泼烦的日常生活所困扰而感到憋闷，但是这种憋闷却是"从云端跌落回了地面，从抽象还原成了具体，从恢宏分解成了细碎"。从个人的角度讲，这是指许文革越狱一事自始至终都在纠缠杜湘东，对一个警察最基本的自尊心构成挑衅；从时代和社会的角度讲，"宏大叙事"在一夜之间被解构殆尽，"理想主义"这块原本看上去晶莹剔透、璀璨无瑕的水晶被沉重的现实冲毁，成了一地玻璃碴子。尽管此后的生活难免消沉，但杜湘东骨子里潜伏着不安分的因子，至少有三次想要在茶杯里掀起风暴的企图。第一次是在"一切向钱看"口号刚刚喊响之时，一些人先富了起来，而另一些人将"人都活在现在，能顾得上的也只有现在"奉为信条，杜湘东却偶然间从一张从山西寄给姚母的汇款单里嗅出了不寻常的气味，随即远赴大同煤矿调查，却在即将捕获已经改名换姓为"姚文林"（显然是"姚斌彬"的拆字）的许文革之际，被一场突发的矿难坏了好事。第二次是在世纪之交，国企改制，工人下岗，全社会都在传播成功人士白手起家的神话，崇拜那些已经完成了资本原始积累的人，却并无兴致去追究其积累的手段是白是黑抑或是灰。许文革摇身一变成了南方归来的大老板，用很小的代价就洗白了自己。此事给原本已经消沉"堕落"的杜湘东以极大的刺激，促使他重新振作，每天驾驶着"三蹦子"跟踪调查许文革，终于梳理出一部许文革的发迹史。第三次则是在北京奥运会开幕前夕，中国二十年来经济社会发展到达顶峰，许文革的民间资本却因无力与官商勾结的神秘力量抗衡，绝望自杀之际被杜湘东救下命来。

有着鹿一样眼睛的姚斌彬用"似笑非笑"的表情向杜湘东传递了一个谜语，杜湘东则用将近二十年的时间去破解它。"希望他比我活得长"，"我一个人背着俩人的命，得替他活成他想要的那副模样"，这是两个自小就相依为命、没有血缘关系却亲密胜似兄弟的男人结下的生死契约。当杜湘东被许文革带到矮旧的小平房里，站在一尘不染的"皇冠"轿车跟前，谜底被突然揭开。如今的大街上早已见不到老款的进口"皇冠"，它只能作为一个时代的纪念物留存在人们的记忆中。然而，正如尼采在《道德的谱系》里所说，"在人类最早的历史中，没有什么比其记忆术更为可怕的了。'把一样东西在记忆里打下烙印，使它留在那里，只有能够不断刺痛人的东西才容易粘住。'——这是一句最古老的，不幸也是最持久的心理格言……无论人在什么时候认为有必要为自己创造一点记忆，他的努力都伴随着痛苦、流血和牺牲。"为了这段记忆，两个风华正茂的年轻人，一个死了，一个流亡，就像《山楂树》里唱的那样：

> 我却没法分辨，我终日不安，
> 他俩勇敢和可爱呀，全都一个样……
> 现在俩人一个死了，一个回来了。

伴随着奥运会开幕式上绽放的焰火，像"八十年代最后一个春天"那样，又一个时代结束了。死者长已矣，这世上不知还有多少人像许文革那样"借命而生"。"男人战斗，然后失败，但他们所为之战斗过的东西，却会在时间之河的某个角落里恍然再现。"战斗的青年都是"有问题"的，没有问题便没有求解的欲望。石一枫为故事写下的结尾，却仿佛是端着朗姆酒的海明威向我们侃侃而谈；而这句话又总是让我回想起《了不起的盖茨比》里那句著名的话："于是我们继续奋力向前，逆水行舟，被不断地向后推，被推入过去"。盖茨比的人生与许文革有颇多相契合之处，只不过两人的"奋力向前"，一个是为了爱人，一个是为了兄弟；而即使是像杜湘东这样的时代大潮里的失意者，也会凭借心底仅存的一丝残念，朝着现实和命运的玻璃幕墙掷出手中最后一块石头。

因为在我们心中，至少还有对未来的执着。

（原载于《文艺报》2018 年 2 月 26 日，有删节）

琅嬛流麦

复活一段过去的岁月
——读房伟小说集《猎舌师》

  以赛亚·伯林在《现实感》中的一段论述曾经让我疑惑不解。他说:"当一位历史学家对过去的描述使我们觉得他带来的不仅是确凿的事实,而且是以相当丰富和一致的细节对某种生活方式、某个社会的揭示,与我们自己所理解的人类生活、社会或人们的彼此交往足够相像,这时我们才能接下来靠自己,也为了自己去理解——推断——历史上这个人为什么这么做,那个国家为什么那么做,而不需要别人为此做详细的解释,因为我们的那些与我们在理解——与一些演绎或推理结论相对——自己的社会时同样起作用的官能已经被调动起来了——此时我们才承认读到的是历史,而不是一些机械的方程式或一堆松散的历史枯骨的干涩空想。这就是所谓的复活一段过去的岁月。"倘若他的观点是正确的,那么,我们从小到大在课堂上读到的那些以论断来代替细节的历史教科书又算是什么呢?我们已经习惯了被强制记忆"1911年10月10日武昌首义"这类"确凿的事实"并将其反映在作业簿和试卷上,却难以体会起义爆发前新军将士和清朝官员复杂的心态,"历史"被抽象为冰冷枯燥的概念和数字,"复活一段过去的岁月"更无从谈起。因此,伯林才强调"事实的简单复述并非历史","只有把它们置于具体的、有时模糊的,但一直不断的、丰富的、丰满的'实际生活'——主体间的、可直接认知的经验连续体——的基本结构中才行。"

但是，若论细节的丰富和生活的丰满，任何一本历史小说都远远超出历史著作。这就导致了一种非常尴尬的境地：尽管其中充斥着虚构甚至戏说，仍然有无数读者将历史小说视为"历史"。吊诡的是，似乎没有哪个历史小说作者承认自己所写的就是真实的历史，他们反映在文字里的只是自己对历史的一种理解，并且出于表达这种理解的需要而对历史进行了再创造。《三国演义》如此，《李自成》亦如此。人们惯于用"几分真实，几分虚假"的模糊比例去评价历史小说的优劣，但若以此标准衡量房伟小说集《猎舌师》，则其中长长短短的二十篇作品似乎都不符合传统的"历史小说"概念。虽然它们都建立在曾经发生过的历史事件的基础上，有些还能在稗官野史或名人日记中寻找到蛛丝马迹，但仅此而已，甚至只是为作者的虚构提供了一个背景或几个人名，一切细节与心理的合理性都交付于作者的想象力去实现；至于在叙事过程中起到重要作用的那些鬼魅成分，则更不可能是历史上的真实存在。作者曾在私下里将这一系列小说以"幽灵抗战"之名加以概括，"幽灵（想象）"与"抗战（历史）"并列，也点明了作者意欲将这些作品与传统历史小说以及时下流行的"架空历史小说"区别开来的创作初衷。

《猎舌师》中的每一篇小说，都是为了达到这样一个目的：帮助今天的读者去调动"理解自己的社会时同样起作用的官能"，以此来理解人类在战争岁月里的心理与行为，无论是侵略者还是被侵略者，无论是英雄壮举、血腥暴行还是卖国行径。而在拥有现代科学知识的人看来，所谓鬼魅或幽灵，往往是产生于极端情境下的幻觉，抑或是精神紊乱的结果。在这个意义上，集子里最多的就是心理小说。《中国野人》是这一系列中最早问世也最受好评的作品，取材于山东高密农民刘连仁被掳到北海道做苦工、逃亡十三年变成"中国野人"的真实事件。独自在雪原生活的特殊境遇，决定了"他"的求生行为成为作者描写的主要内容。但支撑"他"求生信念的不仅是生理本能，还有对往昔平静生活的怀念、对重返故乡的执着、对将他掳到异国荒野的侵略者的仇恨，最重要的是对一个人生存尊严的坚守，是为了证明"我是存在的"。"一个人死，很容易，但活下去，不容易。无论中国人，还是日本人，都要活下去。哪怕在难以存活的地方。"也正是这种人类的尊严促使"他"和熊对峙，不顾一切地怒吼，先是战胜了看似强大的自然力量，又在多年后战胜了更加强大的国家力量，赢得了和日本政府之间几十年的官司。这种对心理状态的充分渲染和对心理纠结的细腻描摹同样也体现在几篇以民族败类和革命叛徒为主人公的作品里。无论是《去国》中以保全人民、延续文化、实现民族和解与大同为借口而和侵略者媾和的汪精卫，还是《花火》里对革命事业日渐倦怠怀疑、不想留下人生遗憾而携数万元军饷化装逃跑的参谋长，抑或是《红龙》里身世成谜、举止诡异、自称丧失记忆的汪伪潜逃高官易先生，都在时代洪流的裹挟下经受着心灵炼狱的折磨与自戕。对于汪精卫而言，枪伤、胃病等肉体上罹患的疾痛，远比不上时常发作的失眠症以及对夜间声音的厌恶和对黑暗的恐惧所带来的痛苦；而作者对参谋长逃亡路上的噩梦和易先生额头密如虱虫的冷汗的描写，也都令读者感同身受，并让人燃起进一步深究其背后心理隐疾的欲望。

尽管《花火》《红龙》等篇什自始至终都笼罩在一种悬疑、惊悚的气氛之中，但最能体现"幽灵抗战"特色的，还要数以侵略者为主人公的一批作品。军国主义的狂热，或人性深处潜意识的蔓延，以及对战争意义的质疑纠缠在一起，氤氲出一种阴郁又迷乱的气息。正如题目所言，《幽灵军》写一支如幽灵般消失得无影无踪却又似乎无处不在的川军队伍，以训练用的木头子弹时时骚扰身体里流淌着"武士之血"的日军中尉长谷川，挑战被他视为至高无上的家族荣誉和武士精神。《七生莲》写一个曾经怀有文学梦想的日本教师鹤田受出征前得到高僧偈语指引，认定自己和一个胸前纹着大朵莲花图案的中国汉子是"解不开的孽缘"并最终在幻觉中死在汉子的刀下。《副领事》取材于 1934 年日本驻南京总领事馆副领事藏本英明失踪案件，写一个悲观厌世的日本外交官意欲出走自杀却因受到神秘野兽猥亵而失去自杀的机会，从而使南京城避免一场灭顶之灾的故事。在浓郁的神秘主义氛围中，作者展开的是对形而上主题的思考：《幽灵军》中，长谷川中尉以"武士精神"的崇高名义所孤独对抗的，其实是一场不义贪婪的侵略战争背后所掩饰的"无意义"；《七生莲》中，无论是看似愚昧、迷信的中国农民还是为了保护同胞而英勇就义的八路军战士，身上都体现出一种无畏的正气，以及人性对兽性、正义对邪恶的蔑视；而在《副领事》里，无论是副领事因受到神秘野兽的猥亵而未能自杀成功，还是探长曾泰因所谓"藏头诗"的启示而找到副领事的藏身之地，都说明了宏大历史往往是由无数偶然性事件集合而成的。

对历史的回望与反思，常常需要从当下的现实出发，而由此或许会使人对历史产生别样的感情。在《现实感》的开篇，以赛亚·伯林即向我们展示了一种普遍存在于现代社会中的倾向："人们有时候会逐渐讨厌起他们生活的时代，不加分辨地热爱和仰慕一段往昔的岁月。如果他们能够选择，简直可以肯定他们会希望自己活在那时而不是现在……"在房伟笔下，这种倾向被具体化为《指南》中失业历史教师马波为穿越回抗战岁月、在烽火中实现人生价值而醉心于设计抗日游戏和撰写"穿越指南"的疯癫，以及《白光》里熟食店小老板景睿不满于平庸无聊的日常生活而对去荒山野岭探险、挖掘抗战遗物的痴迷。而《还乡》中的女记者在历史迷宫中对历史真相可望不可即的不懈探究，归根结底也是为了逃避现实生活里房款和工作编制的困扰。他们无一例外地不被人理解，被斥为"不正常"，甚至受到亲人的猜忌，理想主义在现实的冰冷与残酷面前被解构成一地鸡毛。

在《猎舌师》的"后记"里，房伟对中国历史小说普遍存在的"太过拘泥史实，缺乏想象力和独创性"的缺陷表示了不满，并指出"这尤其表现为历史小说的中短篇领域的不发达"；他也曾在闲聊时透露出自己创作抗战系列中短篇小说的一个追求，即每一篇都有自己独特的形式。在这个集子里，不仅有传统的历史传奇式的《手肴》《猎舌师》，也有戏仿"新历史小说"的《还乡》和"向张爱玲致敬"的《红龙》，《杀胡》《地狱变》《指南》《白光》显然是分别借鉴了《聊斋》体、耽美小说、穿越小说和"鬼故事"的形式，《小太君》里中日少男少女之间纯美又虐心的爱情隐约可见琼瑶小说的影子。他甚至用近似学术论文的写法，在《阳明山》中安排留洋归来的王博士为暮年蒋介石讲解"符号学"，以此解构战争的意义，并预言了多年后"抗日神剧"的诞生……现在看来，作者达到了他所追求的艺术效果，并以令人眼花缭乱的小说形式，串联起了一部"活气儿的史"。

"轰轰烈烈的大记忆过去了，零零碎碎的小记忆也终将过去。它们融合成一团团雾气，等待着永恒睡眠。……大记忆会在雾气中越变越辉煌，个人记忆却越来越稀薄暗淡。"在系列小说的终篇《五三》中，作者让主人公用"房伟"的名字登场，深情回望祖父亲历的济南"五三惨案"，并喃喃道出对历史记忆的感悟。七十多年前的那场全民族抗战，是中国人心中永远的痛；一个有良知的作家所能够做的，只有不断用自己手中的笔去触动那处疮疤，复活一段过去的岁月，在对生活、社会和人们的彼此交往的理解中去理解历史。唯其如此，我们的民族才能不至于沉入永恒睡眠之中。

（原载于《解放军报》2018年6月25日，发表时题为《在省察中探寻历史真实》，有删节。）

居高声自远，非是藉秋风
——读《蝉蜕——寂寞大师孙诒让和近代变局中的经学家》

  长篇历史小说《蝉蜕》有一个略显冗长的、学术论文风格的副题——"寂寞大师孙诒让和近代变局中的经学家"，其实，小说在2002年初版时是题作《末代大儒孙诒让》的。大概是因为有幸受到著名语言学家许嘉璐先生的垂青，以《拂去历史尘埃 再现寂寞大师》为题为之作序，作者此次修订再版便径直沿用了许先生对孙诒让的定位。然而许先生"寂寞大师"的评价，针对的主要是孙诒让的身后岁月："七八十年来，他却远没有乾嘉江、戴、段、王、钱等人荣光。一则，他最重要的著作《周礼正义》，是一般人读不懂，也不需读的书，现在，即使是研究古代汉语的，涉猎者也不多；二则，他为改变国家命运所办的实业，局于东南一隅，当其时，浙江之外，特别是在政治中心，知之者就不多，后来走'小学'之路的学者又不大关心前哲涉足政务的事。所以，他的相对比较冷落实在是社会发展所必然。"[1] 类似的意思，鲁迅早在1934年的《趋时和复古》一文中也曾表达过，认为同是清末朴学家，章太炎因为提倡"种族革命"，名声便远在孙诒让之上。[2] 但是，相较于身后的日渐被人遗忘，孙诒让的一生既不甘于寂寞，也着实算得上是轰轰烈烈。而

---

[1] 许嘉璐：《拂去历史尘埃 再现寂寞大师——〈末代大儒孙诒让〉序》，《人民日报》2002年6月13日。

[2] 鲁迅：《趋时与复古》，见《鲁迅全集》（第五卷），人民文学出版社2005年版，第565页。

这种生前的喧嚣,恰恰是由小说副题后半部分的关键词——"近代变局"——所造就和决定的。可以说,整部《蝉蜕》,就是写一个醉心于中国最传统的学术与文化中的鸿儒,以及他的家人、朋友乃至论敌们,是如何在在一场"三千年未有之大变局"的激荡中苦苦求索与挣扎的。

或许是为了与主人公一生浸淫其中的最讲求"实事求是"的"朴学"风格相一致,作者并没有采用20世纪八九十年代以来以"新历史小说"为代表的花样迭出的历史叙事手法,而是以古典情怀选择了最传统的"人物本末体"为孙诒让作传,从咸丰六年(1856年)传主九岁那年的春天写起,一直写到光绪三十四年(1908年)孙诒让中风辞世,原原本本、老老实实地将一代大儒充满矛盾与悲剧性的生平呈现在读者面前。但这种朴素的叙述又不是《清史稿·儒林列传》里四百七十多个字的干瘪铺陈,而是以传主为中心,结构起清末半个多世纪的宏大历史场面,串联起几十个或贵或贱、或鼎鼎大名或籍籍无名的人物。卢卡契曾指出,以莎士比亚为代表的优秀的历史文学作家所感兴趣的,与其说是对封建制度的衰落负责的、实际的历史因果性,不如说是从这一衰落的矛盾中必然和普遍地产生的人的冲突,还有封建制度的较老的、衰落的人物当中有力而有趣的历史典型、人道的贵族或统治者更感兴趣的[1]。《蝉蜕》的作者,便将大量的笔墨灌注在对"洋务派"与"清流派"矛盾冲突的反映上,处处凸显他们在文化观念上的牴牾和政治理念上的拮抗,字里行间弥漫着一种帝国末世的紧张感和火药味。

一代文献学大师张舜徽先生在评价孙诒让时曾说"清代朴学,顾炎武开其端,而孙诒让集其成"[2],这可谓是对一个学者学术成就最高等级的褒奖。纵观孙诒让的一生,虽屡试礼部不第,却成就了《周礼正义》《周礼政要》《墨子间诂》《契文举例》等名山事

---

[1] 转引自钟友循:《〈曾国藩〉论纲》,《云梦学刊》1995年第2期。
[2] 张舜徽:《纪念孙仲容先生》,载马锡鉴主编:《孙诒让纪念论文集》(《温州师范学院学报》1988年增刊),第1页。

业；仕途的不顺亦并未挫伤他作为知识分子的历史责任感，而是在永嘉学派"经世致用"传统的鞭策和鼓舞下积极论政，并试图从被他视作"致太平之书""最完美的典章大全"的《周礼》中寻找理想主义的政治制度，扭转晚清四面楚歌的政局，并在其所处的时代和地域产生过相当大的影响。残酷的社会现实不断动摇、冲击他的观念，使他逐渐从一个儒学正统的维护者转变为新思想、新事物的传播者和推动者，但文化传统在思想上的巨大惯性又决定了他先是坚持"西学中源"说，继而服膺"中体西用"论，都限制了他在思想意识上更进一步的解放。他在政、学两界所处的地位决定了他必然成为晚清各种社会矛盾和观念冲突的交汇点，他对这些问题的看法与解决方式也因此具有了代表性的意义，其人生轨迹与整个时代社会历史的演变过程不可分割地契合在一起。

美国学者艾尔曼（Benjamin A. Elman）在其专著《从理学到朴学：中华帝国晚期思想与社会变化面面观》一书中，曾经详细考察了清代学者们的家学、师承、交际、游历等因素在被他称作"江南学术共同体"的考据学派的形成过程中所发挥的巨大作用。作为晚清最著名的考据学者，孙诒让和他的父亲孙衣言、叔叔孙锵鸣交游广泛，"谈笑有鸿儒，往来无白丁"，瑞安孙氏在晚清的学界、政界上扮演着不可或缺的重要角色。孙衣言卒于光绪二十年（1894年），孙诒让时年四十七岁；孙锵鸣更是直至光绪二十七年（1901年）才去世，只比侄子早去世七年而已。可以说父亲、叔父的影响贯穿了孙诒让的大半生，他们身上浓重的儒家正统思想、积极的入世观念甚至因仕途不顺而产生的愤懑、抑郁情绪，都无形地塑造着孙诒让的人格。因此，作者虽旨在用工笔为孙诒让留影，亦不吝笔墨，写意地描绘出孙衣言、孙锵鸣兄弟二人的形象。孙氏家族的命运沉浮，也由此成为晚清社会政治的一个典型、一个缩影。

整部《蝉蜕》，随处可见文人学士之间的论辩和朝廷大员彼此的攻讦，因此，小说头两章（《澄怀明志》和《入宫应对》）所洋溢的全篇少见的轻松气氛便更显出深远的含义。"窒息了好几年的京城上空，阴霾尽散，云开见日，在澄明中绽放出妩媚和安详"，咸丰皇帝自以为可以借此"舒口气"，却意识不到更大的危机和风暴正在酝酿之中。帝国崩溃前的回光返照常常麻醉着当政者的神经，使他们难以觉察涌动的暗流，所谓"云开见日"和若干年后的"中兴"一样，不过是统治者自欺欺人的心理安慰罢了。被皇帝选为"丙辰科会试同考官"的踌躇满志，以及对子孙读书入仕中兴家业的期望，就这样机缘巧合地与帝国的命运捆绑在一起。从此，国运和家运便如失控的马车，在荆棘遍地的坎坷之途上一路向下狂奔。

孙衣言带两个儿子拜谒孔庙，并让他们去寻找镌刻有自己名字的题名碑，目的是要让他们在寻找的过程中，体验到作为一名进士的至高无上的优越感，并且自发地产生对于这种优越的向往和追求。在封建社会，这是一种具有普遍性的启蒙教育，其作用大致相当于私塾里口耳相传的《神童诗》，但是比"天子重英豪，文章教尔曹；万般皆下品，唯有读书高"或"满朝朱紫贵，尽是读书人"的说教更为形象和直观。而对于孙诒让这样天赋异禀的聪颖儿童来说，这种教育往往能起到事半功倍的效果。今天的我们很难想象一个八九岁的孩子在参观了故宫之后会从这个皇家建筑群的"庞大与繁复中找到了规律和秩序"，并进而开悟出"天朝上国的安定和繁荣，就来自至高无上的王气和尊卑有别的礼仪"，但这一切在孙诒让身上却又显得如此水到渠成。文化传统以及生活环境对人思想意识潜移默化的形塑作用，以及打破这种根深蒂固的观念的困难程度，由此被彰显出来。

孙诒让幼年蒙叶赫那拉氏"兰贵人"（即日后的慈禧太后）召见并被赐"江南才子"名号一事，似不见于文献记载，应该是作者出于塑造孙诒让"神童"形象的考虑而虚构出的情节。但可以肯定的是，在孙诒让九岁那年，他已经开始接触《周礼》这部最难读最有争议的儒家经典了，[1] 这也成为他终身致力的学术方向的起点。如果说作者这一情节设置因过于神奇而失真，那么几年后孙诒让在父亲主战被贬官外放、英法联军火烧圆明园、哥哥孙诒谷抵抗太平军而战死等先后几重打击下立下要治《周礼》这部"历史上记载得最完整、最完美的典章大全"的志向，以此来实现经世致远、致太平的人生理想，则合乎人情事理，真实可信。一系列看似偶然、实则必然的家庭、社会和时代变故汇成一股合力，将传主拉向决定了他命运的人生轨迹。从此，孙诒让生命中的每一个环节都与《周礼》紧紧扣合在一起：他熟读《汉学师承记》和《皇清经解》，掌握清儒治经、史、子、小学之规律以及金石之学，是为了研习《周礼》而锤炼学术基本功；埋首古书，沉溺章句并不惜繁琐求证，为的是以训诂考据立身，再求经世致用之功；而当他学有所成且国势日微之际，又极力谋求机会向当权者推广自己从《周礼》中总结出的完美社会制度，试图以复古的方式挽狂澜于既倒，重建理想的君主政治。在晚清政坛"清流派"和"洋务派"对峙的局面下，孙诒让提出了一条与两方面都不同的救亡之路；虽然接近清流派恪守传统规范的立场，却又力避空洞迂腐、远离现实的清谈，更不会像洋务派那样崇洋媚外、懦怯投降。

　　孙诒让与张之洞在京师南郊龙树寺会面晤谈一节，以及后来孙诒让与容闳、盛宣怀的"梅园之争"，在《蝉蜕》中具有非常重要的意义。龙树寺长谈可以视作是孙诒让真正与清末政坛发生联系的开端。在此之前，他所交往的无非是俞樾等硕儒和戴望、刘恭冕等学术同道，即使在切磋学问之余偶尔论证，也只是不切实际的泛泛而谈甚至夸夸其谈；直到真正接触了"清流派崛起的新一代"、日后的封疆大吏朝廷大员张之洞，听官场中人现身说法指点清流、洋务两派的纷争以及曾国藩一世英名毁于"天津教案"的惨痛教训，

---

[1] 张宪文《孙仲容先生年谱简编》中记载：咸丰六年孙诒让"侍父受《四子书》及《周礼》"。

孙诒让由《周礼》等儒家经典中所得到的高蹈的政治理论和理想才第一次与实际结合到一起。治《周礼》一事被张之洞称赞为"大好事"，并被寄予"中流砥柱力挽狂澜，救危图存保教保国"的厚望，一种责无旁贷、舍我其谁的使命感呼之欲出。但这种使命感很快便在一场作者虚构的"梅园之会"受到了冲击和动摇。孙诒让与日后在中国近代史上举足轻重的容闳、盛宣怀这两位新派人士不期而遇，双方各执一端，围绕旧学新学、贸易留学以及"礼"等尖锐的话题唇枪舌剑，看似谁都无法说服对方，但作者却安排了一个细节来暗示这场论辩的影响：令孙诒让一见钟情的奇女子梅娘，却属意已经归化为美国公民的容闳所描绘的西洋近世风情，对容闳"此生至少环游地球一次"的雄心钦羡万状，并被容闳毅然归国立志改良东方文化的选择感动得潸然泪下。孙诒让虽然无法理解梅娘的感受，"觉得寒气彻骨，浑身的血液都凝固住了"，但西洋文明能让一个天真无邪的东方少女如此倾心，其原因无疑是引人深思的。孙诒让义正辞严驳斥容闳、盛宣怀这对"假洋鬼子"，同洋务派的主张短兵相接之时，也恰恰是他文化立场发生动摇之际。这场思想意识上的交锋以及随后孙氏夫妇初到上海"租界"的见闻，都带来一种近似于美国人类学家奥博格(Kalvero Oberg)所提出的"文化休克"(Cultural Shock)的切身体验，也意味着一种新的观念正在孕育之中。

  改变就这样在不知不觉中来临。黄浦江上外国军舰和中国木帆船的对比，外滩欧式大楼不可一世的傲慢气势，使孙诒让不由得回想起容闳所说的"世界在变，中国在变"，"只可惜中国变弱了，外夷变强了"。而父亲的上司、两江总督兼南洋通商大臣沈葆桢对办洋务、造轮船的痴迷，以及容闳这样的洋务派居然能得到自己所崇拜的曾文正公垂青的事实，又促使他戒除意气用事，开始静下心来思考理想与现实、新学与旧学之间的关系。台州人董毓琦投沈葆桢所好，"自言能制轮船，借地球摄力行驶，不用汽机"而骗取三千两银子一事，看似只是近代历史上无数怪现状中的一个小插曲，但这个令人啼笑皆非的故事却折射出了那个时代人们的普遍心态，即西洋科技文明对"老大帝国"中人带来的刺激过于强烈,由此催生出的求新求变的高涨热情往往会冲昏人们的头脑。但不可否认的是,热心于洋务者对现实的认识大都是用血与泪的教训换来的,因此他们要比那些终日枯坐于书斋、欲借清谈来"救国"者要清醒得多。沈葆桢对林则徐在鸦片战争后的一封私函谙熟于心,甚至能够大段背诵信中针对中西火炮优劣的对比和评价:"彼之大炮远及十里内外,若我炮不能及彼,彼炮先已及我,是器不良。彼之放炮如内地放排枪,连声不断。我放一炮后,须辗转移时,再放一炮,是技不熟也。求其良且熟焉,亦无他深巧耳。"这绝非封建士大夫赖以安身立命的记诵之学,而是对残酷现实深入骨髓的认识。如果说孙氏父子此时的感动还只是出于对林则徐的崇敬,被沈葆桢的真诚所感动,那么在不久之后的中法战争中,面对一艘法国商船耀武扬威的挑衅,瑞安城头古老的铁炮如死鱼模样般的无能为力,则着着实实给他们上了一课。伴随着"天亡我矣"的哭喊,预示着一种痛彻心扉的浴火重生。此后的孙诒让,虽然仍置身孙氏"玉海楼"中潜心钻研朴学,却也在永嘉事功学派"最讲究变通"的观念引导下,渐渐涉猎译本和时务书籍报章,冯桂芬的《校邠庐抗议》连同梅娘遗赠的《海国图志》《地理学》一起,成为他的新学启蒙读本。此时的孙诒让年届而立,六十一年的人生道路刚刚走过一半,个人事业和民族、国家的前途逐渐明晰,"惟有顺周公制度,兴永嘉之学,正朝纲,讲事功,中国或许还有一救"的感慨,支撑起他后半生的信念。

在坚实的传统文化基础上有限接受外来文明的结果,是在孙诒让心中形成了"西学中源"的信念。在他看来,"所谓西学,没有一样不发源于咱们中国",举凡西洋先进科技,例如测算和浑盖之器、地圆之说、蒸汽机以及声、光、力、化等学问,都可以在《周髀算经》《周礼·考工记》《墨子》等古老的中国典籍中找到源头。只是由于几千年来中国人重视圣人之学而忽视了这些形而下的技术,才让洋人"青出于蓝而胜于蓝"。从这个立场出发,孙诒让否定了洋务派"师夷长技"的核心观点。而他日后在家乡设"学计馆""永嘉蚕学馆"以及近代学堂，也都是在此信念基础上在技术、器物方面做出的有限调整，并开始向晚清时期另一代表性的观念——"中体西用"逐渐靠拢。

孙诒让"西学中源"的文化立场，在晚清时代颇具代表性。其雏形似乎可以上溯至公元纪元前后佛教初传中国时出现的"老子化胡说"，最初是为了便于中国人理解外来的思想，消除文化接触过程中必然产生的隔阂与障碍。也正是因为中国传统文化的力量过于强大，这一思维方式渐渐成为面对外来文明时的思维定势，并随着时间的推移和历史的演进而被赋予越来越复杂的内涵。特别是在明清易代、民族矛盾加深激化的大环境下，"西学中源说"成为一种带有反抗色彩的"另类思路"（think of others），却又被统治者加以利用。据全祖望在《梨洲先生神道碑文》中记载，明末思想家黄宗羲起兵抗清失败后辗转流亡于东南沿海，在舟中坚持为学生讲解有关历法的学问时，"尝言勾股之术乃周公、商高之遗而后人失之，使西人得以窃其传"。此处所说的"周公、商高"与"勾股之术"，即是孙诒让眼中源于《周髀算经》的西方"测算"之学。不可否认的是，这种理解、接受外来文明的方式在早期是有一定积极作用的。"至少在乾嘉之前，中国知识界所受西洋知识的影响就已经相当深，而且在某种程度上已经影响了学术取向的变化"，而上至康熙皇帝，下到普通学者，都将这些"西洋新知"与中国传统的"六艺"结合起来，"清代初期这种'西学中源'观念渐渐取代了明代末期'东海西海，心同理同'的思路，用一种虚构的历史叙述，平息了民族自尊与新知接受之间的紧张，但是也给接受新知带来了一个理解的思路和诠释的取向，即在历史中寻找对应的资源和理解的语言。"[1] 于是，当时光推进到百余年后，中国社会再次面临更为先进文明的冲击，明清易代之际内外交困的尴尬境地重演，人们又纷纷重新拾

---

[1] 葛兆光：《中国思想史》（第2版），复旦大学出版社2013年，第379—381页。

起这一思想武器。吊诡的是，论争的双方都试图以"西学中源"说作为杀手锏，顽固派以此来捍卫"西学不足取"的观点，而洋务派则用之来证明"师夷长技以制夷"的合理性。例如1865年李鸿章在奏设江南制造总局时即侃侃而谈"无论中国制度文章，事事非海外人所能望见，即彼机器一事，亦以算术为主，而西术之借根方，本于中术天元，彼西土目为东来法，亦不能昧其所自来。尤异者，中术四元之学，阐明于道光十年前后，而西人代数之新法，近日译出于上海，显然脱胎四元，竭其智慧不能出中国之范围，已可概见。特其制造之巧，得于西方金行之性，又专精推算，发为新奇，遂几于不可及。中国亦务求实用，焉往不学？学成而彼将何所用其骄？是故求遗珠不得不游赤水，寻滥觞不得不度昆仑"。这种在外来压力的作用下被迫做出的有限度的思想调整，其作用与副作用都是极为明显的，"由于中国深厚的历史传统与知识资源，'西学中源'的思路常常抵消文明冲击的震撼，人们常常还可以在看似深厚的传统资源中从容地翻拣寻觅而不必匆匆地改弦更张"[1]，于是，当康有为以《新学伪经考》"得罪先圣"，意欲借今文经学为理论工具鼓吹维新、变革制度时，这柄"蘸满毒液的利剑"试图对士子头脑中的传统观念斩草除根，无疑是一次对已经经受了数千年考验的传统政治制度的釜底抽薪，我们也就不难理解孙诒让在读过此书后的愤怒、失态甚至诅咒。这种色厉内荏的偏执和顽固，是一种制度和观念在日薄西山之际本能的应激反应，既无力也不可能扭转已去的大势。果然，随着北洋水师甲午一役的全军覆没，孙诒让心中最后的坚守土崩瓦解，只能怀抱凝聚了自己几十年心血的《周礼正义》书稿，哀叹着"不佞曩者所业，固愧刍狗已陈，屠龙无用"走向玉海楼前的放生池。无独有偶，三十余年后，另一位大儒王国维也选择了类似的方式来结束自己的生命，留下"五十之年，只欠一死，经此世变，义无反顾"的绝笔，两代学人心中苦痛，庶几可知。

---

[1] 葛兆光：《中国思想史》（第2版），复旦大学出版社2001年，第458页。

"昨日种种譬如昨日死，今日种种譬如今日生。"孙诒让觅死未果，却促成了他一生中最大的转变，那就是开始理解张之洞、冯桂芬等人的"中体西用"说和康、梁等维新派的立场，在某些方面甚至比他们走得更远。孙诒让一生中并未与康有为实际接触，却与张之洞私交甚深，我们可以从《蝉蜕》中那些张、孙交往的细节中揣摩出张之洞这个晚清"中兴名臣"的思想演变历程。早年的张之洞是"清流派崛起的新一代"，以维护纲常名教为己任，蔑视洋务，对于"洋务第一人"曾国藩因处理天津教案失误而名声扫地，他给出"此所谓国格不能损，君威不可失，民心不可违"的评价；中法战争中孤注一掷的背水之战，却意外地为他赢得了此前难以企望的荣誉和名望，也由此开始了在政途上的经营，甚至在湖广总督任上摇身一变，从过气的清流派成了办洋务的中坚力量。至于日后联合刘坤一上奏，促使朝廷颁布《江楚会奏三疏》实行变法图强，看似是顺应时代变革之举，其实背后包藏着张之洞复杂的考虑和计算，对此，《蝉蜕》予以了一针见血地概括：

> 张之洞曾经是那样热烈地支持维新党人，但维新派的所作所为，使他很快就退回到洋务派的立场。中国是需要变革的，但在激进与温和，皇帝和太后之间，他选择了后者。不搞君主立宪，这是他支持维新变法的底线。李鸿章已经去世，这位曾经不可一世的枭雄，生前权倾一时，死后身败名裂，留下了一个巨大的权利真空。他要去填补这个空间，他也必须去填补这个空间。他已经为此提出了"中体西用"之说，他已经为此忍痛斩杀了自己的学生。

一个处心积虑、试图以民族国家命运作为自己政治生命筹码的枭雄形象跃然纸上。其实早在张之洞去世刚刚两天之后，时人便在报纸上发表评论说："夫张公之洞之得名，以其先人而新，后人而旧。十年前之谈新政者,孰不曰张公之洞、张公之洞哉?近年来之守旧见,又孰不曰张公之洞、张公之洞哉?以一人而得新旧之名,不可谓非中国之人望矣。"[1] 由此出发去审视他"中体西用"的立场,便可明显看出其中策略性的考虑,而这也正是孙诒让在《周礼政要》中提出的"废跪拜"、官员民众自由论政、设置议院等主张所不能见容于当权者的最主要原因。相较于《周礼政要》,《江楚会奏三疏》虽然许多主张相同,但没有一处提及立宪、民权和废跪拜、革宫监,说到底还只是一些不动摇封建统治根基与框架的极为有限的改革措施。尽管同属"洋务派"的李鸿章多年前就已经意识到大清摇摇欲坠的统治"好像一间破屋,由裱糊匠东补西贴,看上去虽然像是新房子,但如果一旦真相败露,因为没有预备好修葺的材料,也没有选好改造的方式,其结果一定不可收拾",已经在无意中触到了变革政体的边缘,但时代和阶级的局限还是使他们畏首畏尾,终究不能迈出关键的一步。小说中有一个非常耐人寻味的细节:与孙诒让青梅竹马、一同成长起来的侍女春儿,在情窦初开时囿于传统观念的束缚,不能大胆热烈地表达出自己的感情,而只能怀抱心上人的残墨秃笔自尽。由此观望这群晚清时代的封疆大吏们,他们在本质上与可怜的侍女并无二致,在社会政治与文化传统的重重束缚下,一出时代的悲剧注定要上演。

行文至此,我们已经能够清楚地理解作者为何要将再版的《末代大儒孙诒让》改题为《蝉蜕》了。小说之中没有一处提到"蝉蜕"二字,但这两个字却是孙诒让人生轨迹的最真切写照。蝉的一生,在黑暗的地下蛰伏多年,破土而出后还要经历蜕变的考验;古人又认为蝉餐风饮露,栖身高洁,将其视为一种理想人格的寄托,正如虞世南的传世名作《蝉》所言:"垂緌饮清露,流响出疏桐。居高声自远,非是藉秋风。"孙诒让寄身于动荡变革的晚清社会,原本立志献身学术,潜心著书立说,却身不由己地被裹挟进时代巨潮之

---

[1] 佚名:《张文襄公事略》,见《清代野史》,巴蜀书社1987年版,第98页。

中，思想观念屡屡经历蝉蜕式的磨难与更新，虽然走得比许多同代人更远，却终究难以得到理解，身后也很快便被历史所遗忘。但他毕竟在长夏将尽的最黑暗时刻发出了清亮的蝉鸣，划破夜空，唤醒了前方的黎明。

（原载于程德培主编的《光不灭：文学中的孙诒让》，上海书店出版社2018年版。）

"理想读者"与"理想作者"
——读老四短篇小说《归途》《大恶人》

　　数年前,自称"写诗的媒体人,写小说的诗人"的老四终于在济南城的北郊买下了属于自己的房子。他在黄河岸边华不注山下娶妻、生子,开着车进城去大明湖畔的杂志社上班应卯,每日吸烟,经常饮酒,过着无数中年男人再熟悉不过的日子。他似乎对自己的这个住处以及住处旁边的这座山相当满意:在他那个几乎都是自己诗作的微信朋友圈里,偶尔会有几张去爬华不注山的照片;而在我们的交谈中,他也常常要为这座并不高大的孤峰争取像千佛山那样的名声和地位。对于我这个出生在济南并且在这座城市生活了二十九年的人来说,虽然曾经无数次从山下路过,但迄今为止也只有一次登顶的经历。我实在无法理解他对这座山的特殊感情。难道仅仅是因为他在山下买了房子?古人有"爱屋及乌"之说,莫非到了老四这里,便发展成了"爱屋及山"?直至读了老四的小说《归途》,里面的一个细节才让我有了恍然大悟之感。

　　《归途》写的是蒲松龄晚年的故事。与其说它是"虚构"出来的"小说",倒不如说是时下正蔚为流行的"历史题材非虚构"作品。文中的人物与事迹,或是于史有载,或是出自清人笔记、尺牍碑铭,皆有来历。其中便抄录了一段柳泉居士忘年好友朱缃(子青)对《聊斋志异》的评价:

>华不注之形模，唯先生文似之；华不注之神骨，唯先生文得之。

济南人朱缃算得上是蒲松龄同时代人里数一数二的《聊斋志异》"发烧友"。据说至今还能看到他为抄录和评价《聊斋志异》而写给蒲松龄的四封信和两首诗。上面这段话，就出自其中的一封信。蒲松龄研究专家路大荒先生在编纂《蒲松龄集》的时候，将这封信冠以《〈聊斋文集〉题辞》的题目附在书中。全文如下（文字与《归途》中所录略有出入）：

>暑退秋晴，伫望华不注，恍若新晤，奇矣！今披读先生文，苍润特出，秀拔天半，而又不费支撑，天然夷旷，固已大奇；及细按之，则又精细透削，呈岚耸翠，非复人间有。然则华不注之形模，惟先生文似之；华不注之神骨，惟先生文得之；非但剽窃一二，徒依相貌为也。先生其许我为知言否？
>
>　　　　　　　　　　　　济南学弟朱子青缃敬题

只有土生土长的济南人，才有可能做出这样的评价；也正是因为有了这样的评价，蒲松龄和《聊斋志异》的艺术价值才真正特出于驳杂如牛毛的古代小说之林。对于看惯了群山（济南的"南部山区"、泰山余脉就是代表）的人来说，乍一看到黄河岸边的广袤平原上赫然突起这样一座孤峰，很难不留下深刻的印象；也正是因为如此，古往今来描写这座山的诗文里，出现频率最高的几个字就是"峻""拔"——比如说李白《古风五十九首》里的"昔我游齐都，登华不注峰。兹山何峻秀，绿翠如芙蓉。"再比如说上文所引的"苍润特出，秀拔天半"——那是一派平庸中的出类拔萃，抑或是"高原"上的"高峰"。还是这位朱缃朱子青，对《聊斋志异》不吝赞美之辞，曾经将其与《离骚》《逍遥游》《史记》相类比（见蒲松龄长孙蒲立德《书〈聊斋志异〉朱刻卷后》），但在我看来，这种拿今人比古人、比名人的做法未免俗套、迂腐甚至虚伪；反倒是"华不注之形模，唯先生文似之；华不注之神骨，唯先生文得之；非但剽窃一二，徒依相貌为也"这样只有本地人才能领会其意旨的"接地气"的评价，才算得上真正及物的、中肯的文学批评。估计朱缃也很为自己这个比拟得意，所以才会在信中追问一句"先生其许我为知言否"。

有时我脑海里会浮现出这样一幅画面：那个曾经写下了无数歌颂大汶河、沂蒙山、茶棚村的诗歌的老四，现如今坐在能够远眺华不注山的阳台上，或是干脆就在一阵挥汗如雨的攀登后、在华不注山山巅黝黑的巨石上蹲下（我对他的这个姿势印象颇深），点燃一棵香烟，幽幽地向我抛出一个已经问过无数遍的问题：我说华（不注）山是济南第一名山，"先生其许我为知言否"？

他爱这座山，更爱文似彼山之形模、得彼山之神骨的柳泉居士。在大学毕业之前，当我们都在忙着考研、考公务员、考教师编制的时候，他却醉心于写诗写小说；参加工作后不久，他就出版了一部反映"后大学时代"的长篇。我原本以为他会步"80后"前辈作家（此话显然有揶揄之意）的后尘、走"青春写作"之路，没想到几年不见，他的创作却归宗于文言短篇小说的泰斗蒲松龄。《聊斋志异》中的形象和情节，例如婴宁、娇娜……屡屡在变异之后出现在老四近年来的小说里。写了那么多之后，他终于想到要为自己心目中的偶像写一篇小说——老实说，关于蒲松龄的传记，多年来已经出版了若干；比起身世至今仍然疑点重重的曹雪芹来，他多舛的命运和复杂的经历，在蒲氏后人的回忆传抄以及蒲学家们孜孜不倦的考证钩沉之中就像一只滚动的雪球，越来越丰富。他的一生是作小说的绝佳素材，但也因此给作者提出了一个难题：他要写的是"小说"而非"传记"，如何才能不囿于材料的记载，在取舍与腾挪、实录与想象之间达到完美的平衡，将历史人物与作者的情感融为一体。更何况，选择蒲松龄这样一位以奇谲瑰丽的想象为最大艺术特色、

"写鬼写妖高人一等，刺贪刺虐入骨三分"的伟大小说家作为描写的对象，平庸的写法绝对是对自己心目中偶像的一种亵渎。所以，当我读到《归途》那个略显平淡的开头，读到"康熙四十一年暮春，西历一七〇二年，六十三岁的蒲松龄最后一次参加乡试。考试结束，尚未放榜，某一个上午，他骑着借来的马，穿过现在的泉城路、护城河、泉城广场一带，来到城南，拜访朋友朱缃……"不见华不注山那般旱地拔葱之势，便不免要替他捏一把汗。后来想想，我也是多虑了。《聊斋志异》里，几乎每一篇小说都是如此开头。比如说我们耳熟能详的《劳（崂）山道士》（"邑有王生，行七，故家子。少慕道，闻劳山多仙人，负笈往游……"），再比如赫赫有名的《聂小倩》（"宁采臣，浙人。性慷爽，廉隅自重……"）。当初在文学史课堂上，老师曾经教导我们说，这叫"某生体"，是新文化运动和现代小说革命的重要对象。也许老四没有认真听讲，也有可能是他有意为之，蒲松龄晚年的故事就在这四平八稳的叙述中缓缓展开，虽然在进行中偶有波折，但很快便又归于风平浪静。就像那位六十多岁的老人骑着借来的老马在乡间的小路上迤逦而行，又像他数年后独坐在窗前、随着夕阳的退去孤寂又恬然地离开人世，带着一点点留恋与不舍，不动声色间却显尽了人世的沧桑。整篇小说的气氛，就像海顿升f小调第四十五交响曲（《告别》）那个著名的末乐章——一位位乐手和一件件乐器逐次退出演奏，直到第一小提琴奏完哀婉凄切的尾声，一切都归于沉寂，留下的却是无比难言的惆怅。

一个是终身贫苦的乡间老学究，一个是含着银汤匙出生的富家子弟，且二人年龄相差有整整三十岁之遥，却因为一部《聊斋志异》而结为忘年之交，相信每一个对蒲松龄和朱缃之间友谊有所了解的人都会为之动容。"昔我大父柳泉公，文行著天下，而契交无人焉，独于济南朱橡村先生交最契。先生以诗名于世，公心赏之；公所著书才脱稿，而先生亦索取抄录不倦。"（蒲立德《书〈聊斋志异〉朱刻卷后》）"交最契"，寥寥三字，却胜似千言万语。如果说"公子风流能好士，不将偃蹇笑狂生"（蒲松龄《朱子青见过惠酒》）还只是二人"初次见面请多多关照"式的客套话，其中还包含着些许的自卑与怀疑，那么，唯有经历了对《聊斋志异》不断的抄录、阅读和用心去体会、揣摩，朱缃才有可能参透蒲松龄的心思，在六年后的再次相聚时坦言他在写作鬼狐故事时"心中实则是有一个人物存在"。知音难觅，蒲松龄感慨"子青懂我"，两千多年前俞伯牙和钟子期的故事在大明湖畔又一次上演。马克思曾经对黑格尔所说的"历史上重大事件都出现过两次"一语加以补充，认为"第一次以悲剧方式出现，第二次以喜剧形式出现"，然而这段高山流水的佳话却仍然以悲剧结尾：尽管年少，朱缃却先于蒲松龄撒手人寰，转眼间白发人送黑发人。已经风烛残年的柳泉公被画师朱湘鳞的名字勾起了对故人的回忆，恍惚间悟出了今生最大的秘密：那位在芍药丛中捧读《聊斋志异》的翩翩少年、那个一辈子都难得一位的知音契友朱子青，就是自己的前世。

　　"前世"云云，在无神论者看来显然是妄言。但一位写作者将真正能与自己心心相印、息息相通的读者看成是"前世"，将心理上的"共鸣"视作生理上的传递之一种，亦从一个侧面反映出"知音"或曰"理想读者"（ideal reader）的难得。李敬泽曾后悔将自己一本评论集命名为《致理想读者》的决定，因为在他看来"不理想的读者都是相似的，理想读者其实各有各的不同"，他无法向无数的追问者解释或界定何为"理想读者"；万般无奈之下，他最多也只能对其加以"想象"，"想象为对他人和自我、对生命的可能和不可能怀有专注的好奇心，同时又有敏锐的感受和思考能力的读者"。严格说来，这样的要求比钟子期、朱缃式的"知音"还要高。钟子期听出俞伯牙的琴声"志在高山流水"、朱缃读出鬼狐故事"有人物存在"，都是"专注的好奇心"和"敏锐的感受力"的结果；但若论"思考"或"反思"的能力，则有所不逮。现实的情况是显而易见的，朱缃这样的读者已经是凤毛麟角，所谓"理想读者"更像是一种美好但却永远都无法实现的期待。更何况在《归途》中，老四还借狐狸之口道出了自己心目中的"理想作者"的标准——"你在写作的同时,小说里的人也在写你。"既然"理想读者"可望而不可求,所谓的"前世"之说最多也只是弥留之际的幻觉,那么便只能从自身出发,争取去做一个"理想作者"。

从这个角度出发,联系《归途》中蒲松龄的形象和经历,我们就有了理解老四另一个短篇《大恶人——记一个梦》(以下简称《大恶人》)的可能。从这篇小说的很多细节中,我们都能读出一些似曾相识的东西,例如对日常琐事的描写会让人联想到刘震云式的"新写实",那种荒诞且带有黑色幽默意味的情节则投射着从九十年代的韩东直至当下的曹寇的影子。小说中的每一个人物,上至"我"六七十岁的父母,下到不满十岁的儿子小光,无一不带着十足的戾气,而这些都是拜琐屑、无聊、拜金、功利的日常生活所赐。故事的结尾处有一个非常具有讽刺意味的情节:两个此前互相之间并不熟悉甚至还因为排队次序而发生激烈争吵的男人坐在一起激烈讨论"金庸小说里谁是最大的恶人",而曾经被这二人"像一只豆虫被踢来踢去"的"我"居然也参与到讨论中来,还发表了一大通似乎很有道理的意见;至于这些类似战国时期纵横家诡辩术的长篇大论,目的只不过是为了发泄"我"积攒了一天的怨气,证明甲、乙两个男人是"恶人"。中年男人的卑微、无奈以及"鸡贼",由这一荒诞的情节得以最大化地彰显。这不免又让人想到了蒲松龄。这个早在十九岁(顺治十五年)便连夺县、府、道试第一的春风得意的青年才俊,此后却连续四次参加举人考试都落榜了,终其一生只能靠给地方官当幕僚,或是给乡绅当塾师糊口。这无疑是上天给人到中年的蒲松龄开的一个大玩笑。他在俚曲中自我解嘲说"万般唯有读书好,教书先生不值钱";他笔下的老塾师"吃的是长斋","东邻家宰猪,西邻家杀羊,酒肉不到口,天天光闻香",到头来悟出的人生真谛是"墨染一身黑,风吹胡子黄;但有一线路,不做孩子王"……凡此种种,正如《大恶人》里"我"教育甲、乙两个男人时所说的,"现实是一个陷阱,我们每个人都陷在里面"。但问题在于，同是陷在阱里，不同的人又有不同的抉择：有的是奋力挣脱，有的是甘心沉沦，更有甚者还会"作恶"，自己看不到挣脱的可能，却要毁灭他人挣脱的希望。在一个"他人即地狱"的时代和社会，人与人之间失去了相互理解的可能，争论谁是最大的恶人，诡辩"你眼里的恶人可能就是别人眼里的善人"已经毫无必要。

《大恶人》里写尽了中年人所面临的冷漠、荒诞与无奈。小说最终定格在"我"仰望着浩瀚星空挨打的场景。应该如何理解这个设置呢？就像那个著名的关于乐观主义者和悲观主义者如何看待"半杯水"的故事一样，我们也可以给出两种截然不同的答案："就算仰望星空，也免不了挨打"，或者是"即使挨打，也要仰望星空"。两种说法似乎都有道理，不知老四心目中的"理想读者"会如何作答。"你在写作的同时，小说里的人也在写你"，他并没有像偶像蒲松龄那样敷衍出一段"异史氏曰"，而是用一个开放的结尾、一个有缺口的句号保留了向未来展开的无限可能。这或许正是作者——那个会点燃一棵香烟、眯起眼睛、幽幽地说出"难啊"的老四——的高明之处。

（原载于《山东文学》2019年第5期）

幸福街上，山河故人
——读何顿《幸福街》

> 天色放亮了，云层透出红颜色，太阳还没出来。六个人坐在河堤上，河风冰冷的，吹得他们缩短了脖子。张小山把手搭到方平的肩上说："看，天开始红了。"……直到七点钟，雾渐渐散开，一颗红日从雾中透出，渐渐清晰地悬在空中。大家就盯着旭日，几分钟后阳光宛如远方的宾客，来了，温情地扑在他们身上。张小山喜欢道："这可是1984年的第一缕阳光。"[1]

何顿的长篇小说《幸福街》，写的是湘南小镇一条古街上、十几户人家在七十年岁月里所经历的风风雨雨，"1984年"这个时间点因此有了别样的意义。向前回溯三十五年，千年古镇黄家镇迎来解放，标志性事件便是新政府在1951年将"吕家巷"改名为"幸福街"，这象征着豪门大族威权遮天的旧时代一去不返，新政权将带领曾经被统治阶级视若无物的劳苦大众去创造崭新的"幸福"；向后延伸三十五年，便是当下时光，幸福街褪却几十年动荡飘摇中蒙上的厚厚风尘，摇身变为热闹中有静谧的休闲旅游景区，度尽劫波的幸福街人终于在古树下、古井旁寻觅到了"小确幸"。作为时间中点的"1984年"，以及它的"第一缕曙光"，在《幸福街》

---

[1] 何顿：《幸福街》，湖南文艺出版社2018年版，第333—334页。

中负载着承前启后的重任,一股在多年来人们的回忆与神话中酝酿而成的浓郁"1980年代"气息随之扑面而来。罗曼·罗兰曾引用但丁《神曲·炼狱篇》中的诗句"濛濛晓雾初开,皓皓旭日方升……"作为巨著《约翰·克利斯朵夫》第一卷《黎明》第一部的题辞[1]。伴随着初开的晓雾和方升的旭日,时代巨人约翰·克利斯朵夫诞生了;而在公元1984年的正月初一,当黄家古镇"雾渐渐散开,一颗红日从雾中透出,渐渐清晰地悬在空中",相信几乎所有经受过1980年代中国文学熏陶的读者读到此处都会露出会心的微笑:这"第一缕曙光"照耀之时,一个有可能孕育时代新人和巨人的"新时期"便已然降临。幸福街上出生于1950年代的"结义三兄弟"何勇、张小山、黄国辉以及他们各自的爱人,此时正值最为灿烂的青春年华,在这个火红的年代里,他们全身洋溢着喷薄而出的活力,"杀到县城去",全力奔向正在前方招手的幸福生活。作者何顿以此完成了对"1980年代"最为激情澎湃的回望,几个年轻人在湘江边相互依偎着等待日出的镜头,也因此成为《幸福街》中少有的温情画面,仿佛幸福即将伴随那曙光降临人间。

《幸福街》的英文书名译作"Happy Street"。这似乎并没有引起太大的争议,因为绝大多数学过英语的中国读者都会第一时间用happy这个连小学生都耳熟能详的英文单词(以及它的名词形式happiness)去对应"幸福"。但happy一词最常用的含义是"快乐",以之对译"幸福",便牵扯出一个伦理学上老生常谈的问题——"幸福"与"快乐"之间究竟能否画上等号。更有甚者,针对"幸福观",伦理学上从古希腊的亚里士多德年代以来便长期存在hedonic(通常译作"享乐主义的",相对中性的译法是"快乐主义的")与eudemonic(有人译作"完善论的")之争。亚里士多德是西方世界较早关注"幸福"问题的哲人。在他的时代,"善"被视为属于

---

[1] [法]罗曼·罗兰:《约翰·克利斯朵夫》,傅雷译,见《傅雷译文集》(第七卷),安徽人民出版社1983年版,第17页。

城邦贵族的高贵品质；因此，基于对城邦政治和贵族伦理价值的认同，他将"善"作为自己思考"幸福"问题的出发点和归宿："一切技术、一切研究以及一切实践和抉择，都以某种善为目标。因为人们都有个美好的想法，即宇宙万物都是向善的（但科学与技术等的目的的表现却是各不相同，有时候它就是活动本身，有时候它是活动之外的结果，在目的是活动之外的结果时，其结果自然比活动更有价值）。"[1] 他进一步指出："既然一切知识，一切抉择都是追求某种善，那么政治学所要达到的目的是什么呢？行为所能达到的一切善的顶点又是什么呢？从名称上说，几乎大多数人都会同意这是幸福，不论是一般大众，还是个别出人头地的人物都说：生活优裕，行为良好就是幸福。一般人把幸福看作某种实在的或显而易见的东西，例如，快乐、财富、荣誉等等。不同的人认为是不同的东西，同一个人也经常把不同的东西当作幸福。在生病的时候，他就把健康当作幸福，在贫穷的时候，他就把财富当作幸福……"[2] 亚里士多德的观点在此表达得确切无疑：幸福即"一切善的顶点"，也就是中国人常说的"至善"；它的内涵包括"生活优裕"和"行为良好"两个方面，快乐、财富、荣誉等等可见的东西是构成前者的重要组成部分，但它们并非"幸福"的全部，"幸福"需要的是好生活与好行为相统一，亦即目的与其实现过程相统一。而在另一部著作里，亚里士多德将其对幸福与政治学之间关系的看法加以引申，强调说"最优秀的政体必然是这样一种体制，遵从它，人们能够有最善良的行为和最快乐的生活"[3]，从另一个侧面阐释了"幸福"应该包括"好生活"与"好行为"两方面的内容。而倘若想要培养所谓"至善""好行为"，那就必须遵从"德行"，因为"人

---

[1] ［古希腊］亚里士多德：《尼各马科伦理学》，苗力田译，《亚里士多德全集》（第八卷），中国人民大学出版社1994年版，第3页。

[2] 同上，第6页。

[3] ［古希腊］亚里士多德：《政治学》，颜一、秦典华译，《亚里士多德全集》（第九卷），中国人民大学出版社1994年版，第233页。

的善就是合乎德行而生成的灵魂的现实活动",而且"如若德行有多种,则须合乎那最美好、最完满的德行,而且在整个一生中都须合乎德行",因为"一只燕子造不成春天或一个白昼,一天或短时间的德行,不能给人带来至福或幸福"[1]。

毋庸讳言,亚里士多德的"完善论"(eudemonic)幸福观,相较于同时代人伊壁鸠鲁(Epicurus)所倡导的"快乐/享乐主义(hedonic)幸福观而言,更符合当下社会所普遍接受和倡导的价值观念。伊壁鸠鲁尽管也认为"幸福生活是我们天生的最高的善",但是他将快乐视为"幸福生活的开始和目的",甚至声称"我们的一切取舍都从快乐出发""我们的最终目的乃是得到快乐"[2]"如果抽掉了嗜好的快乐,抽掉了爱情的快乐以及听觉与视觉的快乐,我就不知道我还怎么能够想象善"[3],难免让人对其获得快乐的手段的正当性与合法性产生疑问。比如说另一位古希腊哲学家赫拉克利特(Herakleitos)就曾经挪揄说,如果幸福能够等同于肉体上的快感,那么吃到草料的牛也算得上是幸福的。反倒是将近两千年后的德国人莱布尼茨(Leibniz)在对亚里士多德和伊壁鸠鲁的观点加以分析和综合后,提出了更令人信服的阐释:"幸福是一种持续的快乐……幸福可以说是通过快乐的一条道路,而快乐只是走向幸福的一步和上升的一个阶梯""理性和意志引导我们走向幸福。而感觉和欲望只是把我们引向快乐。"[4]值得一提的是,莱布尼茨被誉为"17世纪的亚里士多德",从他对亚氏幸福观的发展和完善来看,此言不虚。

也正是从伦理学意义上出发,笔者认为用happy(或happiness)

---

[1] [古希腊]亚里士多德:《尼各马科伦理学》,苗力田译,见《亚里士多德全集》(第八卷),中国人民大学出版社1994年版,第14页。

[2] 北京大学哲学系编:《古希腊罗马哲学》,商务印书馆1982年版,第367—368页。

[3] 周辅成:《西方伦理学名著选辑》(上卷),商务印书馆1987年版,第309页。

[4] [德]莱布尼茨:《人类理智新论》,陈修斋译,商务印书馆1982年版,第188—189页。

来对译"幸福街"的"幸福"并不完美。推究作者何顿的本意，小说《幸福街》所写的固然是两代人七十年间对美好生活的向往和追求，以及他们在此过程中所遭受的坎坷与不幸，但更重要的则是写出了人们在时代洪流冲击下所经历的心灵煎熬与痛苦抉择。中国古籍《尚书·洪范》中有"向用五福，威用六极"的说法，五福"一曰寿，二曰福，三曰康宁，四曰有好德，五曰好终命"，六极"一曰凶短折，二曰疾，三曰忧，四曰贫，五曰恶，六曰弱"。这种朴素的福祸观里包含着典型的中国智慧，以此来观照《幸福街》里的芸芸众生，他们当中有一些在特殊的年代里曾经不择手段抵达了风光无限的位置，但"眼看他起朱楼，眼看他宴宾客，眼看他楼塌了"，终究被巨大的离心力抛出历史的主航道，在荒芜的岸边生锈、腐烂；亦有人在剧烈的激荡沉浮中抓住了命运之神抛来的救生圈，摆脱了随波逐流的厄运而驶向了幸福的航程；至于小说的结尾，整条古街上的居民都过上了富庶而平静、政通且人和的生活，其间的"幸/不幸"，并不能简单地用"happy/unhappy"来加以概括。英文中另有一个词 flourishing，通常译作"繁荣昌盛"，但亦有"幸福"的含义，用在此处反倒非常恰当：几代人与匮乏、动荡、人性恶搏斗了七十年，不就是图一个安稳基础上的"繁荣昌盛"吗？所谓"岁月静好"，固然需要建构于物质基础之上，但"人心向善"所起的作用可能更为重要。

  无论时光如何改变，人世熙攘，皆为过客，不变的只有那条古街。尤其是当童年的玩伴、同窗们或天各一方，或阴阳两隔，再看街边的花开花落，心中便有了些许苦涩的滋味。数年前贾樟柯导演的力作《山河故人》，从 20 世纪末的汾阳县城拍到未来的澳洲大陆，几何学上最稳定的三角关系在岁月的变迁中却脆弱得不堪一击：女主人公沈涛少女时代的好友，一个借煤炭生意成为上海滩的暴发新贵，另一个却在异乡的煤矿失意潦倒，身罹绝症撒手人寰。昔日的恋人劳燕双飞，煤老板和煤矿工人之间无法逾越的身份与财富鸿沟揭开了物质生活的虚伪面纱，曾经纯真的友情和爱情，由此在剧烈转型期的宏大历史碾压下灰飞烟灭；时代留给这代人的，除了日渐斑白的鬓角和松脱的牙齿，便是心灵上的百孔千疮。影片的开头，一群年轻人在县城迪厅狂欢，伴随当年的迪斯科名曲《Go West》共同迎接新世纪的到来，恰似《幸福街》里年轻的朋友们依偎着期待新年的第一缕曙光；当时光飞逝二十余年，昔日恋人与好友都已远去、只能在宠物犬的陪伴下度过余生的沈涛在满天飞雪中来到郊外，在不知何处飘来的《Go West》乐曲声中孤独起舞，影片"山河依旧，故人安在"的主题由此呼之欲出。而在《幸福街》的结尾，终于由派出所所长升职为分管治安副镇长的何勇，带着德山大曲酒和芙蓉王香烟去张小山和黄国辉的坟前祭奠——整整十年前，也正是他亲自率人逮捕了犯下入室盗窃杀人大罪的两位结拜兄弟，并用这酒这烟送他们走完了人生道路的最后一程。十年后，他又听到了黄国辉留在他记忆里的那声"谢谢"，几十年的友谊像过电影一样在他脑海中闪回，一种今是昨非的凄凉之感便油然而生。在懵懂的少年时期，他们曾经在时代的路标指引下向"幸福"迈进，却被汹涌而至的浪头击打得晕头转向，无所适从；在充满激情、血脉偾张的青年时代，他们也曾凭借一身闯劲、一种"湖南骡子"式的蛮力杀出一条血路，在积累财富和资本的浪潮里起起伏伏。他们的经历，是社会转型时期市民阶层生存状态的原生态写照，而他们用鲜血甚至生命换来的教训，则是几十年来中国人为寻求发展与突围之路而付出的高昂学费里微不足道的一笔。能够像《山河故人》里的张晋生那样大肆掠夺发展红利的"新贵"毕竟凤毛麟角，更多的人则像身患绝症的煤矿工人梁建军一样被历史被时代的大手轻轻抹去，或是像张小山、黄国辉们那样，心灵和理智被欲望攻陷，不惜如牛虻、马蝇一般刺痛社会的肌体并吸饱血液，最终难免被正义之手拍成一摊令人作呕、为正人君子所不齿的烂泥。

张小山、黄国辉这两个形象延续了作者何顿自1990年代以来作品里的人物序列。他们在精神气质上与冯建军（《我们像葵花》）、邓和平（《弟弟你好》）、狗子（《生活无罪》）等"暴发户"们一脉相承，如出一辙。由于历史和时代的原因，他们本身极度欠缺文化知识和生存技能，长期在社会底层浸淫又导致了他们道德水准相当低下，市民生活的烟火味和市侩气在好勇斗狠的社会风尚煽动下被极度张扬，在贫困的生活境遇下被压抑许久的欲望就像被长期暴晒的干草，一旦沾上有可能获利的火星，便顿时呈燎原之势。在东风夜放花千树的改革开放新时期，他们不可能也没有能力凭借知识改变命运，尽管国家放开了高考，但大学的大门对于他们来说仍然是紧闭的；同时，在过往政治生活统领一切的年代里所积累的生存经验此时也已经完全失效，他们只能在夹缝中去寻找新的奋斗目标，并在此过程中逐渐形成新的价值观和"幸福观"。但他们自身却并非一无是处，正如何勇日后在张小山坟前的感慨，"你张小山从小好强、好胜，脑子也活，但你后来的聪明都没用在正道上"[1]，在晓雾初开、旭日方升的时代转折点上，从旧时代过来的年轻人何去何从，将会对他们的一生产生决定性的影响。"1978年底，张小山招工进了竹器厂。一进竹器厂，他又觉得没点意思。十一届三中全会召开后，他的思想也跟着改革开放的思路活跃起来。他不是一个墨守成规的人，不想一辈子与竹子打交道！他心大、人野，想改变自己。"[2]"脑子活"的优点使他最早嗅出了时代变革的风向，而"心大人野"又促使他敢作敢为。因此，他在工厂里第一个穿西装和喇叭裤，还主动订阅《八小时以外》，试图从中找到发家的窍门；更令人惊讶和佩服的是，他居然拿着从母亲和姐姐那里借来的钱，只身一人闯荡广州，带回了"单喇叭收录机"和邓丽君的磁带。可以毫不夸张地说，张小山是为千年古镇和幸福街引入时代清风的第一人。这种求新求变、敢为人先的精神也着实让他风光了一阵子，无论是当个体户卖墨镜、磁带、打火机，还是率先在镇上开办舞厅，都为他迅速积累了巨额的财富，使他在物质生活的极大满足中、在

---

[1] 何顿：《幸福街》，湖南文艺出版社2018年版，第532页。

[2] 同上，第236页。

身边人艳羡的目光中切身体验到了前所未有的愉悦和幸福感。

多年以前，何顿曾在中篇小说《弟弟你好》中借主人公之口宣称："上苍赐给我们生命，就是让我们去很好地花费自己的生命。生命的意义就在于让自己愉快，不愉快就绕开它，不然就是负担""他的思想直奔生活的主题就如猎犬直奔猎物一般欢快，那就是金钱和女人。"[1] 这显然是古希腊人伊壁鸠鲁的观点在20世纪末古老的东方大地上的回响。在张小山这里，进口摩托车所带来的风驰电掣般的速度感让他在欲望的大道上一骑绝尘，将伦理、道德和社会良俗远远地抛诸脑后。然而，这种高高在上的自豪感和用金钱堆砌起来的价值体系就像建构在沙滩上的楼阁，虽金碧辉煌却摇摇欲坠。如果说张小山第一次深陷囹圄是被冤枉，纯粹是因为许多人的思维还僵化地停留在"文革"阶段、把男女青年搂在一起跳交谊舞视为搞流氓活动，那么，他日后历次被捕坐牢甚至被枪决，则只能归因于他永不知餍足的物欲和色欲。第一次出狱后，面对当初不肯把自己私下释放的结义兄弟何勇，张小山曾经冷淡且忧郁地说："我坐了八个月零八天牢。我原先跟张白纸样纯洁，现在……""一步没走好就掉进了深渊。"[2] 如果说此处尚可读出他的懊悔与不甘，那么当第二次出狱时，他已经完全抛弃了是非观念，甚至想和诈骗犯联手拐卖妇女去卖淫，还对何勇叫嚣说："老子下过乡、当过工人、蹲过监狱，什么没见过？怕能发财！"张小山"决定与背时的命运抗争"，但他身上的这种精神非但不会像《老人与海》里的桑提亚哥那般令人肃然起敬，反倒让人不寒而栗，因为"何勇感觉张小山身上藏着只狼，这只狼饥饿地盯着一个个人，好像随时会扑向谁一样"[3]。至此，不但是那个读小学时盼望着被宣传栏上红纸表扬稿表扬、盼望着当班长和加入少先队的少年张小山踪影全无，那个试图凭借一身锐气和闯劲发家致富的青年张小山也渐行渐远，留下的

---

[1] 何顿：《弟弟你好》，《收获》1993年第6期。

[2] 何顿：《幸福街》，湖南文艺出版社2018年版，第249页。

[3] 同上，第409页。

只是一个被时代浪潮淘洗下来的社会渣滓。张小山的堕落，是幸福街人难以忘怀的一处创痛。

张小山、黄国辉的命运悲剧，既是由他们的性格造成的，曾经狂热而又荒诞的时代也难逃其咎。当高考恢复、同窗好友黄国进动员他们一起报名考大学时，他们的反应却是：

> 何勇叹息一声说："要是那时也考大学，我也会读书。"张小山恨道："就是，要是高考提前几年，我也会把心思放在学习上，那现在我肯定也是个大学生。"……"唉，世上又没有后悔药呷。"何勇说，脸色就深沉，"我们被'四人帮'害醉了，什么'宁要社会主义的草，不要资本主义的苗'，什么'知识越多越反动'，我们当时生怕自己变反动"。张小山笑，附和道："何勇说的没错，我们那时候懂个屁？受这些害人的思想影响，我读高中时连书包都不带的。那是读什么屁书？"

这样的文字，难免让人回想起"伤痕文学"中"救救被'四人帮'坑害了的孩子"式的呐喊。饱受"文学性"熏陶的读者大可对其直白嗤之以鼻，但作为时代的亲历者，按捺不住澎湃的心潮而借作品中人物之口谴责甚至在叙述中直接跳出来控诉，却恰恰是何顿小说的一大特点。早在那部为他赢得广泛关注的《我们像葵花》里，作者就曾突然中断情节的叙述，而专门辟出一节来，写了如下一段话：

> 冯建军在"文化大革命"中只是个调皮学生，首先是小学生，然后是中学生，对宁"左"勿右的受益没什么切身体验，虽然他和我们那代人一并是"左"的思潮的受害者，例如没读什么书。但正因为没读什么书，思想就没受什么羁绊，也是因为年轻就更没什么禁忌了……古人云：初生牛犊不畏虎。我就拿这句话来形容像冯建

军这样的个体户吧。在 20 世纪 70 年代末和 80 年代初，中国的商海潮中，从事个体经济的人，十之八九是年轻人，而且均是坐在办公室里的人看不起的调皮下家（长沙土话，二流子的意思）！这些人没职业，没工作，而且很大一部分都是劳改释放犯，他们是迫于生存而走上了个体户的道路。[1]

在这段话里，何顿揭示了两个事实：第一，"左"的思潮戕害了整整一代人，像冯建军（以及张小山、黄国辉）这样的人都是时代的牺牲品；第二，恰好正是这一代人成了 20 世纪七八十年代之交个体经济崛起的主力军，这一点是所有人都始料不及的。但冯建军、张小山们的经历亦不能代表他们这一代人，能够在商海中捞到金子的毕竟是少数，除了他们这样的暴发户，其他人或是像陈漫秋、林阿亚、黄国进那样，在严酷的环境下坚持求知和自学，最后成为新时期的大学生（也有少部分人像何勇那样，日后抓住了机会，在提升自己文化层次的同时也随之改变了人生际遇），或是如高晓华、陈兵那样，无法适应时代语境的急剧转变，思维仍旧停留在政治挂帅的动荡年代，最终被抛出历史行进的轨道，更多的人则是在时代变革面前随波逐流或逆来顺受，在破产兼并、下岗失业的风潮中一步步向社会的最底层坠落。

《幸福街》所反映的时间跨度长达七十年，但何顿并没有甚至可以说是力避在小说中表现、传达出此类作品惯常拥有的"史诗性"，他只是凭借自己美术专业科班出身的艺术敏感和高超的速写技巧，为时代、历史以及置身其中的众生赋形。以赛亚·伯林曾经如此比较小说家与社会科学家们在思维方式上的区别："每个人和每个时代都可以说至少有两个层次：一个是在上面的、公开的、得到说明的、容易被注意的、能够清楚描述的表层，可以从中卓有成效地抽

---

[1] 何顿：《我们像葵花》，作家出版社1995年版，第145页。

象出共同点并浓缩为规律；在此之下的一条道路则是通向越来越不明显却更为本质和普遍深入的，与情感和行动水乳交融、彼此难以区分的种种特性。以巨大的耐心、勤奋和刻苦，我们能潜入表层以下——这点小说家比受过训练的'社会科学家'做得好——但那里的构成却是黏稠的物质：我们没有碰到石墙，没有不可逾越的障碍，但每一步都更加艰难，每一次前进的努力都夺去我们继续下去的愿望或能力。"[1] 社会科学家们在回望历史时，往往会从时代背景、国际形势、政策方针等方面出发给出宏阔的阐释，但那些"黏稠的物质"，即个体人性中的复杂因素，却常常会被忽略。这种抽象出的"共同点"和浓缩的"规律"，其实只能算是一个"最大公约数"；而小说家的责任，就是要从那些被忽略的角落里重新发掘出独特的、异质性的东西，从而使对历史的"骨感"阐释变得更加有血有肉。例如，对于共和国历史上长达十年之久的动乱时期，倘若只是将其动因归纳为高层决策的错误，而不能深刻意识到甚至忽略了人性中的卑微、丑恶因素借时代之手得到的空前放大，许多日常生活中的匪夷所思之处便无法得到让人信服的解释。

  何顿在《幸福街》中做得最为出色的，正是将历史的宏大决定因素与个体的性格禀赋完美地结合在一起，从而为个人命运给出了令人信服的解释。除了高晓华的悲剧，在反映时代变革的文艺作品中普遍会涉及的"恢复高考"这一老生常谈的主题上，作者一方面借陈漫秋之母赵春花之口，直接表达"那要感谢邓小平，不是邓小平上台，我陈漫秋能考大学？"的感激之情，另一方面又用相当大的篇幅描述陈漫秋、林阿亚、黄国进等人在"读高中时连书包都不带"的年代里凭借自己的倔强个性和隐忍性格刻苦自学的经历。在书写周兰、林志华夫妇的离奇遭遇时，作者一方面写出了周兰的生性懦弱，离不开男人的呵护与关心，另一方面也点明了林志华心胸的狭隘与善妒，同时不忘以草蛇灰线之笔揭露出严副主任和刘大鼻

---

[1] ［英］以赛亚·伯林：《现实感》，潘荣荣、林茂译，译林出版社2004年版，第22页。

子的卑劣恶毒，极尽诬告构陷之能事，而这些人性中或软弱或邪恶之处，在特殊的时代背景下仿佛获得了病菌滋生的暖床，终于酿成一出人间惨剧，给下一代的心灵也蒙上了数十年无法抹去的阴影。人间百态，凡此种种，浓缩于一条街、七十年，读来令人心中五味杂陈。读罢《幸福街》，我们无法归纳出一个或几个主人公，却能在一群平凡人琐碎但丰富的微观经历中感受到时代变迁的宏阔。那些在幸福街上向"幸福"奔去的人们，不只是何勇、陈漫秋、林阿亚，还有你和我，还有那些在你我的生命中来了又去的山河故人。

（原载于《中国当代文学研究》2019年第4期）

第四辑

从"曹文轩现象"看
新时期文学经典化

在当代文坛上,曹文轩以其多重身份成为一个独特的存在。他将两部著作命名为"文学现象研究",却似乎未曾料到自己会被文学界、出版界当作一种"现象"来加以研究[1]。提起曹文轩,人们首先想到的是一位久负盛名的儿童文学、"成长小说"作家,其次会意识到他身为北大教授、博士生导师;也许还有不少人知道他身兼多重文学官员身份;资深影迷可能了解他在电影编剧方面的成就;而他近年来担任"新概念作文大赛"评委、力推韩寒等"80后"写手、倡导"儿童阅读""分级阅读"的种种举措,又使他俨然成为一位青少年语文(文学)教育专家,成为众多中小学教师、学生和家长追捧的对象……曹文轩已经成为讨论中国文坛现状时不能绕过的人物,但多年来学术界对"曹文轩现象"的关注还只是局限在作者的某(几)部文学作品或学术著作的成绩上,未能深入考察这一现象背后的丰富内涵,尤其是对新时期文学经典化的特殊意义。

在笔者看来,由于曹文轩的多重复杂身份,考察他与新时期文学经典化的关系也应该从多个角度进行,这些角度主要包括:作为

---

[1] 朱向前就曾指出:"我认为曹文轩现象值得研究,所谓'曹文轩现象'指的就是他一手写小说、一手写理论的'两支笔'现象。"(《意象之美与人性之痛——关于长篇小说〈天瓢〉的对话》,载《当代文坛》2006年第4期)类似的提法还可见易舟:《"博导作家"创作学术俱丰硕,"曹文轩现象"受关注》,载《文艺报》2003年1月16日,以及江兵:《"曹文轩现象"的出版学透视》,载《出版广角》1999年第12期。

作家、学者、批评家的曹文轩的文学观与经典观；曹文轩文学作品的经典化过程与策略；曹文轩是如何以学者和批评家的身份参与经典化的。

一、曹文轩的文学观与经典观

曹文轩的文学观与经典观历来都是人们争议的热点。我们可以很容易地挑拣出他文学观与经典观的"关键词"，例如"纯美""感动""审美""形而上""悲悯情怀"，等等。他自称"在理性上是个现代主义者，而在情感和美学趣味上却是个古典主义者"[1]。有评论家指出，"曹文轩的小说以其优美的诗化语言、优雅的写作姿态、忧郁悲悯的人文关怀，执着于古典主义的审美情趣。他追求艺术感染的震撼效果，追求文学的永恒魅力，同时也汲取了西方以安徒生童话为代表的悲剧精神"[2]，他的创作也因此被视为当代文学"古典美"的典范。然而，他对于当代文学的一些偏激看法也屡屡遭到非议。例如，他反复强调并怒斥当下中国文坛的"粗鄙化"倾向，认为"文学不能转向审丑"，"文学不能缺少美的特质"，并且将新时期文学总结为"粮食"与"房子"两大主题，追问作家们"我们可曾想过，这粮食问题与房子问题总有一天是要被解决掉的吗？如觉得文学确实不能这样太形而下，便应在这些问题的背后力图寻找到形而上一些的东西（如人性等）"[3]。这样的文学观无疑极大地影响了他的经典观，进而影响了他对于文学经典的认定与选择。

在其颇有影响的学术著作《中国八十年代文学现象研究》中，曹文轩列举并分析了八十年代的诸多文学现象后发出了这样的声

---

[1] 曹文轩：《永远的古典》，见《红瓦》，作家出版社2003年版，第584页。

[2] 王泉根：《〈曹文轩文集〉的学术品质与审美格调》，《中国图书评论》2003年第5期。

[3] 曹文轩：《论发现》，见《一根燃烧尽了的绳子》，作家出版社2003年版。类似的表述还可见同书的《他们的意义——〈当代大学生文学社团作品选〉序》一文。

音："中国，渴望着'纪念碑'式的伟大作品。"[1]明眼人一眼就能看出，这里的所谓"'纪念碑'式的伟大作品"，其实就是"经典"的另一种说法。因此在布鲁姆的《西方正典》被译介到国内以后，曹文轩似乎马上找到了文学观和经典观上的知音；而他用带有鲜明个人风格的诗意语言倾诉"遭遇"布鲁姆时的欣喜，甚至可以被我们理解为在理论资源枯竭之时抓住了一根救命稻草。对所谓"憎恨学派"将审美"意识形态化"的批判，是布鲁姆写作《西方正典》的出发点。在他看来，文学的审美价值无疑是最基本的文学立场和首要的文学观念。他强调"只有审美的力量才能透入经典，而这力量又主要是一种混合力：娴熟的形象语言、原创性、认知能力、知识以及丰富的词汇"，以及"审美只是个人的而非社会的关切"[2]。其实早在读到《西方正典》前，曹文轩便已经大致形成了与布鲁姆相同的经典观，在随笔集《一根燃烧尽了的绳子》中收录的十七篇对经典作家的解读中，我们看到，那些或是竭力追求形式美或是力图探讨形而上问题的20世纪西方作家的名字占了多数（川端康成、普鲁斯特、卡夫卡、奥尼尔、马尔克斯、博尔赫斯、卡尔维诺、纳博科夫，米兰·昆德拉一人则占了两篇），而毛姆、陀思妥耶夫斯基、契诃夫三人也是19世纪西方文坛上以"形而上"思考和对艺术性追求著称的作家。在对中国作家的态度上，鲁迅因其不可回避的经典地位入选，但曹文轩基本上是在探讨鲁迅在艺术上的不朽价值。另外三位中国作家则分别是钱锺书、沈从文和废名——其倾向与立场不言自明。至于中国当代作家，则没有一人进入曹文轩的法眼；相反，他对已经"经典化"了的当代作家赵树理颇有微词，认为他一生都在关心"当前问题"，开了当代作家执着于"形而下"问题的先河[3]。

---

[1] 曹文轩：《中国八十年代文学现象研究》，作家出版社2003年版，第375页。
[2] ［美］哈罗德·布鲁姆：《西方正典》，姜宁康译，译林出版社2005年版，第20、12页。
[3] 曹文轩：《沉沦与飞飏——从形而下走向形而上》，《解放军艺术学院学报》2002年第1期。

在积极投身倡导"儿童阅读"和中小学生"经典阅读"的活动中，曹文轩终于明确提出了自己的"经典观"："所谓的经典就是那样一种东西，我把它看成是至高无上的。这里的阅读是一种仰视，就是事情到这里为止不能再过去了，就像来到一座高山下面。经典肯定是与时间有关系的，对于现在的东西，我只能这么说，它可能成为经典。""我以为一个正当的、有效的阅读应当将对经典的阅读看作是整个阅读过程中的核心部分。"[1] 尽管曹文轩延续了一向使用的诗意语言风格而使得自己的观点表达得并不是很明确，但综合他在其他场合的表述，我们仍然可以推测出，他所谓"至高无上"的需要"仰视"的经典，就是那些在思想主旨上追求"形而上"、在艺术上追求"纯美""唯美"且倾向古典主义和浪漫主义的文学作品；而"经典"的形成是一个过程，"现在的""（好）东西"理应成为将来的经典。

二、曹文轩文学创作的经典化历程与策略

对于曹文轩的文学创作已经成为"经典"的事实，相信不会存在太大的疑问，因为已经有不少人宣称"曹文轩是新时期以来最出色的少年小说作家之一。自20世纪80年代至今，他一直是少年文学创作的标杆性人物"[2]。曹文轩的文学创作几乎是与新时期文学同时开始的，因此，曹文轩作品的经典化过程可以说是贯穿了新时期文学的始终，是考察新时期文学经典化的一个理想剖面。

提到新时期文学经典化的策略，人们通常会想到文学评奖、评榜叙述、命名叙述、大众文化传媒叙述等路径。而在这些路径上，我们都能看到曹文轩的身影。就文学评奖而言，特别值得注意的有两点：第一，曹文轩一人曾五获中国儿童文学领域的最高奖——全国优秀儿童文学奖，在中国儿童文学领域无出其右者；第二，在第

---

[1] 曹文轩：《阅读是一种宗教》，《中华读书报》2003年10月22日。
[2] 《〈草房子〉百次印刷庆典暨曹文轩创作成就研讨会在京举行》，《出版参考》2010年9月下旬刊。

四届国家图书奖的评选中，曹文轩的个人著作荣获两项大奖，这在历届国家图书奖的评比中尚属首次。此外，在曹文轩的自述中，我们还了解到《红瓦》曾参与了第五届茅盾文学奖的评选，"当年进入茅盾文学奖评奖的终评，直到最后一轮才下来，而且好像就差一票"[1]。罗贝尔·埃斯卡皮曾说过，"在某一种著名的文学奖中获得一票或两票，就会成为一张王牌，人们是不会忘记在书的封套上提上一笔的"[2]。如果我们承认这些由"文学精英集团"颁发的"象征资本"具有权威性（起码就当下而言），并且能够意识到它们在新时期文学经典化过程中所起到的无可替代的作用，我们就应该承认曹文轩的文学创作（起码是获奖作品）已经具有了成为"新经典"的资格。

吴义勤先生在论及文学选本活动时曾指出："它们从不同的角度提供了一个年度内的中国中、短篇小说被'经典化'的机会。"[3] 选本（不仅是年选）和排行榜对于经典化的重大意义并非仅限于中短篇小说领域，对于包括儿童文学在内的一切文学领域都是值得关注的。特别是在中小学生"经典阅读"之风日盛的当下，曹文轩的作品被选入由"当今国内权威的儿童文学专家"们组成高端评选委员会、费一年多时间选编的带有鲜明的"官方""正史"色彩的《百年百部中国儿童文学经典书系》，其"经典"地位的权威性似乎已不容置疑；而诸多民间"经典"选本也纷纷看好曹文轩，将其作品列入选本（如浙江少年儿童出版社的"中国儿童文学分级读本"）的事实，从另一个方面证实曹文轩作品并非仅被学院派的"经典"眼光看好。

在考察新时期文学经典化过程时，文学图书的发行量是一个不

---

[1] 李冰：《曹文轩写〈天瓢〉熬瘦了12斤》，《深圳特区报》2005年6月4日。

[2] ［法］罗贝尔·埃斯卡皮：《文学社会学》，王美华、于沛译，安徽文艺出版社1987年版，第94页。

[3] 吴义勤：《"排行榜"是中国小说"经典化"的重要路径——序〈2007中国小说排行榜〉》，《天津师范大学学报》（社会科学版）2008年第5期。

能回避的话题。特别是在已经进入"畅销书时代"的今天，越来越多的作家和评论家抛弃了"流行＝庸（低）俗"的片面观点，开始探求既叫好又卖座的文学创作与销售之路；而全社会文化水平和文学艺术欣赏水平的提高，自然会淘汰那些庸（低）俗的通俗文学出版物，兴起高品位阅读的热潮。曹文轩的作品几乎每一种都是图书市场上的热门之选。仅《草房子》一书，印刷次数就超过了一百次，江苏少年儿童出版社一家的版本销量就超过六十万册，而包括《草房子》在内的曹文轩"纯美小说"系列问世二十七个月的总销售达到一百零四万册，被国内出版界惊呼为"奇迹"。为此，江苏少年儿童出版社专门在北京举行了"《草房子》百次印刷庆典暨曹文轩创作成就研讨会"。曹文轩作品的畅销与长销，不由得让笔者联想到同样是以高品位青春小说创作著称的日本作家村上春树，而村上作品中文译者林少华先生的论文《村上文学的经典化的可能性——以语言或文体为中心》[1]则力陈村上小说可以列入"经典"的诸多理由：反映了一个时代的风貌和生态；有追问、透视灵魂的自觉和力度；表现了对人类正面价值、对跨越民族和国家的"人类性"的肯定与张扬；对人性的把握和拓展方面有新意；具有个性化的语言或文体。我们发现，曹文轩的作品也基本上具备这些特点：《草房子》《青铜葵花》等对于"文革"时期乡村生活片段的呈现，作者对人性深入剖析，对人文关怀、"感动"等普世理念的追求，以及富有诗意的语言风格，都使曹文轩的作品成为当代中国文坛上醒目的存在。如今，村上小说能否算作"经典"尚无定论，或许这正符合曹文轩的"经典生成过程论"，但林少华论文中列举出的那些观点无疑能带给我们些许启示，成为同样支撑曹文轩文学作品经典化的有力理由。

从《飘》等作品的经典化历程可以看出，畅销书有朝着经典

---

[1] 林少华：《村上文学的经典化的可能性——以语言或文体为中心》，林精华等编：《文学经典化文体研究》，人民文学出版社2010年版，第238—251页。

或名著的方向发展的可能,或者说经典和名著必须首先是畅销书,因为"艺术只有作为'为他之物'才能成为'自在之物'",因此,被阅读和欣赏是艺术作品的重要本质特征","文艺作品的历史的和现实的生命没有接受者能动的参与是不可想象的。"[1] 当下学界对"畅销书"的定义众说纷纭,在陈晓明主编的《现代性与中国当代文学转型》中,就给出了"在一定时期内销售量很高、深受读者欢迎的各类图书"和"专指一种商业运作意识自觉的商业性图书"两种不同的解释[2]。曹文轩作品比较符合前一种定义,但在其出版发行过程中也可以嗅到浓郁的商业气息。广告、书评、专访等传统宣传方式自不待言,在出版商的策划与配合下,曹文轩也曾多次举行大张旗鼓的签售和读者见面活动;而借"人文进校园"等教育主管部门所举办的活动积攒人气,向乡村小学和少儿图书馆赠书等做法,无形中塑造出了作家热心公益事业的形象,相较于许多作家负面新闻不断的现状,堪称成功的宣传与营销策略。种种事实都表明,在一个所谓"注意力经济"作用越来越明显的时代,与各种媒体配合默契程度的大小,或许真的可以影响一个作家及其作品的销量与受关注程度,进而影响其"经典化"的进程。

在全球化时代,"国际影响"理应成为文学经典化的重要因素。例如,村上春树作品的中译本行销总数已逾三百三十万册(截至2007年10月),他本人已经成为最为中国读者熟悉的日本作家;而在国际上屡获大奖也无疑成为"村上春树作为严肃文学作家也正在得到承认"的重要证据[3]。曹文轩的许多作品早已走出国门,在韩国、新加坡等地受到追捧。例如,韩国早在2001年便翻译出版

---

[1] [德]姚斯:《文学史作为文学科学的挑战》,转引自郭宏安、章国锋、王逢振:《二十世纪西方文论研究》,中国社会科学出版社1997年版,第304页。

[2] 陈晓明主编:《现代性与中国当代文学转型》,云南人民出版社2003年版,第283、285页。

[3] 林少华:《村上文学的经典化的可能性——以语言或文体为中心》,见林精华等编:《文学经典化文体研究》,人民文学出版社2010年版,第238—251页。

了《红瓦》，该书随后被韩国全国国语教师协会选为"国内外最优秀的成长小说"，并入选高一国语教材《我们的语言我们的文字》，成为写小说和阅读的样板；至2009年，曹文轩的长篇小说均已被翻译为朝鲜文在韩国出版。而新加坡国家图书馆向全国国民推荐阅读《草房子》，并规定全国所有国立图书馆均需配备四十册《草房子》[1]……国际影响的增强，也为曹文轩作品的经典化过程加分不少。

三、以学者和批评家的身份参与经典化的

曹文轩被誉为"国内少有的学者型作家和作家型学者"，以及"有出色才华的文学理论家和批评家"[2]。然而，除了四部学术著作，我们却很少见到他的学术论著（文），反倒是经常可以看到他为别人的新书作序，或是接受各地各级媒体的访谈，这显然已经成为曹文轩在新世纪表达自己文学观点的最主要方式。一位记者曾如此介绍自己眼中的曹文轩："现在，曹文轩说，最大的愿望就是能够有时间静下心来写书看书。……然而，他做不到。因为俗事缠身。在记者采访的一个多小时里，他接了三个约他讲课或当评委的电话……在曹家书房墙上挂的月历上，九月份三十天中有二十一天画着圈，那是对曹文轩必须外出应付的提醒。……光是写序，曹文轩说他一年到头就不知要写多少，这是他颇为头疼、无奈的事。'外人只看到我写了多少序，不知道我推掉多少'。"[3] 这一段描写或许不仅仅适用于曹文轩，也是当下众多一线评论界、学术界"名人"生活的真实写照。但是从另一个角度来考虑，正是这种生活，众多

---

[1] ［韩］河贞美：《中国当代小说在韩国的接受情况研究——以戴厚英、余华、曹文轩为中心》，北京大学硕士学位论文，2010年；舒晋瑜：《曹文轩：激情难以控制》，《中华读书报》2007年9月5日。

[2] 易舟：《"博导作家"创作学术俱丰硕，"曹文轩现象"受关注》，《文艺报》2003年1月16日。

[3] 薛冰：《湿润曹文轩》，《北京日报》2004年10月24日。

的"曹文轩们"在一点一滴地促成着新时期文学的"经典化"历程。

除了撰写评论,学者和评论家们最常做的事情便是编辑各种文学选本。曹文轩曾参与主持了两次著名的选本活动。首先是在新世纪之初主持编选了《20世纪末中国文学作品选》,其次是他长期担任"年度中国小说""北大选本"的主编工作。《20世纪末中国文学作品选》在诸多当代文学作品选本中的独特地位在于,它选择了"20世纪末"这一时段(其实是20世纪最后的二十年),是一部当时少有的直接针对"新时期文学"的选本。由此不难看出曹文轩在刚刚经历了二十年的新时期文学作品中披沙拣金、力求甄选精品树立经典的意图。而这一选本与他主持的其他选本一样,被冠以"学府选本"的名称,这是编选者理念的集中概括——以"学府"二字彰显与其他商业化选本不同的纯粹性、严肃性、学术性、创造性的品质和特性,这在他为该书所作"后记"中也可看出一二("作为学府选本,这套选集稍微倾向于作品在艺术上的纯粹性")。由此,编选者便毫不避讳明显的倾向性,例如对汪曾祺小说和海子诗歌的格外偏好;而海子小说《初恋》、张承志诗歌《〈心灵史〉第五门尾诗》等"越界之作"的入选,无疑会给读者带来巨大的"心灵震撼"。另外,他还舍弃了不少作家原本被公认的"代表作",而选择他们并不出名但水平与"代表作"不相上下的作品(例如不选鬼子的代表作《被雨淋湿的河》而选《上午打瞌睡的女孩》);选择一些具有一定水平的冷门作家作品(例如许辉及其《夏天的公事》罕被文学史提及,倘若不是被这一选本选入,也许就会一直湮没无闻下去)。这些做法无疑会使"新时期文学经典"更具多样性,但也更复杂了。而"年度中国小说""北大选本"的编选,则是长期以来北大中文系中国现当代文学专业研究生"北大评刊"活动的深入。印在扉页上的"学院的立场,可信的尺度,严格的筛选,切近的点评"点明了这一编选活动与《20世纪末中国文学作品选》"学府选本"在艺术追求上的千丝万缕的血缘关系。更值得注意的是,曹文轩历来强调"点评式"的小说评论与鉴赏,认为"若干世纪以来，艺术品就是这样被阅读的，也正是这样一种阅读，使文学成为了文学"，并由此找到了"新批评"代表人物布鲁克斯和沃伦的《小说鉴赏》与金圣叹、张竹坡等中国古典批评家的相通之处[1]。而"北大评刊"正是他重振评点式、鉴赏式小说评论的实验田，彰显出他力求借助中国古典文艺批评资源参与新时期文学经典化的努力。

曹文轩对文学的关注点从成人文学向儿童文学、"成长小说"和青春文学的转移，或许始自他担任"新概念作文大赛"评委。作为高等学府的代表，曹文轩等人不仅仅只是一次作文比赛的评委，还肩负着为重点高校遴选保送生源的重任。从此，他的名字便与"新概念"和"保送生"联系在了一起。若干年后，曹文轩编选了一套《北大清华高考状元阅读书系》，让六位相当"酷"的北大清华高考"状元"现身说法，介绍自己的阅读书单。这一出版选题看似很突然很"无厘头"，但仔细思索其编选者的背景，便不难得出结论——尽管"新概念"号称是要探索一条人才选拔的新路，是素质教育对应试教育的一次挑战，但在当前中国的教育体制下，所谓的"挑战"无疑是软弱无力的。曹文轩一方面擢拔出韩寒、郭敬明这样的"人才"，力图促使他们完成龙门一跃（但是韩寒似乎并不领情，早早辍学了），从而塑造自己"素质教育先锋"的形象，另一方面却又向应试教育的鼓吹者妥协甚至"合谋"，借应试教育最成功者（"高考状元"）来推广所谓的"经典阅读"。两种做法看似矛盾，但无形中都是在利用手中令无数学子艳羡的高等教育资源书写着自己的神话，从此，万千学子只知曹文轩是"青春文学教父"，或是皈依曹氏"经典阅读"便有成为高考状元的可能，当下传媒界极为重视的"读者忠诚度"由此形成，并得以不断巩固。一个凡事都要"祛魅"的社会，却同时又在进行着"增魅"的荒唐举动。所谓"教父"一词，闪耀其上的"卡里斯玛"光芒是否还不够夺目？而当商业社

---

[1] 王泉根：《2001中国儿童文学理论批评年度综述》，《淮北煤炭师院学报》（哲学社会科学版）2002年第5期。

会力图将各个领域都"偶像化"时，文学界又岂能免俗？

从以上的分析可以看出，曹文轩作品的经典化历程是各种经典化策略共同作用的结果。在这一过程中，作家、出版商、读者、批评家、媒体乃至教育部门都有意或无意地参与其中，为我们绘制出一幅纷繁复杂的当代文坛文化全景图。这无疑是市场经济体制的控制渗透到社会生活的方方面面、新世纪文化生成语境同新时期之初相比已经发生了天翻地覆变化的结果。然而，我们应该意识到这样的文化生成语境亦是一柄双刃剑，在肯定其对文学经典化起到积极作用的同时，也不能忽视其负面影响。

例如，自古以来在文学经典化过程中就存在着"马太效应"（Matthew Effect），即所谓"强者愈强、弱者愈弱"的现象，这实际上是"帕累托法则"（Pareto Principle）在发挥作用（即指在任何大系统中，约80%的结果是由该系统中约20%的变量产生的）。仅就当下儿童文学领域而言，众多名家越来越有名，越来越高产，甚至要效仿大仲马组建"工作室"来满足市场的需求；然而另一方面，新人却鲜有出现，或罕被关注。一窝蜂涌向知名作家势必造成出版资源和出版空间越来越窄，无疑是一种"竭泽而渔"的自杀式发展。"经典"需要我们以敬畏的态度去仰视，但仰视经典的最终目的是争取创造出足以超越前人的新经典，力争使经典书单越来越长，这才是文学发展的终极动力。但当前更多的作家在经典面前却仅知"敬畏"，或是认为自己没有超越旧经典的能力，或是认为已有的经典无需超越，从而导致创作动力的匮乏。这种文学创作上的"惰性"，是当下中国文坛的通病，值得每一位中国作家、批评家和文学图书出版者的警惕。

（原载于《南方文坛》2012年第4期）

论"文革"时期的"工农兵业余创作"[1]

浏览"文革"时期的报纸杂志,"工农兵创作""工农兵业余创作""工农兵业余作者"的提法随处可见。的确,"工农兵创作"是"文革"时期最具特色的文学现象之一,它带有鲜明的时代印记,包蕴着深厚而丰富的社会、政治和文学内涵。对"文革"时期的"工农兵创作"做一次梳理,有助于我们深入体会那个极端年代里作家身份在"革命"名义下发生的剧变,进而理解"文革"时期文学体制的若干特点。

一

"文革文学"并非20世纪中国文学版图上的孤峰,而只是"左翼文学""革命文学"这一山脉中风景比较独特的一个山头罢了。所谓"文革文学"不过是以政治历史标准在文学史中做出的生硬划分。韦勒克的"文学分期说"强调考察一个时期的文学"规范",而这一"规范"的产生、变化、衰落,都应该是有迹可循的;况且一个时期的"规范"在另一个时期之中不可能完全消失,而是持续地产生影响。由此考察"文革文学"及其体制,我们虽然能发现其中许多强烈的风格与特征,却不容易找出这一时期的所谓"规范",

---

[1] 本文为教育部社科基金项目《文学制度改革与中国新时期文学》(项目批号08JA751027)的阶段性成果。

因此我们在研究过程中不能完全抛开"十七年文学"甚至"左翼文学"的大背景。正如一些学者指出的,"文革文学""是50年代'激进文学'兴起后的合乎逻辑的发展。……最大限度地放大了极左文艺路线,并强制性地演化为唯一的文艺思潮"[1],而"所谓50—70年代的'当代文学',其实就是中国的'左翼文学'(广义上的使用),或者说中国的'革命文学'的一种'当代形态'"。[2]

在数千年的中国文学史上,"民间"一直是文学生长的肥沃土壤,民间文学创作是一条绵延不断的线索。然而在古代,民间的文学创作一直被封建文人所忽视。直到20世纪初,随着"五四"新文学运动对"人"的重新发现,周作人、顾颉刚、钟敬文等一批作家学者开始关注发掘整理民间文学,并将民间文学传统视作新文学发展的重要资源。这一潮流深刻影响了提倡"革命文学"的左翼作家,民间文学成为"大众文学"的重要组成部分。

中国共产党历来重视以民间文学为主要表现形式的群众性文艺创作,并将其视为宣传工作的重要组成部分和手段。为人熟知的史实是延安时期党领导下的文艺工作者对陕北民歌的收集、整理和改编运动。这次运动是《在延安文艺座谈会上的讲话》发表后边区文艺工作者努力践行这一党的文艺指导思想的成果。在第一次文代会上周扬所作的《新的人民的文艺》报告中,曾经指出解放区的广大工农兵不仅接受了新文艺,而且还直接参与了新文艺的创造。新中国成立之后,民间文学得到空前的重视与发展,特别是毛泽东在成都会议上的讲话为中国新诗指出了民歌和古典两条"出路",强调"形式是民歌的,内容是现实主义和浪漫主义的对立的统一"之后,《人民日报》发表了《大规模地收集全国民歌》的社论,掀起了1958年"大跃进"民歌运动,更将民间文艺和群众创作推向了

---

[1] 孟繁华、程光炜:《中国当代文学发展史》,中国人民大学出版社2009年版,第147页。

[2] 洪子诚:《问题与方法——中国当代文学史研究讲稿》,生活·读书·新知三联书店2002年版,第282页。

前所未有的高潮。例如，河北省开展了"'歌颂大跃进、回忆革命史'一千万件群众文艺写作运动"，争取在十个月的时间内征集一千万件（首、篇）群众文艺创作[1]。这次运动对人们产生了巨大的心理影响，为日后"文革"期间以诗歌创作为主要表现的群众写作奠定了基础。

还有一个因素不应忽视，那就是五六十年代文艺界掀起的学习乌兰牧骑的热潮。乌兰牧骑的成功证明，文艺工作者仍然有必要保持艰苦朴素的作风，在宣传工作中端正服务态度、采用灵活机动且容易为广大群众所接受的文艺形式是非常必要的，"专业"的禁锢与迷信是完全可以打破的，这就为此后的群众文艺工作指出了一条道路，间接地促进了"文革"时期群众文艺和群众写作热情的空前高涨。

二

"群众写作"，或曰"工农兵创作"，在新中国成立后获得了强有力的理论和政策支持。周扬曾多次强调，"什么叫社会主义文化呢？就是全民的文化，劳动人民的文化"[2]。要"使文化真正成为工人农民和一切劳动人民自己的文化"，就要"把文化、技术成为群众的，掌握到群众手里"[3]。他为将来的群众文艺创作、"共产主义文化"勾画了一幅蓝图："通过体力劳动和脑力劳动相结合，最后达到共产主义。工人农民一方面做八小时工作，一方面受业余文化教育，根据他们爱好，又是科学家、文学家，又是管理干部。他的业余活动，一是搞科学技术创造，一是搞文艺。而专业作家呢，

---

[1] 《歌颂大跃进，回忆革命史——河北开展一千万件群众写作运动》，《读书》1958年第12期。

[2] 周扬：《文艺创作和艺术表演》，见《周扬文集》（第3卷），人民文学出版社1990年版，第98页。

[3] 周扬：《建立中国自己的马克思主义的文艺理论和批评》，见《周扬文集》（第3卷），人民文学出版社1990年版，第33页。

也要参加体力劳动。那时，实际上已不存在专业作家了，只有这样，才谈得上共产主义文化"[1]。邵荃麟在总结新中国成立后十年的文学成就时也肯定说，"文学的普及工作和群众创作运动的高涨为整个文学艺术的提高奠定了广阔的基础。它是社会主义文化革命的一部分"[2]。

对群众创作的高度评价，在作为"文革"时期文艺理论核心的纲领性文件《林彪同志委托江青同志召开的部队文艺工作座谈会纪要》中达到了极致。《纪要》总结了"文革"前夕的工农兵创作情况："近三年来，社会主义文化革命的另一个突出表现，就是工农兵在思想、文艺战线上的广泛的群众运动。从工农兵群众中，不断地出现了许多优秀的、善于从实际出发表达毛泽东思想的哲学文章；同时还不断地出现了许多优秀的歌颂我国社会主义革命的伟大胜利，歌颂社会主义建设各个战线上的大跃进、歌颂我们的新英雄人物、歌颂我们伟大的党伟大的领袖英明领导的优秀的文艺作品，特别是工农兵发表在墙报、黑板报上的大量诗歌，无论内容和形式都划出了一个完全的崭新的时代。"[3] 此文一出，再加上"文革"初期"砸烂作协"、批倒批臭老作家的大规模运动对创作队伍造成的巨大破坏，带来了文学创作者身份的大转变，"工农兵业余创作"被推向了"文革"时期文学（艺）创作的最前沿。粉碎"四人帮"前夕的1976年8月，《朝霞》月刊发表了一篇题为《"工农兵业余作者"这个称号》的文章，可以说是"文革"期间群众写作的一个总结报告。文中称，"工农兵业余作者——这是一支崭新的文艺队伍""这是无产阶级文化大革命中出土的新苗"，"这七个字却

---

[1] 周扬：《和工人业余作者的谈话》，见《周扬文集》（第3卷），人民文学出版社1990年版，第26页。

[2] 邵荃麟：《文学十年历程》，《邵荃麟评论选集》上册，人民文学出版社1981年版，第371页。

[3] 《林彪同志委托江青同志召开的部队文艺工作座谈会纪要》，《人民日报》1967年5月29日。

有深刻的含意。'工农兵'点出了作者鲜明的阶级属性，表明作者是从事社会物质生产的普通劳动者，'作者'这两个字告诉人们，正是这些普通的工农兵，在生产物质财富的同时，也为自己的阶级从事精神生产。中间的'业余'，却像一个等号，把'工农兵'和'作者'联系到一起。七个字，使我们看到了一批限制资产阶级法权，缩小三大差别，为共产主义自觉奋斗的战士。""他们努力像欧仁·鲍狄埃那样战斗。笔，就是战斗的武器。""战斗吧，前进吧，工农兵业余作者！"[1]

在"文革"时期，"作家"或"专业作家"是相当敏感的称谓，一个人如果被称为"作家"，就仿佛被贴上了"白专"的标签，从人民群众的队伍里被孤立、剔除出去。洪子诚曾经注意到新中国成立初期对文艺工作从业人员称谓的变化："各个协会的'工作者'都被'作家''戏剧家''音乐家'取代。……1949年'进城'之后，大概从1952—1953年开始，文艺界实际上有一个'正规化'的步骤，是在有意识地脱离根据地和延安时期那种文艺模式，那种文学活动方式。"[2]然而，这种做法从一开始就争议不断。如果说，周扬在说"业余艺术活动的目的是提高劳动者的文化，而不是使业余艺术活动分子脱离他们基本的生产的活动"，"将业余的写作者、表演者或歌唱者任意地、不适当地从生产中抽离出来使之专业化，是不妥的"[3]时，"业余艺术活动分子""业余的写作者"等用语仅仅是表明一种"非专业化"和"业余"的状态，并非针对"专业作家"而言，那么，当我们读到"我们把劳动人民所创造的称之为'民歌'；而把诗人、作家所写的称为'诗'"[4]这样截然二元对立的划分时，

---

[1] 胡廷楣：《"工农兵业余作者"这个称号》，《朝霞》1976年第8期。

[2] 洪子诚：《问题与方法——中国当代文学史研究讲稿》，生活·读书·新知三联书店2002年版，第194—195页。

[3] 周扬：《为创造更多的优秀的文学艺术作品而奋斗》，见《周扬文集》（第2卷），人民文学出版社1985年版，第259页。

[4] 邹荻帆：《民歌即景》，《文艺报》1959年第9期。

便可真切地感受到"业余"与"专业"之间矛盾不可调和的火药味了；更何况，说这句话的人正是当年"七月派"的重要成员邹荻帆。

即使是思想觉悟极高的"工农作者"，也有可能在资产阶级思想的进攻下发生蜕变，这一可能性令"文革"领导者无比焦虑。在"任犊"那篇臭名昭彰的《走出"彼得堡"！》中，作者就明确提出了工农作者的"变质"问题，并将原因归结为"资产阶级知识分子的包围"。而所谓"彼得堡"，正是"受到那些满怀怨恨的资产阶级知识分子的包围"的作家协会[1]。此文发表时间距离"文革"初期砸烂"作协"运动已经过去近十年了，但是作者对"作家""作家协会"的警惕仍未消除。这一"矛盾"，在"文革"时期文艺刊物的"征稿启事"中更为明显地表现了出来。

在《学习与批判》1973年第3期上刊登的《朝霞》月刊"征稿启事"中，有如下声明："希望广大工农兵业余作者和专业作者踊跃来稿"[2]；而在《朝霞》月刊创刊号上的《努力反映"文化大革命"的斗争生活》征文启事中，则表达为"热情歌颂无产阶级文化大革命的光辉胜利，大力宣传无产阶级文化大革命中涌现的新生事物，……这应当是我们工农兵业余作者和革命文学工作者的光荣任务"[3]。在这两则征稿启事中，"作家""专业作家"之类的称谓统一被"作者"所取代，"某某家"的"资产阶级"和"个人主义"倾向由此被抹去；同时，我们不难看出编者在有意地强调"工农兵业余作者"与"专业作者"的区别；而"征文启事"中对两类作者的刻意区分，难道是在暗示读者"工农兵业余作者"并不属于"革命文学工作者"吗？到了1974年第7期的《努力反映抓革命促生产的斗争生活》"编者的话"中，干脆就舍去"专业作者"不谈，而只提"工农兵作者"："我们希望广大工农兵作者能继续向本刊提供反映这方面内容的稿件，宣传和推广先进事迹，以夺取批林批

---

[1] 任犊：《走出"彼得堡"！》，《朝霞》1975年第3期。

[2] 《征稿启事》，《学习与批判》1973年第3期。

[3] 《〈努力反映文化大革命的斗争生活〉征文启事》，《朝霞》1974年第1期。

孔和社会主义建设的更大胜利。"[1]而在《山东文艺》试刊期间的"稿约"中有如下规定:"小说、散文、报告文学、革命故事、诗歌、戏剧、曲艺、美术、摄影、音乐等文艺作品和文艺评论文章,本刊都热烈欢迎。同时,《山东文艺》还开辟'业余文艺宣传队节目选登''故事会''谈创作、评作品'和'文艺常识小谈'等专栏,欢迎踊跃投稿。"[2]之所以将文体或栏目设置刻意分为两类,大概也是出于如下的考虑:一方面,"业余文艺宣传队节目选登""故事会"等栏目,刊登的是"工农兵业余作者"的"群众写作",这些"群众写作"是"文化大革命"时期涌现出的"新生事物",需要加以突出强调;另一方面,"小说、散文、报告文学……"题材,更多的是"专业作者"们的创作,其"潜台词"似乎是说"工农兵业余作者"从事这类体裁的创作有勉为其难之嫌。当然,公开表达后一方面的考虑在"文革"期间是大忌,因此编者才处心积虑地用如此"委婉"的方式表达了自己的倾向。但是,这一倾向并未在此后的编辑过程中得到贯彻,在"文革"期间的《山东文艺》上,我们仍然可以不时看到"工农兵业余作者"创作的小说、革命故事等。

"文革"期间,各地以各种方式大力培养"工农兵业余作者",积极扶持"群众写作"。以《朝霞》为例,该刊曾登出《希望有更多的好评论》,指出"无产阶级文化大革命以后,一支无产阶级文艺创作大军迅速形成,许许多多工农兵拿起了笔,热情讴歌伟大的党、伟大的时代,……内容革命,形式健康,很受群众的欢迎",因此文艺评论应"给予满腔热情的支持"[3]。除了在文艺评论方面的扶持,《朝霞》编辑部培养文学"新人"的最主要手段是举办各种形式的写作学习班和组织征文活动。早在《朝霞》丛刊创刊初期,主办者就曾挑选以工农兵青年作者为主的三十多人开办了创作学习班;而《朝霞》月刊的创办,本身就是为了配合《努力反映文化大

---

[1] 《努力反映抓革命促生产的斗争生活》,《朝霞》1974年第7期。
[2] 《稿约》,《山东文艺》,1972年试刊第1期。
[3] 谢镇夏:《希望有更多的好评论》,《朝霞》1975年第8期。

革命的斗争生活》征文活动的开展。

三

"文革"时期最著名的"工农兵业余创作"活动,当属1974年的天津宝坻县小靳庄诗歌运动;而最能体现"文革"时期"工农兵业余创作"活动严密组织性的,是贯串整个"文革"乃至整个六七十年代的"革命故事会"运动。

小靳庄诗歌运动是江青为宣传"批林批孔"而特意树立的标杆。刊于1974年4月22日《光明日报》的《革命豪情满胸怀——记天津市宝坻县小靳庄大队政治夜校的诗会》是较早报道小靳庄诗歌活动的文章。从文中我们了解到,在小靳庄,农民写诗本来是作为一种调动学文化积极性、普及文化知识的手段,是政治夜校学习的一项内容。作为一项群众文艺活动,它继承了民间文艺创作的优良传统,其形式本无可厚非。然而,当它为"四人帮"所利用,性质就大大发生了转变。

这些风光一时的"诗作",尽管有一部分的确是当地农民所作,或是由他们你一言我一语地"集体创作"出来的,但是,有相当数量诗歌的作者身份却非常可疑。"文革"后一篇批判文章控诉"四人帮"的阴谋,"他们欺骗毒害小靳庄的贫下中农和广大社员,加工改制,捉刀代笔,炮制出一篇篇黑诗,以小靳庄诗歌的名义,达到自己的罪恶目的。例如,那首所谓《不信邪》的诗,原作只有几句,意思也与后来发表时不同,由于'四人帮'及其死党、干将看中了这个题目,就指使人大肆加工修改,从几句变成十几句、二十几句,又变成三十几句。同一首诗,从口头传诵到报刊发表,变得面目全非;而在同时出版的两本诗集中,也是两个样子"。[1] 而宝坻档案局所编的资料《小靳庄典型始末》(未出版)指出,"七十

---

[1] 哲明:《"四人帮"的阴谋与小靳庄的诗歌——彻底清算"四人帮"利用小靳庄诗歌反党的罪行》,《天津师院学报》1978年第2期。

多首诗歌作者成分复杂。有根据需要改动较大，增强了'思想性'，改变了诗歌的内容和性质，……有本人讲述意思别人代写的诗歌，魏永胜的快板诗《喜看今日小靳庄》是由天津著名快板演员李润杰代写；也有要求别人代写或编者拼凑的，《小靳庄诗歌选》（第二集）本来没有王灭孔的诗，编者认为不妥，理由是'江青改过名字的即应有诗'，故王灭孔请编者代写了《历史经验须借鉴》这首攻击邓小平的诗歌充数"。这一创作和署名情况，与"解胜文"的创作与署名情况极其相似："'解胜文'写作组发表的文稿，部分用'解胜文'笔名，部分用八个成员的真实姓名，还有相当多的部分用的是基层干部战士的署名。……带着集体确定的主题下到某先进单位，或者找来某几个先进个人，极其巧妙地向他们'灌输'预先确定的主题，让他们依样画葫芦地写出初稿。'解胜文'将初稿收上来集体研究出具体的提纲和修改意见，交给小组成员一人一篇地重写，几乎是推倒重来，甚至对原稿一字不留；重写后仍然交给组长杜一篇一篇一字一字地修改。最后将定稿交一份给初稿人。发表时署初稿人姓名，文后加个括号，注明：'解胜文整理'。"[1]可见，"文革"时期"工农兵业余创作"的具体情况极为复杂，单纯从文章的署名来推测作者的身份，很有可能会被这些为外人所鲜知的内幕所迷惑，从而做出错误的判断。

相较于小靳庄诗歌运动，"革命故事会"运动虽然在声势上不算大，但其波及范围似乎更广。据说，直接引发"文革"的毛泽东关于文艺的第一个"批示"（即1963年12月12日关于各种艺术形式"问题不少，人数很多，社会主义改造在许多部门中，至今收效甚微"的批示），就是毛针对中宣部文艺处《文艺情况汇报》上关于柯庆施在上海抓革命故事受到群众欢迎的情况的报道而做出的[2]。姚文元此后还跟风写了一篇《向革命故事学习》，模仿《共

---

[1] 梁珊：《喧嚣与寂寥：小靳庄诗歌创作现象研究》，河南大学硕士论文，2007年。
[2] 涂光群：《中国"作协""文化大革命"的历程（上）》，《五十年文坛亲历记》，辽宁教育出版社2005年版，第176—177页。

产党宣言》的句式指出"一个讲革命故事的群众运动,从农村到城市,正在工农兵群众中蓬勃开展",特别强调"革命故事大部分是工农业余作者的创作。从《故事会》丛刊来看,在它一至十七辑的一〇七个故事中,就有一〇四个故事即百分之九十七是业余作者的作品。其中工、农、兵业余作者创作的有七十五个,占百分之七十二,而且有不少作者是参加劳动的知识青年、基层干部和老农民。创作过程,一般是在党组织和有关方面(文化馆、站,《故事会》编辑部等等)帮助、启发下,用个别和集体相结合的方法,创作出故事的初稿,再经过故事员的多次口讲、不断加工然后完成的。"[1]这篇文章成了"文革"期间大讲革命故事运动的纲领性文件,在其指导下涌现了上海市金山县文化馆等一批开展群众性的革命故事活动的标兵,上海还创办了《革命故事会》这一专门刊载革命故事作品和创作经验的刊物。这一现象其实有着深厚的文学社会学内涵。"弗雷德里克·詹姆逊认为,每一种文类形式都是该形式多种不同运用经过竞争后的残存。……每一种"形式",每一种文类一叙事模式,就其存在使个体文本继续发生作用而言,都负荷着自己的意识形态内容。"[2]而"文革"时期文学领导者对"样板戏"以及工农兵业余创作的诗歌、革命故事等文体的强调,鲜明地体现了詹姆逊如上所说的"形式的意识形态"。

四

从上述对"文革"时期"工农兵创作"情况的梳理,我们可以看出"文革"时期文学体制的一些特点;同时,由于文学体制与政治体制、政治状况密不可分,从中又能够体会出"文革"时期乃至新中国成立后近三十年的所谓"毛泽东时代"的政治特点。

最显著的特点,当然是对"人民"或"人民性"的高度强调。

---

[1] 姚文元:《向革命故事学习》,《红旗》1965年第9期。
[2] 王逢振:《政治无意识和文化阐释》,见《马克思主义美学研究》第3辑,广西师范大学出版社2000年版,第345页。

"人民"经常与"群众"连用,几乎成为新中国成立后一切政治行为的理由。毛泽东《在延安文艺座谈会上的讲话》强调文艺要为工农兵服务、要创作人民群众喜闻乐见的作品,强调革命文艺必须站在人民的立场上歌颂和教育人民,强调革命文艺工作者必须同人民群众相结合。这些都已是有关中国当代文学最基本的常识。但是,《讲话》中"这种新民主主义的文化是大众的,它应为全民族中百分之九十以上的工农劳苦民众服务,并逐渐成为他们的文化"的阐述并未提出"工农兵创作"的概念;如前所述,这一概念是新中国成立以后经由文艺领导者的一步步阐述才慢慢形成的,是将"群众"这一理念阐释到极致的产物。这一极致化的阐释带来的恶果,即是王元化所说的"公意"对"民间社会"的侵犯:"不幸的事实是,这种比人民更懂得人民自己需求的公意,只是一个假象、一场虚幻。其实质只不过是悍然剥夺了个体性与特殊性的抽象普遍性。以公意这一堂皇名义出现的国家机器,可以肆意扩大自己的职权范围,对每个社会成员进行无孔不入的干预。"[1] 以"人民群众"(工农兵)的名义、以"民意"为表现形式,"工农兵业余创作"自然成了"文革"时期最"政治正确"的文学创作形式。

"文革"时期对"工农兵业余创作"的强调,还体现出了新中国成立以来中国在各个领域的"反专业化"倾向。在洪子诚看来,"在'当代','专业'和'非专业',不仅指个人工作精力和时间的分配,而且是一种文学写作能力和价值的估定,是一种认定的'资格'。……可以看作是当代作家在"身份"上制度化或体制化的表征。"[2] 而毛泽东"深深地怀疑专业化的有效性和动机。专业主义的观点宣称,为了恰如其分地处理某些问题,有必要利用专家的知识,可是,专业化会对群众的积极性和党的权力产生微妙的限制。毛泽东要求干部'又红又专',以回答对党的权力的挑战。他

---

[1] 王元化:《札记二篇》,《方法》1998年第4期。
[2] 洪子诚:《问题与方法——中国当代文学史研究讲稿》,生活·读书·新知三联书店2002年版,第227页。

还鼓励专业领域向群众活动开放。"[1] 由于"专业化"在文学艺术领域对党的绝对权力的挑战最为严重，并且会在意识形态层面严重动摇统治的稳定，毛泽东才会在晚年从文艺领域入手，断然发动一场名为"文化"的"大革命"。"工农兵业余作者"的身份正是对"专业作家"身份和权威的挑战，它对"文革"发动理由的密切契合，自然使其成为"文革"时期最具合理性的创作身份。

"文革"对"工农兵业余创作"的极端强调，显示出从左翼文学以来"革命文学"的一个突出特征，即洪子诚所谓的"文学实验"性[2]，而一观点这又恰好与西方学者认为新中国政治决策带有"实验主义"色彩[3]的论断不谋而合。对于"工农兵业余作者"的充分信任，对"锻炼"一词的频繁使用，对创作过程的鼓励与辅导，以及创作实践由幼稚到比较成熟的发展，都是这种"实验性"的体现。

此外，"工农兵业余作者"的年龄结构，体现出"文革"时期对"新生力量""新鲜血液"的迫切愿望，而这又是一百年来中国"青春—革命"文学的一贯要求。"文革"发动的时机，正是新中国成立后出生的一代人已经逐渐成长起来的时间段。从新中国成立初期开始的大规模"扫盲"运动，扫除了工农兵从事文学活动的障碍；他们从小接受的社会主义教育，更不会受到封建主义和资本主义教育的所谓"毒害"。这一切，都是"工农兵业余创作"得以兴盛的深刻原因。

（本文原刊于《小说评论》2012年第5期）

---

[1] ［美］詹姆斯·R.汤森、布兰特利·沃马克：《中国政治》，顾速、董方译，江苏人民出版社2010年版，第156、112—113页。

[2] 洪子诚：《问题与方法——中国当代文学史研究讲稿》，生活·读书·新知三联书店2002年版，第189页。

[3] ［美］詹姆斯·R.汤森、布兰特利·沃马克：《中国政治》，顾速、董方译，江苏人民出版社2010年版，第216页。

琅嬛流麦

1935-1940：刘呐鸥电影往事

1940年9月5日，刚刚经历了一场狂风暴雨的上海滩仍然暑热未消；但比暑热更令人难忘的，是当日《国民新闻》报头版格外引人注目的左下角。

报丧

国民新闻社社长刘呐鸥（灿波）先生恸于民国二十九年九月三日下午二时十分在福州路京华酒家惨遭暴徒狙击为和运而殉难其遗体已移归忆定盘路一五六弄五号俟刘太夫人自原籍抵沪后定期举行丧殓谨此报闻

刘呐鸥先生治丧委员会启

中华电影股份有限公司启事

本公司制作部次长刘灿波先生于本月三日下午二时十分在四马路京华酒家不幸被凶徒狙击逝世关于治丧事宜由本公司组织治丧委员会办理其出殡日期及地点俟决定后再行登报通知特此通告

中华电影股份有限公司谨启

这两则并排刊登在报纸头版的"讣闻""启事"，无论是醒目的粗黑线方框，还是比《国民新闻》报头字号还要大的"报丧"二字，超凡的规格似乎都在证明死者身份的特殊。"刘呐鸥（灿波）先生"，一个似曾相识的名字，在现代文学史上曾经如超新星爆发般辉煌过的"新感觉派"先锋，在故纸堆中又一次闪耀了我们的双眼。正如超新星爆发会迅速坍缩形成可怕的"黑洞"，作为小说家的刘呐鸥仅仅在20世纪二三十年代之交留下寥寥十几篇小说便迅速销声匿迹；而1940年的"国民新闻社社长"和"中华电影股份有限公司制作部次长"的双重身份，以及"惨遭暴徒狙击为和运而殉难"这种黑帮片桥段式的人生绝响，又使其人生中最后五年的经历变得愈发扑朔迷离。曾经的小说家摇身变为电影人，一段并不单纯的电影往事渐渐浮出水面。

  刘的好友、同为"新感觉派"代表人物的施蛰存在回忆与刘呐鸥的交往时，曾重点提及"晚上七点左右去看电影"是台南富家子弟刘呐鸥在上海奢靡生活的重要组成部分。对电影艺术的热爱，以及广泛观赏世界各国影片（特别是好莱坞娱乐片）打下的欣赏基础，培育了刘呐鸥独特且颇具深度的电影艺术观念。也正因为如此，他才会和好友黄嘉谟（《何日君再来》的词作者）一起，在1933年前后向"左翼电影"开火，掀起一场在中国电影史上占有重要地位的"软性电影"和"硬性电影"之争；他为电影功用做出的界定——"等于是逃避现实的催眠药"，和黄嘉谟著名的"（电影是）给眼睛吃的冰淇淋，是给心灵坐的沙发椅"的论断一起，成为左翼电影人猛烈批判的对象。他们在提出理论和掀起论争之外，还投身创作实践。刘呐鸥创作了电影剧本《永远的微笑》，这部由影星胡蝶主演的影片也成了他在电影领域的代表作。除此之外，据记载，他还参与了《民族儿女》《初恋》《密电码》等故事片的拍摄制作，还拍摄了一部带有鲜明个人风格的实验性纪录片《持摄影机的男人》。刘呐鸥在抗战爆发前的电影活动大致如此。在日本帝国主义燃起全面侵华战火、中国早期电影黄金时代戛然而止的节点上，骨子里不甘寂寞的刘呐鸥似乎寻觅到了又一次"超新星爆发"的良机，而这也为他的悲剧命运悄悄埋下了伏笔。

"中华电影股份有限公司"所带有的暧昧色彩：熟悉中国电影史的人对于这个公司应该并不陌生，在许多场合的表述中，它的前面常常还要加上一个"伪"字。在这样一个由日本"电影特工"操纵成立、为日本帝国主义"电影国策"和侵略野心服务的机构中担任"制作部次长"的职务，任何人都无法证明自己的清白。也正因为如此，就在刘呐鸥被狙击殒命后不久，远在大后方的国民党中央电影制片厂厂长罗学濂在一次公开讲话中为了强调上海"孤岛"电影界"正处在忠贞无耻的生死斗争时刻"，特意举刘为例："孤岛的极少数电影人落水，有少数的虫豸蜷伏在黑暗的角落里投机买卖……变相的出卖灵魂……穆时英、刘呐鸥之流已被'诛伏'……（中央政府）还会有更多的制裁。"而1940年10月29日，导演史东山在向国民党文化工作委员会说明关于电影工作的情况时，也提到了一个半月前发生在上海的狙击刘呐鸥事件："我们电影制作者中连续出现了出卖祖国的叛逆者。刘呐鸥是用我们的手射杀的，他是叛逆者的代表，此事对于叛逆者是严厉而残酷的教训。"那么，刘呐鸥又是怎样由一个"艺术至上"的鼓吹者蜕变成"孤岛"电影人中的无耻丑类的呢？

抗战爆发之时，刘呐鸥尚在国民党中央宣传委员会直属的中央电影摄制所任职，曾担任过审查委员会委员、剧本监督委员会主任及剧本部长等职。"中电"时期刘呐鸥的最大成就，便是那部曾名噪一时的纪实性故事片《密电码》。该片由张道藩根据亲身经历写出情节，刘呐鸥以此为素材写作剧本并和黄天佐（日本无条件投降后，黄因战时在中华电影、中联、华影就任要职，被判处徒刑三年，褫夺公权三年）共同导演，据说上映后颇为卖座。后来成为延安报告文学作家的黄钢，当年恰与刘呐鸥在"中电"同一部门共事。刘殒命后不久，黄钢即写了一篇题为《刘呐鸥之路——回忆一个"高贵"的人，他的低贱的殉身》的长文回忆自己与刘呐鸥的交往，先是作为"鲁艺"的创作作业，后又被推荐到香港《大公报》连载。

其中披露了一个重要细节：在南京国民政府撤离之前，曾由刘呐鸥起草拟定了一份"国家非常时电影事业计划"。将这一对战时电影工作具有纲领性意义的工作交由刘呐鸥承担，可见当时国民政府的电影官员对刘的充分信任。然而，在刘呐鸥撤离南京前接电话的片言只语中，黄钢却听出了他的如下态度：计划虽由他起草拟定，不过却没有什么用，因为中日双方正式打起来之后政府不知道要退到什么地方去，而在内地那样的条件下根本无法开展电影制作的；第二，面临日军空袭，"全国巡回放映网"的办法行不通、无意义；第三，不必忙着去拍防空的教育短片，因为对于一字不识的老百姓来说，用电影去教育他们也是做无用功。"就是这样荒谬无理的意见，刘呐鸥用轻蔑的，但也是婉转的口气说出来，说毕抛下话筒，算是交代好他最后的工作。"再联系刘呐鸥之前对于"国防文学"等口号的厌恶态度，黄钢断定他必将走上汉奸之路。果然，不久之后他"就从报上看到了刘呐鸥在沪替日方管理电影检查事业，出入与日人为伍，生活更加富裕了"的消息。

刘呐鸥生命末期的电影活动，与金子俊治、松崎启次和川喜多长政这几个日本人的名字紧紧联系在一起。特别是松崎启次，他留下的《上海人文记》一书，用大量的篇幅记载了自己与刘的交往，成为研究刘呐鸥的最重要文献之一。在该书的自序里，松崎自称"我是电影制作人"，"我被派到上海，在那里担任的工作是设立电影公司"，他在中国工作由刘呐鸥始，也由刘呐鸥终。

在上述三个日本人中，刘呐鸥接触金子俊治最早。根据近年来日本学者的研究，刘呐鸥放弃随"中电"内迁而转投上海，并不仅仅是由于对电影事业（或者说是对"拍电影"这一工作）的追求。出身台南富商家庭的刘呐鸥，身体里流淌着传承自父辈的商人血液。他当年在上海过着奢靡的生活，仅凭家里的供给是远远不够的，他的主要经济来源是靠房屋出租。据说他在虹口的公园坊有整整一条弄堂、三十多幢房屋的房产供出租。在日本外务省外交史料馆的"有关台湾人的杂项：台湾的不逞之徒"的分类专案中，保留有一份《关于要注意的台湾人刘呐鸥在南京中央电影审查委员会就任委员的档案》（1936年9月24日由上海内务书记官北村英明签发给负责"取缔思想犯"的警保局长萱场军藏）。在这份档案中，刘呐鸥的主业即为"房屋出租"，而广为后人所知的"从事文笔活动和电影工作"则只是他的"副业"。之所以成为"要注意的台湾人"，且被纳入"不逞之徒"的范围，一方面固然是因为他"透过某中国人与时事新报（中国的日刊）记者或明星电影公司保持关系。同时，秘密地和多名可疑的中国人持续交往，而且专门躲避与在华的台湾人进行交流。因为其动向相当可疑而予以关注之际，这次又被任命为以罗刚为委员长的南京中央电影审查委员会委员"。但是，他的"房屋出租"主业也颇让日方关注。商人逐利的本性肯定不会容许他抛弃巨额房产随南京国民政府流亡内地，黄钢在记述中也借一位朝鲜籍同事之口佐证了这一点。当时金子俊治在上海日军报导部工作，军衔为少佐，分管谍报班对华宣传和宣传班对内宣传，权限颇大，电影工作亦是其分内之事。刘呐鸥以自己在电影方面的专长主动接触金子少佐，其用意很大程度上是想以此保住自己在上海的房产。

但金子俊治毕竟只是个军人，真正在电影业务方面同刘呐鸥打交道的，还是松崎启次。在金子俊治的牵线搭桥之下，刘结识了正"日夜兴奋的制作纪录片《上海》《南京》"的松崎启次。这两部纪录片完全是为了配合日本军方向国内和占领区民众宣传战况、炫耀"军威"而拍摄的，美其名曰"文化电影"，分别由龟井文夫和秋元宪导演。刘呐鸥的主要工作，则是为这两部纪录片的拍摄尽可能地提供帮助。此事鲜为人知，然而刊载于日本《都新闻》1940年9月5日（即刘呐鸥殒命后两天）上的《令人惋惜的刘呐鸥之死——毕业于青山学院为日中电影界鞠躬尽瘁的俊杰》一文中，日本"东宝"制片人泷村和男的访谈将此事披露于天下："从纪录片《上海》《南京》到故事片《支那之夜》，在摄影现场得到了刘氏的极大关照。"松崎启次介绍说，协助日方调查的除了刘之外，还有其好友黄天始。此时距"七七事变"爆发仅三四个月，已经有许多人认定刘、黄的所作所为是汉奸行为。在协助调查期间，时常有匿名恐吓电话打进刘呐鸥在旅社内的房间，质问他"你是汉奸吗"。但是，刘却向松崎做出了如下表态："汉奸就汉奸吧！什么叫作真正的汉奸，历史会证明一切！"为了扩大他们所制作的电影的影响力，刘呐鸥甚至计划配合松崎拉拢朝鲜籍著名影星金焰下水，最终未能得逞。

刘呐鸥还是当年轰动一时的"电影《茶花女》事件"的重要制造者之一。他和黄天始一起游说友联影片公司总经理沈元荫，并提供日方资金援助，让其成立了光明影业公司，并先后制作了《茶花女》《大地的女儿》等电影。日军侵入上海后在虹口的东和电影院设置了电影审查所，宣称只要这里的审查通过，便给予在日军占领区域内放映的许可。上海爱国电影人为表明立场，坚决抵制日军的电影检查行为。然而，《茶花女》拍摄完成后，刘呐鸥却将一份拷贝偷偷送往日本，于1938年12月在东宝系统的电影院以《椿姬》为名公开上映，并进行了声势浩大的宣传，日方宣称该影片是在日本上映的第一部中国片。消息传来，激起了上海文化界的极大的愤慨。

川喜多长政是日本20世纪三四十年代重要的电影人。曾就读于燕京大学的他创办了"东和商事"，在抗战爆发前后制作了《新土》和《东洋和平之路》两部故事片。川喜多长政同刘呐鸥最直接的关系，就在于他是"国策映画会社"中华电影股份有限公司的日方代表（中方代表是张善琨，但川喜多是该公司实际上的最高领导），而作为制作部次长，刘呐鸥无论在名义上还是在实质上都是川喜多长政的下属。然而，由于川喜多就职后一直采取只摄制新闻或纪录片，"如果军方要求设置宣传电影，我公司就承担；如果是故事片，那就请中国电影人摄制，我公司来发行"的策略，无法满足刘呐鸥拍摄故事片的愿望，因此，在刘当时的同事辻久一眼中，他的工作作风相当消极。在供职于中华电影股份有限公司期间，刘呐鸥所做的最值得注意的事情，仍然是为日本电影人来华拍片提供帮助。而这部电影，就是一代明星李香兰（山口淑子）的代表作《支那之夜》（又名《苏州夜曲》）。根据日本《映画旬报》1940年1月1日的记载，

1939 年 12 月，"泷村和男、小国英雄以及确定作导演的伏水修三人奔赴上海，得到中华电影公司的刘灿波（即刘呐鸥原名——笔者注）等人的后援，收获了种种素材，还视察了上海黄浦江、苏州等地，此行圆满结束。"而这也几乎成了刘呐鸥为"电影事业"做出的最后贡献。

1940 年 9 月 3 日中午，刘呐鸥和松崎启次、石本统吉等日本电影人，以及黄天始、黄天佐在上海福州路六二三号京华酒家商讨纪录片《珠江》的拍摄计划。商讨结束后，刘呐鸥独自一人先行离开，在酒家门口连中数枪，不治身亡。关于其被狙杀的原因众说纷纭，甚至连刺客身份都无法确定。史东山说刘死于"我们"之手；《国民新闻》社则一连几天以社论形式要求"彻底肃清潜伏租界内的蓝衣社暴徒"（美籍学者魏斐德在其研究抗战时期上海暗杀行为的名著《上海歹土》中指出，在很长一段时间里，"无论是官方还是非官方的组织都将反日恐怖活动归在声名狼藉的蓝衣社的名下"）；然而，刘呐鸥"因争夺赌场风波，被青红帮暗杀"的说法也颇有市场。随着时间的推移，也许事情的真相永远都无法浮出水面。刘呐鸥其人本身就是一个交织着众多谜题的存在：他的身世、他的国籍、他的职业、他的内心世界……然而，无论如何，刘呐鸥一生中最后五年间所经历的那些电影往事，都提醒着我们，在民族危亡的紧要关头，在光影流转间还夹杂着那样一段不容忘却的历史记忆。

（原载于《文艺报》2015 年 10 月 28 日）

后 记

己亥年末，方岩兄转发来美编为小书设计的封面图。我随手将其转发到微信朋友圈，并配上一段说明文字，大意为这是我的第一本书、作为献给即将到来的三十五岁生日的礼物云云。孰料此举却掀起了小小波澜。有好几个人私信问我"琅嬛"二字怎么读、是什么意思、跟《甄嬛传》有什么关系；也有人对"流麦"二字大感不解，以为我把这四个字组合在一起是中了多年前风靡网络的"非主流""火星文"的流毒。对此，我只能报以苦笑，不得不在此篇后记中对这个书名做一解释。

"琅嬛流麦"四个字，其实包含了两个典故。

首先是"琅嬛"。最早拟名字的时候用的是"嫏嬛"，大概是因为整套丛书封面字体要保持一致、而设计师选用的字体字库里找不到这个"嫏"字，所以用"琅"字代替。古人"嫏嬛""琅嬛"通用，尽管用前者地方多一些，但用后者亦无妨。古书里说，"玉京琅嬛，天帝藏书处也，张华梦游之。"据说金庸在《天龙八部》里曾提到过"琅嬛福地"，我没有读过，不知是否属实；我第一次知道这个词是在中考前，某天做语文模拟试题时读到了明人张岱的《琅嬛福地记》，写的是一个近似"桃花源记"的传说故事。现在想来，用张宗子的文章充当"文言文阅读"的靶子实在是大煞风景，只是因为课本里选入了一篇《西湖七月半》而已，那场模拟考试的成绩如何我也早已没有印象了。但就在中考结束后等待录取通知书的那个漫长暑假里，我在书摊上翻闲书的时候，却惊讶地发现，原来张岱的《陶庵梦忆》（也就是《西湖七月半》的出处）里也有一篇《琅嬛福地》，而且是这本书的最后一篇文章；但此处所写的却仅仅是张岱的一个梦，或者说是他由一个梦而生的怅惘的理想。短短几个月里便两次邂逅"琅嬛"

一词，不能不让一个少年产生联翩的浮想；而这个词，也便成为一个萦绕我脑海将近二十年的挥之不去的意象（直到上了大学，在"中国古代文学"的课堂上，我才知道张岱还有一本书就叫《琅嬛文集》，但此时的我已经见怪不怪了）。

晋太康中，张茂先为建安从事，游于洞山。缘溪深入，有老人枕书石上卧，茂先坐与论说。视其所枕书，皆蝌蚪文，莫能辨，茂先异之。老人问茂先曰："君读书几何？"茂先曰："华之未读者，二十年内书，若二十年外书，则华固已读尽之矣。"老人微笑，把茂先臂，走石壁下，忽有门，入，途径甚宽，至一精舍，藏书万卷。问老人曰："何书？"曰："世史也。"又至一室，藏书愈富，又问："何书？"老人曰："万国志也。"后至一密室，扃钥甚固，有二黑犬守之，上有署篆，曰"琅嬛福地"。问老人曰："何地？"曰："此玉京紫微，金真七瑛，丹书秘笈。"指二犬曰："此痴龙也，守此二千年矣。"开门肃茂先入，见所藏书，皆秦汉以前及海外诸国事，多所未闻。如《三坟》《九丘》《连山》《归藏》《梼杌》《春秋》诸书，亦皆在焉。茂先爽然自失。老人乃出酒果饷之，鲜洁非人世所有。茂先为停信宿而出，谓老人曰："异日裹粮再访，纵观群书。"老人笑不答，送茂先出。甫出，门石忽然自闭。茂先回视之，但见杂草藤萝，绕石而生，石上苔藓亦合，初无缝隙。茂先痴伫视，望石再拜而去。

嬴氏焚书史，咸阳火正炽。此中有全书，并不遗只字。上溯书契前，结绳亦有记。由前视伏羲，已是其叔季。海外多名邦，九州一黑痣。读书三十乘，千万中一二。方知余见小，春秋问蛄蟪。石彭与凫毛，所见同儿稚。欲入问老人，路迷不得至。回首绝壁间，荒蔓惟薜荔。懊恨一出门，可望不可企。坐卧十年许，此中或开示。

（张岱：《琅嬛福地记》，见《琅嬛文集》，紫禁城出版社2012年3月版，第63—64页。）

后 记

"张茂先"就是那个写了《博物志》的张华,《晋书》里说他"强记默识,四海之内,若指诸掌。武帝尝问汉宫室制度及建章千门万户,华应对如流,听者忘倦,画地成图,左右属目。"我从小就视这样的人为偶像,期待有朝一日,虽不能"四海之内,若指诸掌",至少也要做到"强记默识"。参考《琅嬛福地记》里张华的自述,他之所以能达到这个高度,是因为他惊人的阅读量以及那个颇耐人寻味的治学门径:"华之未读者,二十年内书,若二十年外书,则华固已读尽之矣。"姑且不论这种阅读观的正确与否,仅从张华发现此"琅嬛福地"里的藏书"多所未闻"时先"爽然自失",意识到自己"读书三十乘,千万中一二""方知余见小,春秋问蛄蟪"的不足,进而希望能另找机会"纵观群书"的表现来看,也足以成为当下许多"读书人"的榜样。而有了"学然后知不足"的觉悟,接下来要做的便是树立一种读书的态度,这就要引出本书书名的第二个典故"流麦"了。

> 高凤字文通,南阳叶人也。少为书生,家以农亩为业,而专精诵读,昼夜不息。妻常之田,曝麦于庭,令凤护鸡。时天暴雨,而凤持竿诵经,不觉潦水流麦。妻还怪问,凤方悟之。其后遂为名儒……
> (范晔:《后汉书·逸民列传第七十三》,中华书局1965年版,第2768—2769页。)

关于高凤这个人,史书中的记载不过二百来字,单单这个"持竿诵经,不觉潦水流麦"的故事便占了将近一半的篇幅。就是这个在今天看来近乎"书呆子"的故事,却为后世留下了"流麦"的典故;虽然古人对这一举动也曾有所异议(例如苏轼在《送公为游淮南》里就劝人"读书莫学流麦士"),但更多的人还是取其褒义,用它来形容专心读书、不及暇顾。

由此,我将"琅嬛""流麦"二典合并,用意便再明白不过了:我希望能够以有生之年,在"琅嬛"中痴读,哪怕是"流麦"也在所不辞。

这本小书里收录的,是我在将近十年时间里写下的一部分有关文学、有关阅读的文字。时间最早的,是写于2011年八九月间的《数学诗人蔡天新的旅行文学创作》,这是为参加第一届"两岸青年文学会议"而提交的论文；时间最晚的，则是2019年初夏完成的《幸福街上，山河故人——读何顿＜幸福街＞》。集子里选入了将近三十篇文章，算是为我选择"文学"为志业以来的第一个十年作一个总结。

从小到大，历任班主任在给我写"操行评语"的时候，总会提一句"该生兴趣广泛"。我想，他们都是将其视为一种优点而加以褒扬，但对我个人而言，过于广泛的兴趣也使我在人生道路的启程阶段走了不少弯路。山东的高校历来被视为"考研基地"，我身边的许多同学从一进大学校门起便有了明确的考研方向，特别是到了大三、大四，更是开口闭口"××大学的文艺学""××大学的中国古代文学"。而对于我来说，直到拿到了硕士录取通知书的时候，心中仍然对今后不得不放弃某些专业或方向的兴趣而耿耿于怀。懵懵懂懂地读了一些书以后开始懵懵懂懂地写论文和文学评论，却总是不得要领，常常对着浩如烟海的参考文献长吁短叹，对自己将要从事的事业充满疑问。就是在这个阶段，有两件事对我触动很大。

首先还是关于那篇《数学诗人蔡天新的旅行文学创作》。直到写完这篇文章并在会议上宣读，我仍然未能与蔡天新先生有一面之缘。选择这个题目，纯粹是因为会议负责人把我分到了"旅行文学"的分议题下，而在我有限的"旅行文学"阅读经验里，对高中时在课堂上偷偷阅读《书城》杂志上蔡天新先生的美洲游记印象格外深刻。就这样，花了整整一个暑假的时间，写了八九千字，平安无事地体验了人生中第一次"学术会议"，以为这事儿就不了了之地过去了。没想到两个月后，我突然收到了蔡先生发来的邮件，除了就"数学诗人"一词同我商榷（据他说，这个词是CCTV在一次采访时造出来的，他本人觉得并不贴切）以外，还邀我为他的两本新书写评论。直到这时，我才第一次意识到，原来我写的那些东西也是有读者的，我做的并不是一件毫无意义的事情。

（这事儿还有后文：因为忙着毕业论文开题，那篇书评我终究没能写出来。直到2014年初夏，我完成了博士论文答辩、天天躺在宿舍里等着毕业的时候，又突然收到了蔡先生的短信：原来他回母校山东大学参加活动，顺便在山东省图书馆举办一场诗歌讲座，邀我一见。于是，在济南夏天著名的暑热和暴雨中，我才第一次见到蔡先生，并当面向他表示了歉意。）

第二件事的大致情形，我曾经写在一篇题为《我读杨遥》的短文里。这篇文章的开头是这样的：

我认识杨遥兄已经有三年了，但是第一次读他的小说还要更早。那时我还在读书，因为要给一家山东本地的文学刊物写一篇本季度小说创作观察的文章，在学校阅览室翻期刊的时间里读到了杨遥兄的《从滹沱河畔出发》，感觉眼前一亮，之后写了几百字的短评，作为这篇文章的一部分发表了。发表之后的一段时间里，虽然也偶尔会在刊物上读到杨遥兄的新作品，但是从来没有想到会跟他有一面之缘。直到我毕业以后到中国现代文学馆工作，2015年6月，我带着文学馆的客座研究员到云南参加《大家》杂志组织的笔会，在从昆明机场到红河州的大巴上才第一次真正见到杨遥兄。因为是第一次参加这种活动，我当时比较拘谨，跟杨遥兄也没有太深入的交流。没想到在大家离别之前的那天晚上，杨遥兄突然找到我，说要送给我一本他刚出版的小说集，并且还说，他早就读过我给他写的那一段评论了。我当时既惊讶又感动。我此前从来没有想到，一个刚刚涉足文学评论的学生写的极为不成熟的文字，居然被自己的评论对象看到了，并且时隔几年之后还能记得。那是我第一次感受到我所从事的工作的意义，对于作家和评论者之间的关系也有了更进一步的理解，同时也深深体会到杨遥兄为人的质朴和真诚。

现在看来，那则"几百字的短评"实在是幼稚至极，因此在编选这本小书的时候也没有将其收录。但是，这篇文章，以及这篇文章背后的故事，却是我在从事文学批评工作的第一个十年里难以忘怀的动人回忆。

最后，是关于这本小书的内容。我把这近三十篇文章分成了四辑：第一辑文章里，既有对年度小说创作的整体观察，也有对文学排行榜、科幻文学、乡土文学、"非虚构"等文坛热门话题的个人观点。细心的读者也许会发现，这一辑的文章多涉及"中篇小说"这一特殊的体裁，在此我也要解释一下。从2013年到2018年之间，我曾经负责协助吴义勤先生编选每年的中篇小说年选，除了每年都要在几百篇作品中精选出十篇左右，还要为它们撰写短评。因此，我自然而然地便把中篇小说这一体裁作为日常关注的核心，这五六年间写的文章也多涉及此领域。第二、三辑分别为作家、作品论，涉及弋舟、蔡天新、笛安、石一枫、王威廉、东君等作家及其作品。比较特殊的是第四辑，三篇文章都是对文学史问题的思考。我曾经对是否选入这三篇文章有过犹豫，因为对于一本"评论集"来说，这三篇偏重于"文学史"问题的文章有些跑题了（特别是写刘呐鸥那一篇，是全书唯一一篇关于现代文学的文章）。但是经过慎重考虑，我还是决定给它们保留一席之地。因为我的博士学位论文论述的是20世纪80年代的历史小说，显然是一个与文学史有关的选题，也就是说，我并非将全部精力都放在了文学评论这个领域；况且在中国现代文学馆工作的近五年时间里，我写的文章里也有相当一部分是与文学史有关的，只是限于主题和篇幅，没有收入本书。

关于我的"批评观"，静心想来，似乎几年前发表在《文艺报》上的一则短文《文学批评的"战略"与"战术"》勉强可以用来充数。之所以本书未选，还是因为这篇文章从题目到内容都充满了浓浓的火药气息，不符合温良恭俭让的古训。有兴趣的读者可以找来一哂。

书中的近三十篇文章，都已经获得了公开发表。在此，我要向它们的责任编辑们表示由衷的感谢。因为在转行做编辑一年以来，我已经深深体会到这个职业的不易与伟大。

感谢我的导师吴义勤先生。作为一位享有盛誉的文学评论家，他为我树立了标杆，我将用毕生的努力去追求这个高度。

感谢陈思和先生能将此书纳入"火凤凰新批评文丛"。犹记得当年的"火凤凰"，是我初涉文学批评领域时的入门读物之一。当时的我不会想到，多年以后自己的文字也能忝列此丛书之中。感谢金理、傅小平、李振、方岩诸位兄长的包容和支持，感谢北岳文艺出版社刘文飞老师的辛勤工作。

感谢各位在文学评论事业上给予我支持和鼓励的师长。感谢中国现代文学馆历届"客座研究员"同仁，你们永远是我的榜样。

感谢我的家人。你们离文学很远，让我来替你们离文学更近一些。

2020年3月于北京花梨坎